天启

APOCALYPSE

燕垒生

by
Yan Leisheng

著

新 星 出 版 社　NEW STAR PRESS

目录

第一章　[001]
突变传来异客为异己　悬疑难解何方亦何因

第二章　[017]
傀儡场中高论终难决　鹿野苑里明师不易求

第三章　[031]
似是而非原本他乡客　虽远亦近始知彼方人

第四章　[045]
出拳如电推功原有意　分袂随缘相见总无心

第五章　[061]
明察秋毫风起青萍末　暗藏春色木雕蓬壶山

第六章　[077]
求奇技不知大祸将至　越异乡为使远忧能消

第七章　093
事难求求人不若向己　惑未解解铃还须系铃

第八章　107
飞燕无影重重垂帘幕　少年有情切切拨琴弦

第九章　121
归心似箭却逢山河破　世事无常欲挽浪涛回

第十章　139
始作俑者其真已无后　诚有人欤为孰不可知

第十一章　155
恭颜动杀机图穷匕现　绝境求生路地裂天崩

第十二章　169
欲破时空豹房围缇骑　将通异域太液铸奇门

第十三章 185
小舟相搏杀功亏一篑 大道在传承力挽千钧

第十四章 201
细策吐真中涓久为祸 归途已断绝路亦强行

第十五章 215
甘充下走至尊聆阉令 堪抵中流少女作强援

第十六章 231
禁苑徙囚徒莫名其妙 高墙逢处子无可奈何

第十七章 245
薄言往愬头颅罩顽铁 细节推究祸首实巨珰

第十八章 259
麈柄已削媚骨谋权柄 欲心未死甘辞隐祸心

第十九章 [273]
聚大匠珍玩奇技淫巧 烹小鲜治国阳奉阴违

第二十章 [289]
蛛丝余迹生铁终有隙 虎口拔牙诸事不留痕

第二十一章 [303]
利箭在弦已开十分满 金瓯将碎欲保九州同

第二十二章 [317]
神枪起处波翻御池水 轻舸穿梭如瞽镜中人

第一章

突变传来异客为异己　悬疑难解何方亦何因

"师兄，这消息你没有告诉别人吧？"方子野低声问道。

刘文礼看了看这个师弟，也把声音压得极低："目前还没有。不过，碧眼儿，我顶多只能瞒两三天，之后便必须上报了。"

方子野沉默了半晌，说道："好的，三天，给我三天。"

刘文礼有些犹豫，如果深究的话，他现在已是犯了渎职罪。但眼前这个同门师弟，刚入门时几乎整天跟着自己转，他实不能将方子野当成陌生人看待。他顿了顿，轻声问道："碧眼儿，你现在有没有什么……不舒服，比方说晚上睡不着之类的？"

方子野叹了口气："师兄，我绝不会骗你。我以武功院的名誉起誓，我一定会找出真相。"

碧眼儿从不说谎。刘文礼想着，终于点了点头，咬咬牙道："好吧，给你三天，今天也算。后天这个时候之前，给我一个能够交差的答复，否则，你就必须去诏狱进行脑波检查了。"

虽然答应了师兄，但方子野对于要在三天后查明此事却也漫无头绪。在武功院，他仅仅是一个普通成员，虽然也能接触到一些机密，但武功院里起码有一半以上的人能接触到更高一级的机密，所以假设是辽东那些叛乱的建奴搞鬼，似乎不应该，也不可能以他为目标。可是，如果不是他们，又有谁会策划这样一件事？难道真的是刘文礼暗中猜测的那样，是他疯了，以至于做出自己都全然忘掉的事来？

他不知道。不过他很清楚，脑波检查至今仍是一项众说不一的技术，理学派儒士常常攻击这项技术"灭天理，毁人性"，便是因为脑波检查不仅会将人脑中各种隐私都挖掘无遗，而且对人脑有不可逆的损伤，同时准确度却只有五成左右。五成的准确率，和瞎猜没太大区别，所以相关部门对实施脑波检查一直格外谨慎，只有对那些矢口否认，却又证据确凿的死囚才会动用。方子野就曾亲眼见过受过脑波检查的建奴间谍，他们全然不记得前事，甚至连自己是什么人都忘了个一干二净。刘文礼说要对自己进行脑波检查，说明这件事在武功院内部引起了很大震动。毕竟，从未出现过反叛的武功院成员。发生了这件事，只能说明，要么自己是建奴的间谍，要么是自己疯了。

方子野叹了口气，习惯性地把存思机的插头插进墙上的信藤插座里。看着屏幕慢吞吞地由绿转白，再由白转成各种颜色，方子野暗暗又叹了口气。他这台存思机是最新的纲目十九型，但屏幕却与第一代纲目型相去无几，仅仅是显像模式从绿白两色变成彩色，响应速度却没有多大的改进。当屏幕上出现了标准的宋体字后，他大致浏览了一下新闻：

　　天启二年五月一日，大明首辅叶向高亲切会见了日本国征夷大将军德川秀忠[1]一行。双方就历史遗留问题签署了一系列谅解协议，并对发展双边睦邻关系达成了共识。叶首辅说："你们今天成为大明的客人，我很高兴。"德川将军则表示，丰臣太阁的错误决策造成了明日两国人民的痛苦，大明能够不计旧嫌，他感到十分欣慰。会见在友好、坦诚的气氛中结束。明日，德川秀忠一行将在麻贵将军的陪同下，乘坐高铁专列前往平壤，向大报坛敬献花圈，正式就壬辰年侵略战争向朝鲜方面致歉。

　　天启二年五月一日，钦天监空行部小琉球大队在日常训练期间发生撞机事件，截至目前已有五人伤亡，直

---

1. 在现实中，德川秀忠（1579—1632）是日本江户幕府的第二代征夷大将军。

接损失白银三万余两。兵部尚书张鹤鸣大人就此事对全军发表讲话,要求三军将士克服骄娇二气,狠抓日常训练,务必杜绝此类恶性事件再度发生。

端午到初七,京师大瓦舍上演全本言情催泪巨制《窦娥冤》。关汉卿巨作,词华藻丽;柳卫反串,人靓歌甜。强强联手,只演三天,机不可失,前往观看者切记自带手帕,以防泪湿衣袖,勿谓言之不预。

大盗飞燕子又犯巨案!白兔记集团惨遭胠箧,纹银遭窃毛诗一部!近期会加强禁夜巡逻,一更三点禁人行,五更三点放人行,刑部敬请市民注意安全。

乾天罗骑马布,带护翼防止侧漏,再多的量也不怕。魏公公也是乾天罗的使用者,请听他的切身体会:"刚净身那会,每天血流不止,咱家很痛苦。后来用上了乾天罗,刀口很快就结疤了,再多的量也不怕。乾天罗,咱家信任它!"

……

各种消息一瞬间就涌上了存思机的屏幕,让人目不暇接。怪不得"秀才不出门,便知天下事"成为稽山书院存思机公司的广告词。的确,坐在存思机前片刻,得到的资讯比以往读上百卷书还要多,存思机不愧被称为光合发动机后的又一伟大发明。

唐代开元天宝年间,在历史上被称为思想大爆炸时期。格物致知,虽然这本是一个儒家用词,但在开元时期却是释家学者率先提出来的。这一时期,全国上下几乎各方面都有了飞跃的发展。

正是在这个时期，在唐朝有"格致之父"称号的大慧禅师一行[1]设计出了第一台光合发动机，但驱动力极小，形同玩具，而且采用活性构件，因此寿命极短，不超过两天。所以玄宗皇帝也只把一行同时献上的黄道仪放在武成殿，而光合发动机则一直锁在集贤院，后毁于安史之乱。直到宋代熙宁[2]年间，儒家格致派学者沈括在一行曾挂单过的茶庵寺失修倒塌时，才重又发现了一行的设计图，并加以改进，将活性构件替换成人工提炼的纯净叶绿素，使得机器寿命得到质的飞跃，光合发动机才投入实用。

一开始，人们并没有重视这项发明。但随着光合发动机不断改进，运用也日益广泛，终于引起了全方位的变革，所以宋熙宁年间又被称为"熙宁大工业时代"，当时主持政体改革的首相王安石也被称为开启近代大幕的第一人。

虽然宋政府很快就面临北方金国的侵攻，但此时光合发动机的运用早就更加全面了。绍兴元年，大举南下的金军骑兵在和尚原[3]遭到宋军吴玠、吴璘兄弟率领的世界上第一支机械化兵团阻击，结果百战百胜的金国铁甲骑兵根本无法抵抗用光合发动机驱动的装甲自动车兵团突击，一败涂地。然而最终，宋政府还是被崛起于草原，且更加擅长机械化兵团作战的元军灭亡，元军的装甲自动车兵团更是一路西行，攻破了半个欧洲，建立起有史以来最为庞大的包括四大汗国在内的蒙古帝国。直到大明国初，成祖皇帝也是借助一支强大的装甲车兵团才得以拿下靖难之役。

---

1. 在现实中，一行（683—727）是唐朝僧人，著名天文学家和释学家，本名张遂，谥号"大慧禅师"。而本文为"或然历史"类小说，文中所提及人和事与现实历史不可等同视之。
2. 北宋时期宋神宗赵顼（1048—1085）的一个年号，从1068年到1077年，共计10年。
3. 古地名，位于今天陕西宝鸡西南，与大散关同为控扼川、陕交通的要地。

而存思机同样是由一行禅师最初设计。不过由于唐代的技术尚不足以制造出如此精密的仪器，因此一行连样机的雏形都没能建造出来，设计出的仅仅是个原理图，完全没有实用价值。虽然茶庵寺倒塌时发现的一行设计图中也有存思机的原始设计，但宋代的技术水平同样未达到存思机诞生的条件，沈括亦与第一台存思机失之交臂。

这个光荣要落到国朝的李时珍身上。

李时珍，字东璧。虽然朝鲜一直试图证明他是朝侨，但其实李时珍是湖北人，生于武宗正德十三年，卒于万历二十一年。

李时珍是医学世家，属草木医派，因此他虽非格致派儒士，但对利用光合作用原理发明的光合发动机并不陌生，对于草木就更为熟悉。他是在武昌楚王府任奉祠正期间，在楚王藏书阁里读到一行设计图的。不过李时珍本意根本与发明存思机无涉，他年轻时就立志要重修《本草》，但由于资料检索过于不便，于是将光合发动机进行了彻底的改造，使之成为一台检码机，这样可以极为方便迅速地进行《本草》目录检索。读到了存思机设计图后，由于职业素养，李时珍发现他的检码机正好可以解决一行设计图中最关键的中央处理问题，于是他索性放弃了医术，专门精研存思机。

万历二年，第一台存思机诞生。因为原本是检索《本草》目录所用，因此李时珍将其命名为"本草纲目"。这台"本草纲目"存贮了一千八百余种药物名称，一万余条药方。不过由于输入是采取穿孔木简的形式，因此使用相当不便。

万历七年，李时珍对输入方式进行了进一步改进，以《洪武正韵》[1]为规范，采取字母输入的方式，设计了一个专供输入用的键

---

1. 该书是明太祖洪武八年（公元1375年），乐韶凤、宋濂等人奉诏编成的一部官方韵书。

盘。只是由于方言的关系，《洪武正韵》推行不广，因此这个键盘仍然很难用，如果发音不准的话，键盘输入比现刻穿孔木简更为艰难。四年后，当利玛窦[1]推出了一套基于字形的编码，这个问题才得以解决。

利玛窦是意大利人，同样苦于发音不准，要他用《洪武正韵》输入，实在是要了他的老命。所以利玛窦将汉字按笔顺拆分为五种大类，设计出了这套编码。虽然卫道士攻击这套被命名为"利码五划"的编码大违六义之理，但只要习惯，键盘输入甚至能比手写更快，所以反对归反对，存思机却已完备，轰轰烈烈地普及开来了。

和光合发动机在宋代熙宁年间得到大规模使用相仿，万历年间是一个存思机使用方式日新月异的年代。随着存思机的发展，各项技术都有了飞跃性的进步，同样反过来又促进了存思机的进一步完善和发展。在万历二十四年到三十五年这十二年间，存思机几乎每年都推出一款新型号，存贮量也从最初纲目一型的两千万字跃升到纲目十七型的三千万万字，增加了一万余倍。不过在万历三十五年后，有好几年停滞不前。正当人们认为存思机的发展已到尽头时，万历四十四年七月初九，钦天监京师直属飞行小队在例行巡逻的时候，发现在京师附近一个名叫沈家屯的地方有一个不明飞行物坠毁。不明飞行物坠毁的地方，出现了一种新型的寄生植物。

这种寄生植物显然不是来自地球，它以寄生在树木身上为生，与树木形成一个共生体系。而这种植物利用太阳光的效能比目前

---

1. 在现实中，利玛窦（1552—1610），字西泰，意大利人。天主教耶稣会传教士、学者。明万历十年（公元1528年）被派往中国传教，是历史上第一位来到大明的传教士。

最纯净的叶绿素芯片更要高出百倍，更有意思的是，因为它是一种寄生生物，所以能与存思机的中央处理器无缝连接。武功院发现了这一点后，不由欣喜若狂，马上组织了攻坚团进行实用研究，方子野当时还未满师，但也被编入了攻坚团。

万历四十五年，在武功院内第一次将两台相隔三丈的存思机连在一起。方子野还记得，当时攻坚团的人们在一台存思机上读到另一台存思机发来的信息时，都发出了近乎疯狂的欢呼，因为他们都知道，又一个新的时代来临了！而这种不知来历的寄生植物，也被命名为"信藤"。

万历四十六年，以白鹿洞、岳麓、嵩阳这三大书院为首，联合后起的稽山书院发起倡议，全国五百零三家书院之间的信藤正式联为一体，建立起了"大明书院网"，简称"书院网"。建立书院网的本意，是使散居全国各地的书院学子能够随时交流信息，让《时文百选》这些书不再是少数有门路之人的秘本。但事实上，书院交流很快就变得只是书院网的一个小小功能。随着公众的进入，信藤的种植更为广泛，通网范围亦越来越大。天启元年，信藤已形成一张覆盖北至辽东、南至安南、东至琉球、西至土鲁番[1]的大网，功能涵盖了买卖、娱乐、传递书信等方方面面，同时，上网也成为与看戏、听曲并列的最为广泛的一种娱乐方式。唯一的负作用是，让以往昂贵的通信成本有了千百倍下降，一夜之间原来的驿站几乎都维持不下去了，只能以货物传递业务勉力支撑。

方子野熟练地敲击着键盘。"甲子甲子甲子甲子甲子乙丑"，这个很好记的域名是属于中涓网的。

---

1. 辽东，指辽河以东地区，明初设置军镇；安南，越南的古称，明朝永乐年间改安南为交趾，设交趾布政司，后嘉靖年间再置，为安南都统使司；土鲁番，又叫土尔番，明代西域重要城市及重要交通枢纽。

理论上，每台存思机都可以做无数个页面，所以页面的数量将会无穷无尽，设置域名必须考虑到这个结果。所以在建立书院网伊始，三大书院的学者共同协商，提出了域名标准，采取六段格式，这样可以有六个六十连乘，也就是四百六十六亿五千六百万种域名可供选择。从目前看来，这个容量已足够使用，但后果就是目录太过庞大，检索极为困难，因此那种容易记的域名便成为哄抢的资源。其中甲子开头的都是政府部门的网站，不过连礼部都只能拿到以甲寅结尾的域名，中涓网却能拿到这个天字第二号，其中原因，不外乎是靠目前掌管着皇城治安的魏公公的努力。

国初时，太祖高皇帝曾明令宦官不得识字，但宣宗皇帝时这条禁令便被打破了。成化年间，理学派儒士王阳明掀起了第一次"新思潮运动"，提出人人皆有天赋之权，改制立宪，皇帝也必须受宪法制约，但皇室依然得到尊重，继而宦官制度也一直延续了下来。因为担任皇室杂役事务而极少与外界交流，故而虽然外界对宦官有种种猜测，但这一职业一直是一种神秘的存在，外人很难了解他们的日常生活。不过随着天赋之权思想的日益深入，宦官从政已不再是一件新鲜事，随着天启元年魏公公升任负有京师治安之责的东厂司礼太监，宦官集团也终于集体浮出水面。

魏公公一当上司礼太监，为了让公众更好地认识宦官这一职业，也为了让宫中服役的宦官有一个与外界交流的通道，第一个举措就是与南京财阀沈氏家族合资创办了"中涓网"，让那些在宫里做完了洒扫之后无所事事的小宦官们可以通过存思机与外界拉近距离，也希望借此提高他们的文化水准。

迄今为止，中涓网成立仅仅一年，但有这样的背景，加上公众一直很想了解宦官，所以人气十分旺盛，连诸如白兔记酒楼集团、顺义王马场这些有名财团，都不惜巨资在中涓网投放广告。不过，正因为人气太旺了，所以中涓论坛上的注册用户突破了三百万，而京师的宦官总数还不到一千人。"那些占了百分之九十九以上的注册用户，其实是上这里来围观那些与现实脱节的宦官发表可笑言论的吧。"方子野不无恶意地想着，因为他也是怀着这种初衷才注册的。

中涓网上最受欢迎的，是"姑妄言之"版块。与前朝的诗词和戏曲文化不同，大明最为流行的是说部[1]文化，这个"姑妄言之"版，也就是发布原创说部的地方。

到目前为止，说部的发展极为兴盛，已经细分为讲史、胭粉、杆棒、格虚四大类。格虚一词前所未有，是从"格物"生发而来。格物致知，格虚则知所以知。不知为什么，宦官对讲史和杆棒类兴趣不大，对胭粉和格虚类却有种莫名的爱好。如果说他们爱好胭粉说部还有寻求心理补偿的因素，但几乎所有宦官都是狂热的格虚说部迷，就很难用常理解释了。因为中涓网背景雄厚，财大气粗，网站制作相当完善精美，而读者又异乎寻常地热情，所以作者很喜欢把自己的作品上传到这里，同时宦官们那些洋溢着激情的评论也是另一个吸引像方子野这样的寻常说部读者过来的原因。这样的良性循环使得这个版块越来越兴盛，最受欢迎的几部连载作品一有新篇发布，便到了万众传阅的地步。

中涓网点击率最高的，是署名为兰陵笑笑生创作的《金瓶梅》。这部书曾经因为露骨色情描写被礼部点名批判，要作者收敛一下，但因为不知作者真实名姓，且中涓网管理层鉴于这部书能招来大量读者，所以并未查禁。而礼部这样的批判反而使得读者更加热情高涨。方子野自己倒是挺喜欢一部由射阳山人所写的《西

---

1. 指小说，笔记，杂著一类书籍。

游记》,不过此文点击率并不算高。他打开了《西游记》这个栏目,正好那位射阳山人刚上传了一章《盘丝洞七情迷本,濯垢泉八戒忘形》[1],下面有个人评论说:"大大写得不错,不过还不够爽。建议学习一下兰大,看看兰大是怎么写大闹葡萄架的。"另外一个大概刚读过几本阳明学派格致入门书的,则拿腔捏调地写着:"挑个硬伤,八戒变化成鱼时为什么体积也会变化?唉,如果大明的格虚说部全都是这样硬伤不断,一定没有前途。只有请徐光启大人、李之藻大人他们这些格致大家也来写,格虚说部才能真正有起色。"

只有阉人才有这种匪夷所思的论调。尽管坚信天赋之权,人人平等,但方子野仍不由自主地这样想。他没有多看评论,直接进入了《西游记》的专属聊天室。

"在吗?"

尽管一直在说要开发一种即时交谈的软件,但目前仍未实现,所以想要即时交谈,只能在这种所有人都看得到的聊天室里。方子野想找的,是一个名叫"柚"的人。

这个柚也是《西游记》的读者。有一次在聊天室里,方子野实在看不惯一伙宦官在那儿大放厥词,便说了几句不同意见,结果他不知道那些宦官全是结伴登录的,一下子来了十五六个人,轮番问候方子野的祖宗十八代。多亏柚帮着他一块儿舌战,从此他也与这个不曾谋面的人结成了朋友。因为有共同的爱好,两人常常就射阳山人新近上传的章节讨论一番,今天既然有新章节,柚多半也在。

"在。"柚的图标闪动了两下。今天聊天室里人很少,柚却一直在里面。在这个字下面,马上又闪出了一条信息:"最新这一回

---

1. 明代《绣像全本西游记》第七十二回。

《西游记》可曾一读？"

柚读过的书很多。看着他滔滔不绝地发言，方子野却显得心不在焉，只是有一句没一句地敲上两三个字，他心里仍在不由自主地想着那件事。柚显然发现了他的异样，这时发过来一条消息："怎么了？今日贵体违和？"

方子野叹了口气，回复道："柚兄，你觉得人会做过一件事，可自己全无印象吗？"

"自然可能，有种病只能保持极短一段时间的记忆。"

"可我没得这种病。"

"哈，是你吗？你做什么了？杀人？放火？"

"差不多。"

方子野犹豫了一下，有句话叫"书院网对面，你不知道是不是一条狗"，因为在网络中相互交谈的人，实际上可能远在异域，你根本无法确知对方的年龄、性别和习性。不过，他片刻后继续打字。

"方才我被叫去，因为刑部监测系统录到一段录像，乃是有人在蓄意破坏信藤，捕吏前去交涉时，此人还动手将捕吏击倒。"

信藤生长极速，如果任由其生长，很快就会造成交通堵塞，所以用来建立网络的信藤都会套上一层耐腐材料，以保证信藤不会胡乱生长。正因为信藤生长快速，因此并不稀奇，也没有商业价值，破坏它，除非是脑子出了问题。故而，当方子野看到录像上一个与自己一模一样的人在破坏信藤时，简直不敢相信自己的眼睛。

"这个人便是你？"

方子野犹豫了一下，才伸手打出了一行字："相貌与我一般无二。"

"哈，你还有这本事？事件发生时你在哪里？有人能证明吗？"

事件是昨晚发生的。那时方子野还在武功院的实验室里，因为发现了一个重力常数有异常，他以为仪器出了毛病，但查了半夜都没查出来到底是哪里有了问题。当时已是下班时间，根本没有旁人，所以也没人能够证明自己。

"没有。"

"真不是你做的？"

"我能保证自己没干，但厂卫都不接受我这种保证。"

柚的回复停了半晌。正当方子野觉得他是不是下线了的时候，突然又传来了柚的回话："有三种可能。"

"哪三种？"

"第一，确实是你自己做的，但你忘了。不过，既然你自己否认，那么这种可能姑且弃置。"

"第二种呢？"

"你有一个孪生兄弟，与你一模一样，因为某种原因他冒充了你。"

方子野苦笑起来。柚说的这两种他都想过了，但方子野自觉自己没发疯，也肯定没有孪生兄弟。他继续打字道："如果要害我，他本可以更胡作非为，为什么要做这等劳而无功之事？"

柚没再发信息。显然这种可能同样说不过去，方子野自己就猜过会不会是建奴派来的人，但自己生具异样，在武功院又只是一个小人物，建奴花了这么大工本，却只是做了这么一件既无效用又惹人注目的事，可能吗？事实上方子野对柚提的这两种可能也都想过，但他自认都是不可能的。

"第三种，那个人确实是你。"

"那我忘了？可我没有忘，昨晚也确实不在那里。"

"的确，你是不在，但那人是你。"

方子野笑了起来。从以往交谈中，柚表现出来的是个博览群书，学识广博的人，但现在却有点语无伦次了。他回复道："是我又不是我，有可能吗？"

"可能。"

"什么可能？"

柚没有说话，倒是一个陌生的账号突然冒出头来叫道："有硬伤！分身术用格物致知是说不通的！"

聊天室里人一多，就容易混乱。因此在开发出可以两人间直接对话，不受旁人打扰的专属聊天室之前，一般很少有人会如此长时间的对答。只是目前也只能如此，刚才多半是在中涓网潜水的一个小太监，天知道在一边看了多久。这种类似被人偷窥的感觉让方子野十分不快，而那个小太监见没人理他，反倒更加来劲，用他那点半瓶醋的格致知识开始说明分身术为什么不可能，因为违反了前几年刚去世的格致大家焦弱侯[1]大人提出的"能势守常定律"云云。

这小太监打字非常快，但别字连篇，方子野看得头晕。他生怕错过了柚发来的信息，但盯了半天，仍然是那个小太监在喋喋不休。他终于忍不住，发了句："柚，你下了？"

又是一大堆分身术违反了某某定律之类的废话，当中突然跳出了柚发来的一条信息："这事很有趣，柳泉居木骨都束见，马上，我有办法。"

---

1. 在现实中，焦竑（1540—1620），字弱侯，号漪园、澹园，明代官员、学者。

第二章

傀儡场中高论终难决　鹿野苑里明师不易求

大明现在有八大财团，其中执牛耳者便是江南沈氏财团。

沈氏财团的始祖名叫沈秀，字万山。传说他少年时穷途潦倒，因为偶然间得到了一个聚宝盆，从而发迹。国初太祖皇帝定都南京，因为天下初定，国库不足，沈秀便捐造了半个南京城，结果被太祖所忌，收缴了他的聚宝盆后，并将其发配云南。其实发配是实，聚宝盆之类却只是村夫俗子以讹传讹罢了。沈秀真正的聚宝盆就是他行商的天赋。到了云南后，沈秀经营茶马再度发迹，至今沈氏一族仍是顶级富豪，其产业已扩展到几乎遍布三百六十行。投资中涓网这笔买卖，仅仅是沈氏财团的一系列举措中微不足道的一项罢了。再比如现在京师的餐饮业，就有六成归属白兔记酒楼集团，另四成则是沈氏财团旗下。而白兔记酒楼集团是从宋代就有的专营餐饮的超级老字号，曾经掌握了京师的九成餐饮业，沈氏财团能在百余年里虎口拔牙，与其分庭抗礼，可见财力之雄厚。

柚约方子野见面的柳泉居，就是沈氏财团旗下的一间酒楼。柳泉居开设于隆庆年间，算是一家不是太老的老字号，就在皇城边上的南薰坊。因为位置优越，生意一直很好。前几年被沈氏财团买下后，里外装修一新，并且与京师沈氏财团旗下的五家瓦舍合作，每天都有艺人巡回表演，今天则是一出仲家傀儡戏班的折子戏《古城会》。

傀儡戏不同于别个戏班，在操纵傀儡的同时还要开口唱曲，比寻常的戏文更加繁难。这出《古城会》唱作两重，很吃功夫，是仲家班的拿手活，因此大堂里座无虚席，台上正上演着傀儡张飞张三爷古城会二哥。

柚说的木骨都束是位于柳泉居二楼的雅间，一般被称为"张房"。因为沈氏财团的投资极广，已经延伸到大明的海外领地去了，因此在买下柳泉居后，装修出的十六个雅间，都是以沈氏财团有投资的海外领地命名。只是榜葛剌、苏禄、别罗里、忽鲁谟斯、木骨都束[1]这些地名实在太拗口，所以没能叫开，仍是以过去按《千字文》命名的方式，将第十六间取名为"张房"。

站在门口，方子野犹豫了一下。柳泉居属于高档酒肆，消费不低，一般薪水微薄的小太监是去不了那儿的。当方子野结识了柚后，因为每回上网都能看到柚在上面，他有点怀疑柚也是个在宫中当差的宦官。

方子野敲了敲门。打磨得十分光滑的门板发出了清脆的响动，从里面传出来一个声音——"请进。"

这声音有点粗浊，肯定不是太监能发出的，柚应该是个刚变声的少年。

方子野暗暗松了口气。因为在中涓网上常见到那些小太监胡搅蛮缠的言论，因此方子野向来都对这个人群怀了个敬而远之的心思。如果柚真是个太监的话，总让他有点不适。不过方子野也知道不该对这些刑余之人有偏见，如十多年前去世的司礼监掌印太监陈万化公公，因为在任时廉洁仁厚，很受人尊崇，口碑也极好，就算在武功院里，也被列为值得效法的前贤名臣。可即便如此，他仍是不希望这个与自己谈得很好的柚，也是个太监。

他推开了门。一进门便见一边的壁上挂着一幅金碧山水，描绘的是当初三宝太监下西洋首次抵达木骨都束的情景。这幅画很生动，将木骨都束土人初会三宝太监，面对大明船队远远超乎他们想象的科技时，那种瞠目结舌的惊愕全都描绘出来了。在画下，一个年轻人正端着杯茶，聚精会神地看着雅座窗外那出傀儡戏，面前

---

1. 榜葛剌，古国名，即孟加拉苏丹国；苏禄，即苏禄国，是古代以现菲律宾苏禄群岛为统治中心的一个酋长国；别罗里，古港名，在今斯里兰卡；忽鲁谟斯，即霍乐木兹，即今伊朗霍乐木兹岛；木骨都束，古国名，在今非洲东岸索马里的摩加迪沙一带。

的茶案上放了些干果、卤肉之类的小食。听到了开门的声音,少年才转过头,一见方子野,马上微笑道:"哈!你果然是孙仲谋!"

在中涓网上,方子野取的网名叫"仲谋"。因为他生具异样,两眼是蓝色的,所以在武功院一直有"碧眼儿"之称。注册中涓网时当然不会采用真名,所以他马上就用了同样有这个外号的孙权的字作为自己的网名。柚与自己在网上聊过好久了,却从未见过面,所以才会这么说。方子野笑道:"是,你就是柚吧?"

柚点了点头,马上招呼着道:"坐,坐,我叫了点吃的,我们边吃边聊。"

雅座居高临下,看戏自是比大堂里舒服多了。若是平时,方子野对这傀儡戏也颇有兴趣,但此时哪有这心思。他坐到了柚边上的座位上,低低道:"素昧平生,不知该怎么称呼?"

"你便叫我柚好了。"柚伸手在面前的碟子里挟了片卤肉放进嘴里,"快跟我说说你身上发生的事吧。"

这件事,方子野自己也是一头雾水。因为技术事项都由武功院负责,刘文礼正是负责京城一带信藤维护的官员,他是接到了城北的报修信息后派人赶去抢修的。信藤因为生长极其迅速,一些小损伤能马上自行修复,所以故障很少。只是当维修人员赶到出事地点,却发现出事的信藤是遭到了人为破坏。

信藤本身不是值钱的东西。在刚建立起信藤网时,那些无赖混混也不知从哪儿听到个谣言,说信藤是以黄铜为芯,每十尺信藤就能炼出半斤铜,因此时不时出现破坏信藤的事件,让负责铺设信藤的工部吏员叫苦不迭,不得不在铺设的同时插上一块"信藤无铜,挖取无用"的木牌昭示。在出动锦衣卫抓了上百个破坏信藤的无赖后,京师的无赖们发现,信藤与寻常的藤条没什么大不同,确实无铜,就再没有想发财想疯了的无赖汉去做这种吃力不讨好的坏事了。也正是如此,这让刘文礼想破了脑袋也想不明白,更何况从录像中看到的嫌疑人竟然是方子野,越发让他难以置信。

在存思机上打字,当然没有直接叙述快。方子野在说着这件事的经过时,柚一声不吭,只是一边喝着茶,一边看着台上那出傀儡戏。方子野不禁有点好笑,心道:"我也真是病急乱投医了。"

柚多半是京城哪家的公子哥,闲得没事干,所以对这事感兴趣。而自己在茫然之际,连一点可能的帮助都不想错过。只是看样子,柚也就是感兴趣罢了,他说有办法,只怕根本无用。

虽然这出傀儡戏很精彩,但方子野实在不想在柳泉居浪费时间了。他正思索找个借口离开,柚突然道:"这真是件奇事。"

"是啊。柚兄,你有什么办法弄清这件事吗?"

柚笑了笑:"等这出戏唱完吧,那时我带你去见一位先生,他多半能有办法弄清楚。"

方子野噢了一声。他并不抱什么希望,因为武功院本身就是处理各类未知事件的部门,方子野自己也是其中一员,参与调查过几件曾经引起一番小轰动的事件,柚所说的那位先生,多半和柚一样,只是个对奇异事件感兴趣的爱好者。这类人有很多,武功院每年都要接待两三个近乎偏执狂的这类爱好者,就在不久前还有一个人,坚称已经揭开了时空穿梭的秘密,要求武功院调拨一百万两白银给他做研究基金,"否则就是对大明江山犯罪"云云。

"仲谋兄,你别当我胡说八道。我敢说,如果这位先生都弄不清,那么大明就没人能弄清楚了。"

柚的口气有点大。虽然注意力集中在傀儡戏上,但显然方子野有些不以为然的神情还是刺激了他。

方子野礼节性地笑了笑,说道:"不知是哪位先生?"

"徐光启大人。"

"是徐保禄大人？"

这回轮到柚吃惊了。他诧异地看了看方子野："是啊。徐大人每天这时候都有要事，谁也不能打扰他，等这出《古城会》唱完了，才好拜访。"他顿了顿，又道，"不过仲谋兄，你还真见多识广，居然知道徐大人的教名！"

柚居然和徐光启大人如此接近！方子野在惊诧之余，多少有点小小的妒忌。

詹事府少詹事徐光启，堪称是当今格致学集大成者。他身为儒士，同时却还有一个信奉欧罗巴耶稣教的天学士身份，与方子野的师父王景湘是教友。只是徐光启繁忙至极，就算王景湘，也难得请徐光启来武功院为生徒授一两节课。方子野未出师时曾听徐大人讲过两堂，只觉受益匪浅，但现在他已出师，就完全没机会再见到他了。听说徐光启大人眼下正主持一项机密科研，几乎不见任何人，这几个月甚至连王景湘都不能请动他了，可柚却将拜访徐大人说得如此轻描淡写，让方子野不禁觉得有点莫测高深。

这总不会是吹牛吧，他想。

与精彩的傀儡戏相比，方子野的心思全放在拜访徐大人这件事上了。当这出《古城会》终于唱完，操纵傀儡的艺人登台谢幕的时候，方子野居然有种如释重负的轻松感，说道："柚兄，现在可以去了吧？"

柚揎起衣袖，看了看腕上的时计说道："正好，我们走吧。"

方子野注意到柚戴着的缠腕时计非常精致，那是武功院新近才造出来的。因为太精细，费工很大，所以一共也只做了两百多个，全都作为礼品赠送给朝中大员了，而这也说明了柚的确是个身家不凡的世家子。搞不好，他是徐大人的亲戚吧，因为徐大人本身也是朝中大员。

走出柳泉居时，天色正亮。一个小报童见他们出来，便快步到他们近前，高声道："两位公子，可要看今天的《大明日报》？建奴再次兴兵进犯辽东，内阁召开紧急会议商量对策；陕右大批裁汰驿卒聚集闹事，要求待遇……都是大事啊，不可不看。"只是见他们都没有买报的意思，报童马上又走向另一个刚从柳泉居出来的客人。那人夹着个很阔气的皮包，鼻梁上还架了副玳瑁边眼镜，看上去便是个看报的人。

真是个多事之秋，大明东西两边都不安宁啊。方子野心中不禁有点异样的感觉。与这些震动国本的大事比起来，自己这点嫌疑实属微不足道了。然而假如自己在三天里洗不清嫌疑的话，那么对自己而言，实比建奴犯边与裁汰驿卒闹事更严重。

光合出租车在城西停了下来。北京城虽然繁华，这一带却十分僻静。柚指着前面一片庭院道："仲谋兄，徐大人现在应该空了，我们进去吧。"

那院子的围墙高峻得有点过分，铸铁门前还有个卫兵站岗。看着这戒备森严的架势，方子野不禁有点心虚，小声道："柚兄，这儿能随便进吗？"

"当然不能随便进，所以我带你进去啊。"

柚若无其事的样子，领着方子野向里走去。卫兵验过了柚亮出的一块腰牌后，打开了门让他们进去。方子野还是有点不踏实，说道："柚兄，这儿到底是什么地方？"

"鹿野苑。"

方子野怔了怔，喃喃道："原来这儿便是鹿野苑……"

鹿野苑，本是佛祖说法传道之所。大明永乐年间，工部在此营建了一所大院，作为实验之所，也以这佛门圣地命名。由于很多新技术都在这儿诞生，因此在民间被传说得神乎其神，甚至有人信誓旦旦，说鹿野苑里其实有神人仙人指导，所以才能创造出这么多奇迹来。那些年高铁、空行机相继出现，还有万历年间存思机的爆炸式发展，似乎也印证了这种荒诞不经的说法，更让鹿野苑增添了神秘色彩。

其实工部鹿野苑与武功院联系相当密切，但方子野出师未久，以他的级别还不能接触到鹿野苑，所以从没有来过。不过柚的年纪比他还要小两岁，对这儿却熟门熟路，似乎经常过来。

鹿野苑里人不多，时不时驶过一辆运送必需品的小型无人车，看来这地方的宗旨是尽量减少无关人手，现在搞不好偌大一个鹿野苑，也就徐大人在了。柚到了一幢大门紧闭的屋前，伸手在墙上一个手印处按了一下，门便自动开了。他转身道："仲谋兄，进来吧。"

这种掌纹锁也是武功院新近才发明的，连武功院都还不曾投入实用，没想到鹿野苑已经先用上了。方子野快步跟上了柚，问道："柚兄，你和徐大人是什么关系啊？"

方子野并不是个多嘴的人，甚至，他在武功院就有寡言之名，但这句问话实在如骨鲠在喉，不吐不快。柚却还是那副若无其事的样子道："保禄大人是我老师。"

一定是吹牛。这是方子野脑海闪过的第一个念头，但现在这样子，柚又实在不像是吹牛。

方子野没再说话，只是跟在柚身后。柚是不是在吹牛，片刻后见到徐大人便分明了，现在自己也不必瞎猜。

这幢楼是鹿野苑的主楼，面积很大，里面更是建得和迷宫一般。但柚显然很熟悉，领着方子野上到顶层的三楼，又穿过了两道有掌纹锁的门，来到了一间小屋前。

当柚推开了门，屋中的两个人同时回过头来。

一个是留着三绺清髯的中年人，方子野认得正是徐光启大人，而另一个却是位金发碧眼的少年。徐光启看到方子野和柚时，显然有点惊讶，但没等他开口，柚已然上前道："老师，我是柚啊，您现在有空吗？"

徐光启微笑道："阿柚，你今天怎么有空过来？"

柚道："老师，其实是这位……"他说着，却伸手轻轻戳了戳方子野的腰眼，小声道，"仲谋兄，你真名叫什么？"

柚显然觉得，对着徐光启大人说自己这个"仲谋"的网名不太好，可他难道就真个叫"柚"吗？方子野心里转念着，上前一步躬身一礼道："徐大人，学生武功院方子野，前两年曾听过徐大人讲课。"

徐光启啊了一声，说道："是了，你便是雅各的学生碧眼儿吧？我记得你。"

"雅各"便是方子野的师父，武功院第二指挥使王景湘的教名。知道王景湘教名的人不多，也只有徐光启这样同是天学士的同僚才知道。

见徐光启大人还记得自己，方子野有种意外的欣喜，又行了一礼道："正是学生。"

"碧眼儿，你和……柚过来，是有什么事吗？"

方子野还没说话，柚已然抢道："老师，碧眼儿碰到了一件怪事。"

柚这样抢话其实有点失礼，但徐光启却毫不介意。听柚将方子野遇到的怪事说了，徐光启微微蹙了蹙眉道："碧眼儿，是这样吗？"

方子野点了点头："是的，徐大人。所以学生现在有点为难。"

徐光启捻了捻胡须，叹道："不错，若碧眼儿你不能尽快洗清嫌疑，便是雅各也保不下你。"他说着，忽然转向那个欧罗巴少年道,"托里切利[1],你先回房去吧,将今天的功课做一下。"

少年本来静静站在一边,听得徐光启叫他,便上前一步,恭恭敬敬道:"晚生明白。"

这叫托里切利的少年和方子野一样长了双碧眼,留着剃去顶心头发的圣彼得式发型,显然是个年轻修士。虽然说话口音还有点重,但官话已经相当流利了。

这样打扮的年轻人,方子野其实并不陌生。因为武功院与欧罗巴耶稣会联系很深,再加上王景湘本身也是天学士,所以方子野时常能见到这等打扮的欧罗巴天学士出入。只不过住了一阵后,那些天学士都会改为儒士装束,那么这个托里切利定然是刚来不久的新人。但他初来乍到,就能说一口流利官话,看来真个聪明伶俐,不同凡响。

待托里切利一走,柚道:"老师,这是你新收的弟子吗?"

"是伽利略夫子托付来的,昨天刚到北京。"徐光启说着,指了指桌前的座位,"坐下说吧。碧眼儿、柚……方才说的你要补充吗?"

方子野摇了摇头:"徐大人,此事学生其实根本不知底里,也是被监控拍到后跟学生说了,学生这才知晓。"

徐光启沉吟了片刻,抬起头道:"录像上真的和你一模一样?"

方子野迟疑了一下,点了点头道:"看长相,的确是我。"

虽然这件事和种种佐证都对他不利,但他仍不会有半句虚言。

徐光启喃喃道:"那便奇了……碧眼儿,你跟你老师说过吗?"

"家师这几日外出公干未归。"

---

1. 在现实中,托里切利(1608—1647)是伽利略的学生,物理学家和数学家,气压计的发明者。

方子野的师父王景湘是武功院的二号人物，为人也精明强干，若他在这里，方子野也不会如此茫然。徐光启伸指轻轻在桌面叩了两下，说道："想来，最有可能的，还是建奴作祟。只是建奴为什么要让人假扮你？"

方子野自己也想不通，如果真是建奴干的，那建奴为什么要陷害自己这么个名不见经传的武功院刚出师生徒。而且他虽然生具异相，但认得他的仍没几个人，手上也没什么职权，建奴便是陷害了他也没用。他道："学生也是想不通，但由此以外，又似乎没别的解释了。"

徐光启微笑起来："碧眼儿，倒不是没别的解释，我想到的便有其他两种原因。其一，你可能有个自己都不知的孪生兄弟。"

方子野是师父收养的孤儿，这件事徐光启也知道，所以方子野也许真个有自己不知道的孪生兄弟。只是方子野声色不动，说道："徐大人，学生跟随师父时，已将舞勺之年，很清楚学生并无孪生兄弟。"

徐光启点了点头道："那么还有种可能，便是真是你做了此事，但你得了健忘之症，过后全然忘却了。"

柚没吹牛，他果然是徐大人的弟子。方子野在心中暗暗叹了一句。徐大人说出来的这两个理由，与柚先前说的一般无二，只不过顺序颠倒了一下。他道："徐大人，此事也绝无可能。事件发生之时，学生正在家中，根本未曾外出。"

"有旁证吗？"

方子野摇了摇头："没有。"

他有点沮丧。名高一时的格致大家徐光启大人，看来也说不出什么有用的东西来。正当他失望之时，却听得徐光启低声道："难道……难道是真的了？"

这话不仅让方子野，便是柚也大为好奇。柚探过身来道："老师，什么真的？"

徐光启皱起了眉道："碧眼儿说的话，便是让我想起昨天托里切利跟我说的事来了……你们等等！"

徐光启说着，转身走到门口高声道："托里切利，过来一下。"

徐大人为什么要叫那欧罗巴少年，方子野有些诧异。而那个托里切利倒是马上过来了。他一到门口，先行了个礼，恭恭敬敬说了句"徐老师"，这才走进门来。

徐光启捻了捻须髯，沉吟了片刻，这才道："托里切利，昨日你刚来时提到的伽利略夫子那个发现，再说一遍。"

托里切利有些不安地道："我跟随伽利略老师并没有多久，又很愚笨……"

徐光启微微笑了笑："不是说你说错了，而是伽利略夫子的这个发现很重要。"

托里切利伸了伸脖，下意识咽了口唾沫，这才道："是这样的，伽利略老师有一次做场物质转换时，偶尔发现了一个奇怪的现象。即将物质转变为能量场，再重新恢复成物质时，发生了微小的变化。"

他说到这儿，顿了顿，才慢慢道："伽利略老师用的是一块全新的弗罗林金币。在进行第一次转换实验时，老师进行了真空状态称重，精确到了小数点后第三位。但在进行了恢复实验后，发现有了两个最小量级的……"

那位伽利略夫子竟然已经进行了场物质转换！当方子野听到托里切利的第一句话时就差点惊叫起来。他还记得自己未出师时，有一次师父请徐光启大人前来讲课，说的正是场物质转换的理论基础。当时徐大人讲得很深奥，说目前仅是理论，方子野现在才知道，原来已经进入了实验阶段。不过托里切利所说的"由物质转变为场，再重新转变为物质后有了差异"这一现象的发生并不奇怪。虽然理论上应该完全没有差异，但物质一旦转变为能量场，以目前的科技水平，是不能完全杜绝损耗的，肯定会发生微小的损失，所以再转变为物质时，有差异才是正常的。

"……增加。"

方子野一时还没有回过神来，但一刹那，他已忍不住惊道："不可能！"

柚看了一眼方子野，诧道："有增加很奇怪吗？"

柚显然完全不理解托里切利这句话的意义。方子野自己也在武功院实验室做过几次这种高精度实验，武功院是以"分"为基本质量计量单位，那么将误差控制在小数点后第三位的话，就是在"丝"的数量级上了。这样微小的单位可能就是几粒微尘的质量，只有在真空秤上才能称得出。然而场物质转换都是在极其严苛的无尘环境中进行，正常的话绝不可能会有微尘进入，所以这样不减反增实在是不可能的。

方子野还没有回答，托里切利已然答道："伽利略老师也觉得不可能，认为自己可能是哪里有了失误。但回想起来，每一步都没有错，真空秤也完全正常，并不可能产生这样的错误。"

方子野诧道："那不能再做一次实验吗？"

托里切利眼中闪过了一丝阴翳，低低道："教宗乌尔班八世[1]陛下关闭了伽利略老师的实验室，不允许他再做任何实验了。也就是这样，伽利略老师才让我来大明留学。"

---

1. 在现实中，俗名马菲里奥·巴尔贝里尼（1623—1644），1623年下半年登上教皇宗座，称乌尔班八世。

天启

―――― 第三章 ――――

似是而非原本他乡客　虽远亦近始知彼方人

虽然答应了方子野,但刘文礼还是有点忐忑。

武功院分为天、地二组。天组的首领便是他和方子野的武术师父王景湘,地组的首领则是武功院第三指挥使罗辟邪。虽然两组人同属武功院,但天组因为有许多皈依了耶稣会的天学士,在受理学派儒士影响很大的罗辟邪看来,实是数典忘祖,有辱圣教,因此两组人之间总是有些不甚融洽。虽说不至于故意陷害,但如果被地组的人抓到自己的把柄,多半会上纲上线,到时便是师父,只怕也保不住自己。

碧眼儿,你可别害我啊。

刘文礼将飞鱼服换成了便装,锁上办公室的门,从边上的车棚里推出了自己那辆两轮车。

两轮车其实是天竺杂耍班发明的。那些训练有素的天竺艺人可以十几个人骑在一辆两轮车上,摆出种种造型,令人叹为观止。但大明那些嗅觉灵敏的商人发现,这种靠人力踩动的两轮车其实是一种廉价且便捷的交通工具,便拿来改造后使用了。只不过一开始使用时,因为街道并不似杂耍场地那样平整,骑行时相当颠簸,被人戏称为"碎骨车"。之后,随着国初三宝太监从西洋一路西行,直至极西的玛雅人那里带回了橡胶,两轮车装上橡胶轮后,便几乎在一夜间脱胎换骨,连很多富家小姐也争相试骑,当时还惹得理学派儒士大发了一通牢骚,说成何体统。不过经过了百余年的演变,两轮车已经是刘文礼这种买不起民用光合车的人不可或缺的交通工具了,不然从他办公的大兴县崇教坊文庙赶回位于宛平县鸣玉坊的家中,若是靠步行得花一个多时辰,骑两轮车则不需三刻,节约了一大半时间,也没那么累。

每天骑着两轮车回家,穿过什刹海的长桥是刘文礼最喜欢的一段行程了。正值黄昏,路上有不少与他一样骑两轮车的人,也和他一样早晚打卡上下班。夕晖映过来，什刹海上波光粼粼，完全不似北京城别处那样干燥，极目望去，还有白鸟结队飞过湖面。刘文礼这辆两轮车也是保定府陈记铁匠铺所出品，做工精密，骑行相当轻快，更是让他心旷神怡。

如果没出碧眼儿这事，该是多么好的一天啊。刘文礼想着。

骑过了什刹海，已是发祥坊地界。当见到护国寺那巍峨的影子时，刘文礼停下了两轮车。

女儿在一早他上班时，跟他说想吃护国寺胡同的羊霜肠和扒糕。虽说妻子跟她说现在天有点晚了，扒糕是凉的，吃了对肠胃不太好，可女儿闹着要吃，刘文礼自不会忤了这颗掌上明珠之意。

推着两轮车，买齐了羊霜肠和扒糕，刚放在两轮车的车篮里，他突然听得一边的胡同里传来一个声音："师兄！"

这声音让刘文礼一下转过头，是方子野，正急匆匆地向他走来，神情却有点慌张。

"碧眼儿，你查到什么了吗？"

待方子野走到近前，刘文礼压低了声音问道。其实这地方根本没有一个认得的人，他根本不必故意压低声音，但在监控室待久了，刘文礼养成了谈什么都小心翼翼的习惯。

方子野站住了，却有点诧异地问道："查什么？"

"你不是说要去查……那件事吗？"刘文礼也有点诧异，"你不会就去换了套衣服吧？"

方子野皱了皱眉，"师兄，我……你认得我吧？"

刘文礼心里一沉。方子野这神情，怎么都不似正常的。难道他真是得了什么脑部疾病了，所以完全不知道先前的一切。

他和方子野同是王景湘的弟子，但他也知道自己无论从哪方面来说，都远远不及这个小师弟，所以方子野一出师就能在武功院担任要职，自己却只能去文庙的监控室干这种闲差。只是眼前的碧眼儿已全然没有了平时的镇定，甚至显得有点慌张，刘文礼实在想不通，这师弟为什么仅仅过了半天就成了这样子。他正要说自己怎么会不认得师弟，突然间想到了什么，向四周看了看，将本来就很低的声音压得更低了些："碧眼儿，你是不是查到什么了？"

方子野似是欲言又止，顿了顿才道："师兄，我不知道发生了什么事，怎么全都变了样？"

刘文礼一怔。他看了看周围，护国寺胡同是条吃食铺林立的巷子，最初还只是卖些素点，但因为生意好，渐渐有不少铺子也都开到了这里，其中牛羊鸡鸭之类也有不少。十来年前，护国寺那些佛爷们也曾因此向礼部提出过抗议，但礼部的回应是，这些房产都是私人的，官府也不能干预。到现在，虽然那些铺子有开有关，但做得好的老字号却一直做到了现在，并没有什么大变化。今天也是如此。下班的人路过这儿，家里不想做饭的话，大多买点糕饼卤味回去对付一顿，一切都一如既往的平静。他说道："没什么变化啊。"

"护国寺这儿是没什么变化，可是师兄，你这辆车是哪里来的？"

刘文礼有点微微的不快："哪来的？当然是买的！难道是我偷来的吗？"

两轮车虽然便宜，但对于那些进城来卖苦力的外乡人来说仍是件贵重东西，因此两轮车被窃一直是让维护京城治安的锦衣卫头痛不已的事。刘文礼和方子野隶属的武功院也是锦衣卫一系，也都是有公职有身份的人，自不会知法犯法干这种事。方子野显然也觉察到自己失言了，忙说道："不是，师兄，我是觉得奇怪，我以前从来没见过这种车。还有，护国寺我来过很多次，这些铺子里怎么能用上这么大片的玻璃橱柜?"

食品存在玻璃橱柜里,既显得干净,也能让人一眼看清。何况玻璃并不是什么太值钱的东西,设在通县的梁家玻璃坊每年出品大明七成以上的玻璃制品,从窗玻璃、橱柜到叆叇镜[1]应有尽有,就连武功院的精密实验室中用到的洞微镜片,也是梁家玻璃坊出品的,这些食铺橱柜用的玻璃更乃寻常普通,不用才奇怪。

碧眼儿难道真的生病了?刘文礼不禁有些担心。他道:"碧眼儿,你是不是头晕?"

方子野下意识地按了按太阳穴,嗫嚅道:"是有点……"

一定是生病了!刘文礼的心一沉。现在师父没在,此事一旦声张出去,方子野定然会被强制带去进行脑波检查的。如果是旁人,刘文礼当然不会去多管这闲事,可眼前这人是自己的同门师弟,师父现在不在京城,自己可以说是他唯一的亲人,无论如何都要帮他一下。

"师兄,我真的生病了吗?"

方子野的声音打断了刘文礼的沉思。刘文礼抬起眼,只见方子野的眼神里有种从未有过的无助。他低声问道:"碧眼儿,你没找过武功院别人吧?"

"我没找到师父,便来找你了。"

刘文礼心想,其实是自己先找的他,看来方子野的病确是不轻。他道:"这事绝不能让地组的人知道。"

"那还能找谁?"

刘文礼沉吟了一下。师父是武功院第二指挥使,现在师父不在京城,按理当然应该报告第一指挥使姚平道大人。刘文礼也相

---

[1] 宋代开始对老花镜的称呼。

信姚大人定会秉公办理,但他很可能将此事委托给第三指挥使罗辟邪。罗大人就算能够一碗水端平,但他绝不会对方子野接受脑波检查有什么顾忌。这项不成熟的技术确实有可能探测出人的隐秘来,但可靠性不高,而且有可能给人脑带来难以逆转的伤害。作为师兄,他绝不能让碧眼儿遭到这等待遇。

想到这儿,他暗暗咬了咬牙,说道:"只有一个人能帮你了。"他说着,却看了看车篮里的扒糕和霜肠,心想女儿今天大概只有等天黑才能吃上这两样点心了,别饿坏了她。

刘文礼带方子野去的,便是鹿野苑。

以刘文礼的级别,其实也并没有出入鹿野苑的资格。只不过他是在监控站工作,每月都要将监控资料上报鹿野苑存档。一天十二时辰,监控资料便是个极庞大的数据,也只有鹿野苑才有如此海量的存储设备,因此他有个特批资格。

在进入鹿野苑时,卫兵验过了刘文礼的腰牌,看到方子野时却显出一副迷惘之极的神情。

刘文礼待进了门,将两轮车放在了门口的车棚里,才小声道:"碧眼儿,你来过鹿野苑吗?"

"没有,我没这个资格。"

大概是见到碧眼儿这一双碧眼,那卫兵才会觉得诧异吧。刘文礼没再多想,只是道:"我带你见过了徐大人,便得马上回去了。好在你也认得徐大人,若有什么事,马上跟我说,明天我就得上报了。"

"上报什么?"

"没什么。"本来说好后天才要上报,现在给碧眼儿的时间又少了一天,刘文礼多少有点心虚。只不过已将他引到了徐大人跟前,自己能做的也都做了,当然也不必多挑担子了,反正徐大人这肩膀够厚实。

走进徐大人在鹿野苑专用的小楼，刘文礼按了下墙上的门铃。现在鹿野苑新换了掌纹锁，他已不能再穿堂入室了，只得让里面的人来开门。好在徐大人就算不在，楼里总有人的。

等着里面人来开门的时候，刘文礼小声道："碧眼儿，等一会见了徐大人，你要巨细靡遗，将事全都说清楚。有徐大人在，总能有办法的，至少可以拖到老师回来。"

他正说着，门开了。刘文礼忙整理了一下衣服，向着走出来的那人行了一礼道："在下武功院刘文礼，请问徐光启大人在吗？"

出来的，是一个才十五六岁，穿着长袍，剃去了顶心头发的欧罗巴少年。而这少年却目瞪口呆地盯着方子野，似是完全没听到刘文礼的话，只是指着方子野期期艾艾地说道："你……你什么时候出来的？"

因为吃惊，这欧罗巴少年的声音有点大了。话音甫落，徐光启的身影出现在了内屋门口。方子野见过两次徐大人，看到这个师父的好友，他不敢怠慢，马上上前行了一礼道："徐大人。"

他礼数周到，但向来温文雍容的徐大人却也如同见到了鬼一般，沉声道："你是谁？"

徐大人不记得我了吧，方子野想着。毕竟，徐大人一共也没见过他几次，贵人多忘事，未必还记着自己。他正待开口，但看到徐大人身后又出现的一个人时，惊得一下连话都忘了。

刘文礼也正待向徐大人行礼，但此时一样惊得瞠目结舌。

仿佛照镜子一般，在徐大人的身后出现的，是另一个方子野。一样的高矮胖瘦，也就是衣着不同，否则真要以为那扇门其实是面镜子了。

最后一个从屋里出来的是柚。他一走出门，看到外面那个方子野时，亦是一怔，马上叫道："仲谋！你真有个兄弟！"

虽然在古代的春秋时期，也有仲尼和阳虎十分相似的传说，但那是在大工业时代以前千余年了，并没有留下影像资料，所以也仅是个传说罢了。一般来说，固然有长得很相似的，但相似到这等程度，只可能是孪生兄弟了。

尽管吃惊，但徐光启已经回过神来。他走到刘文礼身边的那个方子野身边，沉声道："碧眼儿？真是你吗？"

就算偶然相似，也不可能连外号都一模一样。当他看到这个方子野点了点头，徐光启马上道："你们两人把右手都伸出来吧。"

他说着，从身边掏出了一个放大镜。这个放大镜用的是梁氏玻璃坊出品的高精密镜片，透光率非常高。他仔细对照着这两个碧眼儿的右手五指指纹，半晌才长吁了口气，说道："你们哪个觉得现状很奇怪？"

刘文礼身边的那个方子野举了举手。柚已经再也按捺不住自己的好奇心，插嘴道："老师，这到底是怎么回事？"

徐光启将放大镜放回了小银盒中收了起来，说道："伽利略夫子的假说可能得到了证实，场物质转换过程中确实有可能发生了一点有趣的事。"他说着，看着刘文礼身边那个方子野，叹了口气道："你当然也是碧眼儿，却并不是这个时空的碧眼儿，对吗？"

方子野偷偷瞄了一眼身边这个来自另一时空的自己，几乎有种恐惧感。

平行时空理论，一直是种假说。在春秋战国时期——现在已被融入儒家格致派——的墨学派学者曾经提出过，在长、宽、高这三种维度之外，这个世界应该还有第四种维度——时间。

在那个距离思想大爆炸还有一千多年的上古时代，当然不可能有实验数据来验证这个假说。随着墨学派的没落，这个太过形而上的假说早已被遗忘了。只有随着宋代大工业时代的到来，当时的理学派儒士陆九渊[1]又提出了新的时空观，认为时间的确是第四维度，所以与向上下左右前后移动都可以到达无数个点一样，在时间的维度上，也存在着无数个平行的世界。

尽管陆九渊一生都在试图证明这个假说，但还是失败了。在他的晚年，因为证明此假说一直无进展，所以将其发展为思想与现实相统一的唯心派理论，算是以这种方式证明了自己的假说。不过这个平行时空假说十分吸引人，所以数十年前大明大儒王守仁再次试图证明这个假说。

王守仁虽然属于理学派，但他并不排斥格致派，早年更是接近格致派思想。可惜王守仁虽在理学层面上取得了极大进展，桃李满天下，但在格致层面上并没能比陆九渊进步多少，唯一的成就也就是让平行时空假说令更多人有所耳闻。

作为格致派执牛耳者，徐光启当然对这一套假说也有所涉猎。与大多数格致派儒士一样，徐光启一直更偏向于这假说属于理学派的奇思妙想，但实在缺乏证据，直到托里切利来到大明，带来了伽利略夫子的猜想。

不论是上古墨家学者，还是陆九渊或王守仁，他们都只是对这一假说进行了定性的猜测与分析，然而伽利略却有了实验的佐证。伽利略认为，在场物质转换实验中，由于要消耗极大量的能量，以现在的技术水平，无法确认这一过程里到底发生了什么，因此他认为，作为实验对象的弗罗林金币所发生的微量增加，有如下两种可能。

---

1. 在现实中，陆九渊（1139—1193），字子静，南宋哲学家，教育家，陆王心学的代表人物，被称为"象山先生"或"陆象山"。

一是有一部分能量转变成了物质。物质守恒，能量也是物质，所以这是讲得通的。可是场物质转换理论的数据模型显示，在物质到场的转换过程中，会吸收大量的能量，而场到物质的逆转过程又将消耗这些能量。物质守恒，能量同样守恒。而技术上不能完全杜绝能量的逃逸，所以只可能在逆转过程中有微量的损失，除非在逆转过程中又加入了超大量的能量。然而事实上并没有再投入能量，所以这种可能完全说不通。那么只剩下另一种解释，便是场物质转换实验中，消耗掉的能量并非真的实现了场与物质的转换，而是打开了平行时空的联系，将平行时空中最为接近的对象替换过来了。换句话说，这实验看似实现了物质与场的转化，其实却是原来的对象转移到另一个时空，而将另一个时空的对象转移到了现实中。由于平行时空有种微妙的对应，所以不可能完全一致，这样质量上的细微增加也就可以解释了。

在欧罗巴，伽利略得到了耶稣会天学士的支持，而耶稣会正是大明与欧罗巴之间的联络者，所以徐光启与伽利略也有了联系。然而随着欧罗巴的教权得到了加强，现在的教宗乌尔班八世是个狂热的守旧派，对意大利境内的大学都进行了整顿，将本来只是其中普通课程之一的神学抬高到至高无上的地位，并对除此以外的一切研究进行打压。如此一来，伽利略的实验也只能中断了。

尽管并没有这方面的研究，但由于在武功院接受过理论学习，方子野很快就理解了徐大人的解释。只是那来自异世界的自己仍是一脸茫然，显然根本不知道徐大人在说些什么。

看来，那另一个自己所来自的时空，比现实要落后很多。方子野想着。平行时空理论的有趣之处，就在于这种微妙的映射。两个时空中的人物大多可以一一对应，甚至经历都大同小异，但在宏观层面上，却可能大相径庭。眼前这个自己所来自的世界，看来技术水平还停留在开元天宝思想大爆炸之前的中世纪,所以完全不能理解这个现实,他去破坏信藤,也就可以理解了。

"老师,那怎么才能让这个仲谋回到自己的世界去?"

柚插嘴打断了徐大人的长篇大论。看样子,柚虽然也是这个时空的人,但没比另一个时空的自己懂太多知识,真不知他是怎么成为徐大人弟子的。

徐光启沉吟了一下,说道:"只有冒一下险,重启实验了。"

以往的几次场物质转换实验,全是用物品做实验对象,连动植物也没有,同时并没有发生逆转换后质量反而增加的现象,所以徐光启也从未往这方面想过。好在实验数据保存得非常充分,完全可以再现,理论上,这个碧眼儿完全可以回到自己的时空中去。

"那……在他回去前,要不要给他做个脑波检测?"

"不要!"

方子野下意识地脱口而出。当他看到柚有点惊诧的眼神,马上道:"我……他绝不会把这事说出来的。"

脑波检测,不仅能搜查大脑中的记忆,还能将人的记忆清洗掉,但更可能对人脑造成不可逆的伤害。眼前这另一个世界的自己,尽管实际上与自己无关,但方子野自己绝不想经受脑波检测,也同样不希望另一个自己遭到这样的伤害。

徐光启沉吟了一下,说道:"碧眼儿,你清楚你现在是什么处境了吧?"

尽管仍有点茫然,但那碧眼儿还是点了点头道:"知道,徐大人,我到了另外一个大明。"

"你回到原来的世界,如将此事说出去,有可能会造成极大的混乱,你能一直沉默吗?"

"弟子定三缄其口。"

徐光启笑了："碧眼儿从不说谎，不论在哪个时空，应该都一样。只不过，现在这件事，必须有一个让文庙监控室说得过去的解释。"

刘文礼深吸了一口气，说道："徐大人，我有个主意。"

当刘文礼将他的主意讲完，想到的却是还放在自己那辆两轮车篮里的霜肠和扒糕。看样子，今天非到天大黑了才能回家，与应付监控录像的解释相比，怎么和妻子与女儿解释，倒是更麻烦的事。

天启

第四章

出拳如电推功原有意 分袂随缘相见总无心

堂堂锦衣卫北镇抚司，其实只是一个保安机构罢了。

许显纯刹住了两轮车，抬头看了看夜空，重重地呼出了一口气，心中这么想着。

他自幼听家中老人说起当年的北镇抚司何等威风，缇骑一出，旁人闻风丧胆，便神往不已，只觉大丈夫当如是。然而现在自己真个作为大明帝国锦衣卫都指挥佥事，执掌了北镇抚司，才发现原来根本不是那么回事。

名义上，北镇抚司直接受陛下指挥，专理诏狱，有自行逮捕、关押、审训和宣判之权。只不过这些权限只是洪武帝时定下的，自从弘治帝[1]发布了《弘治宪章》之后，虚君共和，陛下自己都只剩了个名义，北镇抚司自然也不可能再有这些大权了。想抓人，除非发生擅闯皇城之类的事件，而且抓到人后必须移交刑部处理，所以现在北镇抚司就以维持首都治安为主要职责了。听起来威风，可实际就和那些酒肆瓦舍雇来的看门人没什么不同。正因为如此，尽管每天早晚三次的例行巡逻并不算劳烦，但许显纯每次都感到憋气。

只是不管怎么样，例行巡逻还是要进行的。虽然虚君共和，但优待皇室，以往待遇丝毫未变，而北镇抚司都指挥佥事好歹也是个正四品职位，并不算低，所以实不能出什么差讹。正当他跨在两轮车上继续今天的巡逻，却见前面的拐角处突然冲过来一个人。

现在已经入暮，在皇城脚下这般狂奔，怎么看都有点可疑。只是还没等他开口，走在前面的同僚崔应元倒是抢上一步，喝道："是谁？做什么的?！"

崔应元是个大嗓门，因为现在天黑了，他虽有意压低了声音，

---

1. 明朝第十任皇帝朱祐樘（1470—1505），1488—1505年在位，年号弘治。

可还是显得十分响亮。

以往，常人被崔应元这般一喝，要么站立不动，要么掉头就跑。然而那人一反常态，反倒向前冲得更快了。

虽然身为锦衣卫，但崔应元并不是什么武功好手。平时巡逻时，一旦发现有什么异样，一声断喝马上就让人站住了，哪会和眼前一般！见到那人劲矢似的直冲过来，居然完全没有站住的迹象，崔应元几乎要吓呆了。

这一撞，岂不是要被撞个人仰马翻！正当他脑海中闪过这个念头时，身后的许显纯已抢上一步，冲到了他面前。

与半路出家的崔应元不同，许显纯是武进士科班出身，而且每天习武，从不懈怠，因此远比崔应元的反应快。当发现那人竟是直撞崔应元而来，许显纯一掌便向来人的肩头推去。

以许显纯的力量，这一掌若是推上，来人定会被推翻在地。只是当许显纯的手掌上传来了一丝织物的触感时，随之而来的却是一阵空虚，手掌推了个空，那人却是在即将被击中的瞬间一跃而起，闪过了许显纯这一掌。

好本领！

许显纯一下睁大了眼。他刚才出手根本没有留情，也没留后手，这一掌若是打实了，那人的肩骨都有可能被他打折。但没想到此人竟然有这等身法，他一招落空，如果此人反击，再一脚踢过来，便会正中自己面门，那可如何是好。

许显纯的心里已是翻江倒海，说不出的后悔。他本来自恃本领远高于崔应元，现在却是骑虎难下，唯有将手臂举起来护住面门。

这只是聊备一格，想完全护住脸自是不可能。但许显纯是睚眦必报的性情，他仍睁大了眼，盯着来人，心想拼着吃个眼前亏，哪怕被踢得一脸花,也要将这家伙记住了,有机会定要让他尝些苦头。

在许显纯的意想中,夜晚还在皇城下行踪诡秘之人,必定长得凶神恶煞一般。但与他所想的全然不同,冲来的这人只是个少年,一张脸居然还颇为清俊,最让人注目的,便是那少年的双眼竟是碧色。

是个胡人吗?许显纯想着。

那少年身形快如闪电,当许显纯刚将手臂举到脸前时,少年已然冲到了他面前。此时如果一脚踢来,许显纯根本挡不住,但许显纯只是觉得臂上一重,却是被那少年的脚尖轻轻一踩。

这点分量对习武的许显纯来说自是不在话下。那少年既然没能踢自己的脸,许显纯也顿时镇定了许多,手臂一运力,左拳一下打向那少年的脚踝。但少年的身法实比许显纯想象的更快,借了这一点之力,从许显纯头上跃了过去。

一旁的崔应元哪见过这等轻灵身法,已是惊得呆了,失声叫道:"好本事!"

崔应元没有许显纯的本事,见许显纯一招就被那少年突破,哪里还敢拦。便是许显纯也有点心寒,心知自己追过去定然讨不了好。正在骑虎难下,进退两难之际,却听得身后有人喝道:"拦住他!"

这是个少年的声音。暮色中,只见从那边皇城拐角处又冲出了一个身穿飞鱼服的人。

飞鱼服是锦衣卫的制服,只有执行公务时才穿着,那么这个追出来的定然是个同僚了。许显纯心定了定,却心中腹诽道:"说得轻松,这家伙拦得住吗?"

因为方才领教了那少年的本领,许显纯已经失去了拦住他的信心。但那少年不知为什么，却是闻声站住了，还回头看了看。也就在这一看的工夫，后面那个飞鱼服少年也如劲矢般从许显纯与崔应元两人身边闪过，迎上了碧目少年。

虽然只是惊鸿一瞥，但一瞬间，许显纯竟是有点恍惚，因为这个飞鱼服少年的长相，竟然与先前那人出奇的相似。

如果长相相似只是出于偶然，但那飞鱼服少年掠过许显纯身边时，许显纯看到了他的那双眼睛，竟然也是碧色的。

碧目之人，虽然很少，但也并非绝无仅有。只是这两个少年不仅高矮胖瘦极为相似，连一双眼珠都是碧色，仅仅衣着不同，实在令人难以置信。

许显纯算是个深沉之人，不像崔应元那样容易大惊小怪，但此时也有点怔忡。眼见两个少年已然在交手，这两人一样敏捷之极，许显纯自觉没这个本事，若是贸然上前，只怕自己反会受伤，但不去帮忙，同为锦衣卫又说不过去……正在犹豫，却听得身后有人叫道："许大人！"

这声音倒很熟悉，许显纯一下转过头，正见到另一个人从拐角处出来。他记得此人乃是文庙监控室的一个叫刘文礼的职员，因为同属锦衣卫，而他曾去文庙查过几回监控，所以两人认识。

"许大人，您今天当班啊。"

刘文礼快步上前，十分恭敬地行了一礼。许显纯小声道："这是怎么回事？"

"是个歹人，易容成我师弟来京中破坏，被我师弟发现了。"刘文礼也小声说着。

许显纯还没说什么，边上的崔应元忽地插嘴道："一定是白莲教！这伙妖人有妖术，怪不得易容术如此高明！"

白莲教是一个反政府邪教组织。年初有人告发白莲教主徐鸿儒准备谋反，现在正在全国范围内缉捕此人，而徐鸿儒显然不甘心束手就缚，自然也在进行反抗。又因为坊间盛传白莲教有各种奇奇怪怪的妖术，所以崔应元马上就一口咬定那个先冲出来的碧目少年便是白莲教众。

崔应元只是随口一说，但许显纯也觉得此言恐怕便是事实。只是在京城也出现了前来作奸犯科的白莲教歹人，甚至就在皇城外，一旦侵犯到皇城，那可不是件小事了，如果追究，锦衣卫难辞其咎。于是他心一横，伸手按向腰间的绣春刀道："应元，我们上！"

崔应元嗓门响，可胆子却并不大，眼见那两个碧目少年缠斗在一处，身法如风，出手如电，自己是做梦都没这本事，就算拔刀在手，若是贸然加入战团，万一被那妖人盯上，自己本领又最为不济，多半要遭殃。因此听得许显纯说要上，他却犹豫道："许大哥，这个……"

没等他想出什么托辞来，刘文礼已然道："多亏两位大人方才帮忙，我师弟定能擒下这妖人，现在不必有劳了。"

许显纯也知道，刘文礼的师父乃是有锦衣卫第一高手之称的武功院第二指挥使王景湘。虽说刘文礼的本事不见得如何，却也比自己强得多。听说王景湘的小弟子名叫方子野，有"碧眼儿"之号，被公认为武功院下一代中的有数好手之一，与武功院第三指挥使罗辟邪的"龙虎狗"三弟子并称为武功院四天王，定然便是正与那歹人相斗的少年了。

虽然武功院名义上是锦衣卫的一个分支机构，但锦衣卫中有大量受荫封进入的世家子，武功院却完全是从民间招收英才少年，所以二者实不可同日而语。自己在锦衣卫已然算得高手，却连这刘文礼都比不上，更不要说是那个碧眼儿了，因此他虽然说了要上前,其实早就打好了退堂鼓,被刘文礼这一拦,马上便道:"这倒也是,令师弟乃是王大人高足,我是向来佩服得紧。"

他刚说了句客气话,只见那穿飞鱼服的方子野突然一个踉跄,却是当胸被打了一拳,跌跌撞撞地倒退了五六步。崔应元虽不敢上前动手,可扶住人却是敢的,抢上前顶住了那碧眼少年,叫道:"来人啊!抓妖人!"

崔应元的嗓门中气十足,那少年虽然一招打倒了对手,显然也是怕的,更不敢乘胜追击,转身一个箭步逃去,转眼便消失在黑暗中了。

崔应元虽然喊出了声,其实心里还是有点害怕。今晚是他与许显纯在例行巡逻,周围并没有其他同僚,想叫人过来谈何容易。连这武功高强的武功院少年都不是那歹人对手,崔应元这话不过是壮个胆。哪知那歹人武功虽强,却是惊弓之鸟,掉头就跑,虽说没能擒住歹人立上一功,可现在这样有惊无险实是最好的结果,因此崔应元眼看着那人消失在黑暗中,却只是追得极慢,倒是喊叫声越来越响。

喊了几嗓子,崔应元见好就收,停下了脚步。他生怕自己追得太快,万一真追上了那少年就不好收场了。一停下,马上道:"这歹人跑得好快,不然非叫他尝尝我绣春刀的厉害!"

许显纯倒不似崔应元那么脸皮厚。这件事终是他当班时候发生的,他怎么也得有个交代,因此向刘文礼拱了拱手道:"刘兄,但不知您二位是如何发现这歹人的?"

刘文礼道:"我今日接到报告,说城西信藤遭人破坏,在检索监控时发现拍到之人极似舍师弟,便知定是有人冒充,因此与师弟在此守候,果然等到了这歹人,可惜被他跑了。"

许显纯心道,如果监控拍到的这歹人冒充的不是这个碧眼儿的话,刘文礼定然不会如此积极做事的。不过这种事对他来说倒也很有同感,因为他们锦衣卫一般如此,能推搪便推搪,除非是与自己切身相关。他道:"是啊,可惜没能捉到此人,不然刘兄将这篇汇报交上去,便和令师弟立下大功了。"

刘文礼马上赔着笑道:"许大人真是谦虚。若不是许大人和这位……大人,只怕这歹人更要做出什么事来了,此功纯是两位大人的,汇报当然由两位大人来写。"

虽然没能抓住那歹人,但将此事汇报上去,也是一件功劳。崔应元在一旁听得已是心痒难搔,忙道:"我姓崔。刘大人,您真个不交汇报吗?"

刘文礼道:"岂敢岂敢,我与师弟若不是得两位大人拔刀相助,只怕要吃个大亏了。碧眼儿,你还不过来谢过两位大人,方才若不是崔大人扶着你,你非受伤不可。"

崔应元见他果然将此功让给了自己,已是心花怒放,说道:"这位便是碧眼儿吧?我也听得武功院中有这位新起英杰,果然名不虚传。"崔应元不是个大度之人,可现在刘文礼将这件功劳拱手相让,怎么也要说几句客气话了。

"是这里吗?"

看着面前这片空地,刘文礼轻声嘟囔了一句。

这里是广平库的边缘区域,很是偏僻,连路灯都没装,周围也没人家,树倒是长得郁郁葱葱。

说起来离鹿野苑不算远,但也并不很近,离刘文礼在监控中见到的另一个碧眼儿破坏信藤的地方却有两里多了。但另一个碧眼儿亲口说,他当时正是在广平库边巡逻,偶然发现面前似乎有一片异光出现,便想过去看看,但突然间觉得周围有点异样。当时他还并不知道是怎么回事，只道自己长久不来，京师的建筑不知不觉改换了许多，就这么一路走过去，直到发现了那一处因为护鞘破损而出现异常生长点的信藤。

"是这里。"

看着这个和自己长得一模一样，仅有衣着不同的人这样说着，方子野还是有种尤若梦寐的不真实感。

徐光启大人说，是因为鹿野苑这次不成功的场物质转换实验，导致能量溢出，打开了两个平行世界的通道，才造成了这起事件。但直到方才，方子野还是有点怀疑徐大人是否想太多了。

也许，这个与自己一模一样的人，其实真的是白莲教或者辽东建奴派来的间谍，毕竟不论是白莲教，还是建奴手下的自在堂，都有些奇奇怪怪的异人，甚至传说具有超能力。

方子野并不太相信超能力这种说法，然而与徐大人太过艰深的解释相比，这种超能力还更为可信。刚才在那位许显纯大人面前所演的一出打斗戏，才让他真正确信，眼前这人的确是另一个世界的自己，因为这人也会五行拳。

五行拳是老师的秘传拳术，只教给了自己和刘文礼两人，但刘文礼就算是师兄，碍于资质，这路博大精深的五行拳并没有学全。方才他与此人的打斗虽然只是假装，却也看得出此人的五行拳造诣极深，与自己完全一样，很多拳术中的精微之处唯有得到过老师的悉心传授才能领会。也正是因为两人的拳术完全相同，所以这一出打斗戏才会如此逼真，连一点破绽都不露。

另一个时空中的自己，尽管有很多不同，但这一点却完全一致，倒是件有趣的事。

"为什么要破坏信藤啊？"方子野低低地问道。这个问题他一直就想问。信藤无铜，挖取无用，而且生长极其迅速，有什么破损,修整好护套后很短时间里就能重新长好,他实在想不出这另一个自己为什么要做这等劳而无功的事。

"因为……在我们那边,这是血藤[1]。"

"血藤?"方子野有点诧异。信藤寄生在植物身上,如果不进行干预,参天大树也很快会被吸干养分而死,所以必须用护套来约束管理。除此以外,却也没什么奇异之处,真不知在另一个时空它怎么会有如此杀气腾腾的名字。

"因为血藤是种极其危险的东西,能一下子将活物吸干,包括人类。"

方子野倒吸了一口凉气。在另一个时空,竟然会有如此的不同!看来两个时空除了微妙的对应,同样有着极大的差异,这让他不禁产生了想亲眼见识一下的欲望。

方子野正想着,边上的柚却插嘴道:"徐大人不会弄错吧?这儿没什么奇怪的地方。"

此时一手提着灯,一手正在用射线探测仪四处测量着的托里切利抬起头,小声道:"徐老师估计得没有错,这儿确实发生过能量异常。"

徐大人决定冒险重复一次实验。如果精确重复上一次的每一个步骤,应该会再次打开这条意外的通道。而在将这个不属于当下时空的方子野送走之前,又必须给监控到的那段录像一个合理解释,所以刘文礼才想出了这么个主意来。现在那位锦衣卫指挥佥事许显纯大人,成了证明录像中那个破坏信藤的碧眼儿是有人冒充的最好人证,将这另一个碧眼儿送回自己的时空,许大人有了功劳,刘文礼和方子野也都不再有嫌疑,实是皆大欢喜。

---

1. 参见"武功院"系列短篇《天与火》。

只是刘文礼怎么都欢喜不起来，因为今天他已经耽搁得太久了，待回家怎么跟妻子女儿解释，实是比解释那段碧眼儿破坏信藤的录像还要麻烦的事。听见托里切利说没错，他马上道："那么，碧眼儿，我得先走了。这位托公子，还有这位……柚公子，回见了您呐。"

"师兄回见。"

这句话却是两个方子野同时说的。不仅语调与口气相同，时间也分毫不差。刘文礼怔了怔，直到现在，他还是有点无法接受眼前这两个碧眼儿的现实。他摇了摇头，心道："还是别再见这种事了。"于是也没再说什么，骗腿上了两轮车，向着鸣玉坊的方向骑去。

与急着回家的刘文礼全然不同，柚却是兴致勃勃地看着托里切利在四处测量，又时不时地问那个异时空的方子野一两句。

显然，这件从未见过的怪事，简直比那射阳山人的《西游记》还要精彩，柚大概对此事马上就要结束还有点惋惜，在他看来，这件事最好也与《西游记》一样还有七八十回后续才好。而他问的问题也是无所不包——那一个大明是怎样的，现在那里是不是也是天启二年，有没有两轮车，有没有白莲邪教……

柚真是个自来熟，怪不得会仅仅在中渭网上聊过几句，就马上自告奋勇地来见自己了。

方子野想着。看着柚与另一个自己聊得热火朝天，他总有种异样的不真实感。事实上，这件事本身就透着不真实。毕竟，与另一个时空的自己相遇这种事，对一般人来说连想象都无法想象。如果自己不是武功院中人，肯定也会斥为无稽之谈。

就和方才遇到的锦衣卫许大人和崔大人一样。

托里切利这时抬起头，压低了声音道："就是这儿了，不会有错。根据徐老师的计算,异时空的通道是场物质实验造成的量子跃迁引发的。这儿的势场直到现在还有些异常,上一次通道应该就产生在这里。"

尽管在武功院学习过,听了托里切利的话,方子野还是有点茫然。他不由看了看那个正与柚交谈着的另一个自己,这两人显然比自己还茫然。

柚问道:"通道是什么样的?是不是这儿会出现一个门?"

托里切利道:"理论上来说,应该看不出来,除了边缘部分会有一点折射。"他见柚似乎又要问什么,忙道,"但通过射线探测仪可以测得具体位置。徐老师完全重复了上一次的实验,误差应该不会太大。"

他正说着,手中的射线探测仪突然发出了轻微的咯咯声。托里切利将探测仪举起来看了看,急道:"徐老师的计算没错,就是这儿!"

探测仪上的一块黑色指示片正在快速旋转,这意味着这儿的能量突然间发生了异常波动。柚马上低头看了看手上的缠腕时计,叫道:"正是徐大人约定启动天启的时间,托兄你快测好吧,别让这位碧眼儿回不了家。"

"天启?"

"就是那台场物质转换仪。"

天启,不仅是现在的年号,对徐光启大人等天学士来说,还有着另一层含义,所以徐大人才会以此命名吧。方子野一边想着,托里切利已将射线探测仪向着几个方向调整了一下,待转向两棵大榆树之间时,那块指示片转得跟风车一样快,他小声道:"就是这儿了!"

他说着,将灯提了起来,另一只手将探测仪的环套在了手腕上后，拧了拧灯上的一个螺丝。灯里的反射片相应变化，灯光凝成了细细一线射出，待射到那两棵大榆树间时，就如同射入了一块极厚的玻璃里一样，光线发生了一个明显的折射。

果然是这里！方子野想着。托里切利已然喊道："方先生……是那位方先生，快过去吧，通道又打开了。"

方子野看到那个自己抬起头来，看了一眼自己。

在武功院，尽管一致公认碧眼儿才智和胆色都远超侪辈，但自从见面以来，方子野总是有点惧于见到这个与自己一模一样的人——更确切地说，是另一个自己。这是一种本能的恐惧。尽管他也知道这个自己绝不会对自己不利，可他还是害怕。如果不是师兄坚持，方子野都不愿意在那两位巡视的锦衣卫大人面前演这么一出戏。但在这个自己即将永远离去的时刻，他突然又有点担心，小声道："托里切利先生，他能回到自己的世界，不会有错吧？"

"伽利略老师提出平行时空理论时，讲到平行时空其实有无数个，但每一个都与其他所有的时空完全无涉，要打通其实是一件非常偶然的事。"

柚怔了怔，问道："这是什么意思？"

"柚先生，这位托先生应该是说，打开这么一个时空就很偶然，打开两个几乎不可能，是吧？"

听到说话的是另一个自己，方子野不禁暗暗有点得意。那个自己所处的时空，显然比自己所在的这个要落后许多年，所以这个自己几乎完全听不懂徐大人与托里切利的解释。然而他即使没有接受过现代格致知识的教育，却在很短的时间里就已经能够领会一些基础性的概念。如果让他在这里的武功院学习一段时间，应该完全能够和一般的生徒一样了。

毕竟，他也是碧眼儿。

托里切利这时也忙不迭地点头道："是，是，这位方先生说得很明白，比我明白。我学习大明话还不甚好，有点词不达意，还请海涵。"

柚道："托兄，你说得够好的了，比我们大明好多人说得都要好。唉，方兄，你快走吧。"

方子野见那个自己犹豫了一下，向着自己几人抱拳道："多谢诸位。此事实在太过匪夷所思，还请诸位此后再不要打开这个通道了。"

托里切利嗯了一下，似乎又要解释什么，但还是没说。倒是柚道："你快过去吧，徐大人说过只将机器打开片刻。要是他一关，你就得留在这儿了。"

方子野看到那个自己又张了张嘴，却没有说什么，转身向那两棵榆树间走去。此时托里切利仍然将手中的灯光射向两棵树之间，看得出光线还是发生了折射，但其他完全没有异样。那个自己走到光线折射的地方时，就如同突然间没入了黑暗里，刹那间便消失不见了。

"他回去了！托兄，他回去了！"

柚指着那边，几乎有点雀跃的意思。托里切利看着悬在手腕上的探测仪，说道："势场突然又发生了剧烈波动，那位方先生应该回到了自己的世界。"

"那个世界和这边一模一样吗？"

托里切利道："伽利略老师认为，因为各个平行时空一般不会发生干涉，所以完全随机运行。可能在无限远处追溯到同一个原点，但离开原点就不一致了。"

托里切利这席话，柚只怕还不如那个碧眼儿更能领会要点。

方子野不禁有点好笑。他也不知道柚是怎么投到徐光启大人这等神话般的格致大家门下的，看来这人多半是与徐大人有世交的世家子弟。他说道："托里切利先生，这样就行了吧？"

"等等，这个通道的能量正在衰减，我看看什么时候会彻底失效。"

尽管来自西洋，托里切利显然是个痴迷于格致学的书痴，还在目不转睛地盯着那道射入两棵榆树之间的一道光。而现在，已经明显看得出，这道折射的光正在开始变直，自是徐大人已经关闭了机器，这道通往异时空的通道开始衰减了，估计马上就会消失。

"持续时间共两分十七秒。"

托里切利小声嘟囔着。"分""秒"这两个时间单位是第一位来大明的西洋天学士利西泰先生创造的。因为都是很小的时间单位，对于一般人来说并没什么大用，直到现在，也就是在武功院或鹿野苑这种地方通用。这个西洋来的少年留学生看来总是将求学放在首位，而方子野却感到了一阵莫名的空虚。

永别了……碧眼儿。

在心底这样对另一个时空的自己说着，方子野心头也不知什么滋味。见到了另外一个自己，是种难以置信的经验，但也实在不想再有这样的经验了。

一定要劝徐大人不再进行这样的实验了。方子野想着。

天启

第五章

明察秋毫风起青萍末　暗藏春色木雕蓬壶山

尽管这事古怪又突然，令人难以置信，可过了以后也就一切如常，仿佛从没发生过。方子野还有点担心，偷偷去查阅了锦衣卫的近期报告，发现了署名为"锦衣卫北镇抚司许显纯、崔应元"所上的报告。虽然看不到内容，但从日期看来，定然就是关于那天的事了。也不知许显纯将这件事归为白莲教还是建奴所为，反正后来并没有人来找方子野的麻烦。

很显然，刘文礼的这条计策生效了。送给许显纯与崔应元这个功劳，他们投桃报李，也就没有说那个歹人长相与方子野一模一样。

如果没有许显纯和崔应元的圆谎，这件事本来也没那么容易平息，但过了没几天，从山东传来了一个突发消息：正遭通缉的白莲教教主徐鸿儒在山东钜野徐家庄聚众起事，自称"中兴福烈帝"，甚至还取了个"大乘兴胜"的年号。

出现了这种大逆之事，内阁首辅叶向高大人召开紧急会议，商讨平息办法。

一时间，中涓网上那些小太监对说部也暂时失去了兴趣，连兰陵笑笑生新上传的一章也没多少人点击，聊天室里如同水沸一般，讨论的尽是这件突发事件。那些原本口口声声"格致格虚，事必近理"的小太监们，这回却是把天知道哪里听来的道听途说都搬了上来，到最后，连白莲教徒有飞行术和三十六化的妖术这类不靠谱的话也都说了出来。有个看过几出戏的小太监还信誓旦旦地宣称，神出鬼没的大盗飞燕子便是白莲教徒，而那个名伶柳卫也是个白莲教徒，不然绝不会扮什么像什么，个中缘由便是他有白莲教三十六化！

方子野进聊天室，本来想找柚聊聊那本《西游记》最新的一章。不过连兰陵笑笑生新上传的《金瓶梅》都没什么热度了，那一章《情因旧恨生灾毒，心主遭魔幸破光》[1]就更没什么人讨论了，聊天室里连篇累牍尽是白莲教的事，方子野刚打出一句就被淹没在那些小太监的长篇大论中了。

也不知小太监们对这个消息的热度还能持续几天，只是方子野倒是有点奇怪，柚怎么如此沉得住气，毕竟他对《西游记》的爱好程度比自己更甚，以往新出了一章，必定第一时间来找人讨论。且这两章那射阳山人一反常态，前一章写了一大段蜘蛛女洗澡，这一章又写了一大段蜈蚣男赤膊，照理很有点谈资可聊，便是那些小太监们也都渐渐有了点兴趣。

大概，他最近很忙吧……方子野想着。以前几乎天天都能在网上碰到柚，现在竟然足足十来天不见他，实在有点异样。柚和托里切利都是徐光启大人的弟子，不过和托里切利比起来，柚这个弟子简直不学无术，有欺世盗名之嫌，肯定平时没怎么用功，现在正在恶补功课吧。

如果真是这样的话，搞不好他将来没时间上网了。方子野不无遗憾地想着，同时也多少有点妒忌。能成为徐光启大人的亲传弟子，这可是当今天下格致派年轻儒士最向往的事，但柚却似乎并不怎么看重这份荣耀。

方子野的工作是在武功院测量一系列常数，因为叶首辅提出要对全国的度量衡进行一次精度上的大统一，以革除过往积弊。但由于白莲教突然起事，武功院的大量骨干被秘密抽调，显然是去参与平叛了，方子野的测量工作也就暂停了。不过他也没得闲，上面派给他一个清点武功院资产的活计，于是方子野拿了本大册子去武功院里对照那些大大小小的资产。

---

1. 明代《绣像全本西游记》第七十三回。

平时也没觉得这件事有什么难的，真正着手了方子野才知道原来如此烦琐。自从万历年间[1]张江陵公[2]任首辅时创立武功院以来，这个名义上从属于锦衣卫，实质上独立的机构，这些年发展得突飞猛进，资产的更新换代极快，以致清点工作一直没跟上，目前登记的已经至少有三成对不上了。方子野忙了三天，才算清点了九成多，那本资产簿已然被他画得都快不成样了。

等清点完毕，也该重新造册登记了。看着这本又大又重，几乎可以当武器用的大册子，方子野就有点头晕。只不过武功院的生徒出师后有三年见习期，自己即使是第二指挥使的弟子，也不能例外，人人都是这么过来的。

因为清理记录，登记造册实是件比清点资产更烦琐的事，方子野在武功院的学习室角落里找了台存思机，每抄写一条便录入一条，并想着如果哪天能发明一台自动打印的机器就更好了。

印刷机其实早就有了，甚至比存思机发明得更早。在沈括将光合发动机实用化之后，一时间运用极广。人们对这个能够自动旋转的机器大为好奇，探索其用途的热情也一路高涨，当时大宋刑部甚至还利用光合发动机发明了自动拷问机。后来发现这台自动拷问机实在有点大材小用了，而且不好掌握力度，这一方向的探索才算无疾而终。

与这些误入歧途、劳而无功的尝试相比，当时一个名叫毕昇的印厂雕版工却做出了非常有价值的研究。宋代的印刷业已经非常发达了，但当时的雕版印刷机每印一页，就要雕刻一块雕版。毕

---

1. 即1573—1620年，是明神宗朱翊钧（1563—1620）的年号，为明朝使用时间最长的年号。
2. 指张居正（1525—1582），字叔大，号太岳，生于江陵县（今湖北省荆州市），故称之"张江陵"。

昇突发奇想,将字模分开成为单个,然后以光合发动机配合大小齿轮制作出了一套非常精密的检字系统,制成了活字版印刷机。这种活字版可以大大缩短制版时间,也使得宋代的印刷业得到了一次大飞跃。时至今日,即使存思机已经普及,"宋版书"仍是藏书家的珍品,实体书也并没有被淘汰。现在武功院的一个课题,便是想办法将这活字版印刷机与存思机联机,如果能做到将存思机上的内容直接打印出来,必定会是一场不亚于"熙宁大工业时代"的大变革。只不过到现在为止,最为艰难的字库问题仍无法解决。即使存思机上的内容完全没有生僻字,印刷机也必须准备三千多个常用字才行。要从三千多个字模中检出来,制成版后印刷,再将字模放回原处,耗用的时间足够将这些文字手工抄上一百遍了,所以毫无实用价值,因此方子野也只有以手写与录入相结合的办法来登记造册。

正在他埋头做事的时候,学习室的门开了。

武功院每年都不定期招一批生徒,现在则是青黄不接的时候,前一批生徒刚出师,新的还没招来,因此学习室现在几乎没人来。尽管忙于工作,方子野还是抬起头,想看看这当口还会有谁如此好学。也就在他抬头的时候,正与进来的那人打了个照面。

"托里切利!"

"碧眼儿!"

托里切利是个有点拘谨的西洋留学生,但显然方子野这个外号给他留下的印象更深,因此脱口而出的是这三个字。待说出口,托里切利也马上意识到自己这样相当失礼,毕竟与方子野只不过一面之缘,当面称呼人家外号终不太好,便期期艾艾地道:"方……方先生。"

"在下方子野,叫我碧眼儿无妨,托里切利兄。"方子野倒是落落大方地打了个招呼,"兄台怎么来武功院了?徐大人呢?"

由于方子野的随和,托里切利也放松了许多,说道:"是,碧眼儿。徐老师接到命令,一个礼拜之前就去协助孙意诺爵先生了。"

托里切利说的"孙意诺爵"是徐光启大人的得意门生孙元化。由于这几年建奴扩张十分猖獗,孙元化年初被孙承宗大人所请,前往辽东修建防御建奴的工事,可能他遇到了点麻烦,就上书请老师帮忙。而徐大人一走,托里切利这个留学生就没有了关照他的人。虽说自利西泰先生之后,现在欧罗巴来的西洋天学士为数日多,但托里切利这等金发碧眼之人若是招摇过市,还是会被看稀奇的市民围观的,所以徐大人还是将他送到这个对西洋天学士司空见惯的武功院来,也不耽误他的学业。他见方子野又要用笔记,又要录入存思机,便道:"碧眼儿,你在录资料吗?我帮你吧。"

之前方子野又写又录,确实有点手忙脚乱,见他自告奋勇帮忙,便让开了存思机前的位置。本来还担心他对汉字输入法不熟,但见托里切利顺手打字,比自己还要娴熟,方子野这才放下了心。

两人合作,效率自是高得多了。托里切利一开始还有点拘谨,但和方子野熟了后却相当碎嘴。方子野问他见没见过柚,托里切利说,其实那天他是第一次见到柚,后来再没碰到过。他来大明并没有多久,而且来了后便一直在鹿野苑,连街上都没去过几次,因此对什么都好奇,一边录着资料,一边问着事。什么景泰蓝的制作工艺是不是真个实现了全机械化,存思机最新型号能达到多快的响应速度,擅长反串的名伶柳卫是不是真个如传说中那样为了保持娇嫩的嗓音而自宫……提的问题简直无奇不有,时不时还夹杂几句"大明真是太先进了""不知意大利什么时候能追上大明"之类的感慨。

方子野不禁有点诧异,问道:"托里切利兄,意大利的格致学不是与大明各有千秋吗？徐大人给我们上课时也曾说过，若没有与意大利格致派天学士的交流学习，大明科技大概不可能在这几十年里发生爆炸式的进步。"

托里切利的眼中飘过了一丝阴霾，"自从乌尔班八世陛下继任教宗以来，对意大利格致派学士打压得很厉害，即使是耶稣会的天学士也一样，伽利略老师的实验室都被关闭了，所以他才让我将他的实验成果全部转交给徐老师。"

其实大明理学派儒士也曾经对越来越多的欧罗巴天学士进入北京颇有微词，好在当初执此派牛耳的王阳明先生十分开明，并不排斥格致派儒学，于是两派儒学相辅相成，甚至有些科技成绩还是理学派儒士参与做出的，所以尽管有那么一点不和谐，总的来说还是很顺畅。只是听托里切利这般说，那边的教宗现在竟然有这种严厉打压格致学派的决策，无论如何都不明智。

看来，这世界也并非总是向前发展，有时也会倒退。方子野正想着，托里切利突然道："对了，方先生，在大明的重力常数是不是会比意大利稍弱一点？"

方子野一怔。重力常数的测定是当初身兼理学与格致两派之长的王阳明先生的一项伟大成就。阳明先生提出了力学三理，被简明概括为惯性定理、加速度定理，还有力与反作用力定理。这三理也是机械建筑设计与建造的基础，正是有了这三理，建造超过五层的高楼也成了现实。而重力常数的测定就是加速度定理所推导出来的，也被称为重力加速度。他说道："重力常数与纬度有关。如果你在广州测的话，应该会小一点。"

意大利的纬度与北京基本一致，两地的重力常数也应该基本一致，即使有差别，也是现在最精密的仪器都测不出来的。但如果在广州测的话，就能有明显的区别。特别是涉及一个极大重量时，这个差别就再不能忽视了。正是因为这个原因,所以大明户部规定,各类秤具都必须在北京进行校准,而且不得使用会受重力影响的弹簧秤,以防各地税务司中的不肖之辈借此中饱私囊。

但托里切利却道:"不是,我是刚测的,就在这儿,本来想找找有没有这方面的记载。"

方子野放下了笔。他记起了另一个时空的自己闯入这里时他在实验室里的事。当时他也在测一个常数,结果误差非常大。他本以为仪器有问题,但测了几次都查不出原因,也就没有再查下去,后来想想,很可能是受到徐大人那个失败的场物质转换实验的影响。他问道:"托里切利,这几天徐大人又做过那个实验吗?"

"没有。一次实验耗用能源不少,再说,徐大人上礼拜就走了,鹿野苑由锦衣卫接管,暂时封存,所以我也不能再留在那儿了。"

"鹿野苑还有别的实验吗?"

"澳门的佛郎机人带来了一种新型火枪,要说的话,也就是试射实验了。"

方子野沉默了。如果仅是火枪实验,自然不可能会影响重力常数。难道,会有旁人也在做场物质转换这类超高耗能的实验吗?

不可能。方子野想着。在北京城,除了鹿野苑,也就是武功院才有这个能力。但武功院的状况自己最清楚,并且自己刚做了一次资产清点,绝没有类似的实验器材。他道:"那就一定是你弄错了吧,仪器有误差也是难免的。"

托里切利抬起了头。看着他欲言又止的模样,方子野有点诧异,问道:"托里切利兄,你还要说什么吗?"

托里切利咽了口唾沫,似是下定了决心,这才说道:"方才的重力常数是突然间变化的,过了一段时间后又恢复正常,所以不可能是仪器问题。"

他一边说着，一边伸手在面前比画了一下，这才道："我记下了时间，常数失常持续了两分十七秒。"

这种计时方式虽然平常很难听到，但也没什么古怪，只是方子野的身体却不由自主地一颤，说道："那天，你也说持续了这段时间吧？"

"是的。"托里切利说着，"徐老师那台天启从开机到关机，一个正常过程就是这段时间，所以当时我才能确定，时空之门确实是场物质转换实验造成的。"

方子野只觉心底似乎有个人在呻吟。托里切利那天计时，原来并不是一时兴起。如此说来，十有八九是有人再次启动了机器。然而徐光启大人说过，场物质转换实验是失败了，但启动机器需要的能源却是真材实料的，连他也只能申请到两次实验的量。而且现在鹿野苑已由锦衣卫接管了，方子野很难相信，缺乏格致学素养的那些锦衣卫大小官员具有理解那台最尖端仪器的能力。

难道，有人要再次打开时空之门吗？

想到这儿，方子野喃喃问道："托里切利兄，我想问一下，打开时空之门后，对这两个时空会有什么影响？"

"伽利略老师说过，两个时空由于势能不一样，一旦打通，便会类似接通两个装有不同水量的木桶。"

托里切利回答得很快，这个比喻也非常生动，但方子野还是有点不明白这个"势能"是什么意思。他道："你能说明白点，会是什么后果吗？"

托里切利犹豫了一下，说道："两个装有不同水量的木桶，如果不相通，自然各自都很平静。一旦接通了，里面的水肯定会从多的一方流到少的一方，在达到新的平衡之前，两边都会发生波动。"

方子野倒吸了一口凉气，说道："难道，会造成两个世界现有的一切彻底崩溃？"

托里切利点了点头，但马上又道："然而这是在时空之门一直打开的情况才会发生。现实中它只能维持两分十七秒，造成的结果微乎其微，可以忽略。"

方子野松了口气。他因为在武功院所接受的格致学教育远没有托里切利这等专修格致的学生那样前沿，尚不足以让他定量分析这类时空之门对现在的影响有多大，但还是可以判断托里切利说得有没有道理。只是没等他这口气完全松下来，便听得托里切利接道："但假如有异时空的错误进入本时空，也会造成类似的结果。"

方子野看着他，慢慢道："也就是说，那天那个'我'如果一直不走，最后也会造成极大后果？"

"虽然没有实际验证，但伽利略老师做过计算，说确是如此，他因此将这种情况叫作……"托里切利说到这儿，大概也有点紧张，伸伸脖子咽了口口水才道，"时空风暴。"

"吾头发不可胜数，而身毛孔亦不可胜数，牵一发而头为之动，拨一毛而身为之变……"

方子野默默地念叨着宋代苏轼先生《成都大悲阁记》的这段话。苏轼并非格致派学者，但这段话体现了朴素的普遍联系观[1]，所以在武功院课堂上，教席也以此例说明"熙宁大工业时代"对人们思想上所造成的影响。用普遍联系观，可以很简单明晰地说明时空风暴产生的可能性，如果那天，那个自己在这儿停留的时间

---

1. 即联系的观点，是唯物辩证法的一般哲学范畴。唯物辩证法认为，联系具有客观普遍性，是事物的存在和运动所固有的，不以人的意识为转移的客观联系。

足够长，就有可能真的会引发一场时空风暴吧。他问道："托里切利兄，现在还能去鹿野苑吗？"

"掌纹锁的资料，连我的也已被删除，徐老师回来以前，应该谁也进不去了。"

方子野皱了皱眉，难道有人能绕过锦衣卫如此森严的戒备，偷偷开启了那台场物质转换仪？也未必不可能，因为鹿野苑肯定也和武功院一样，是建奴所觊觎的对象。特别是自在堂，据说是建奴的次子新近创建的一个组织，针对的正是武功院。武功院最近有几次行动很不成功，据说正是遭到了自在堂的破坏。

如果这件事真是自在堂做的，那绝不能等闲视之。只是现在师父偏生不在，目前在武功院主事的是地组罗辟邪大人。这件事牵涉到了很多不足向外人道的内情，何况方子野也深知，自己身为天组的一员，向罗大人上书一份语焉不详的汇报只会自讨没趣。

只有靠自己了。他看了看正在敲打着键盘的托里切利，暗自想着。虽说托里切利也不像个可靠的盟友，但总比没有好，何况方子野并不相信，自在堂神通广大到能够在鹿野苑来去自如，还不被人发觉。但在找到确凿无疑的证据前，这件事还是不要声张为好。

尽管打好了暂时搁置的主意，但方子野还是有点心神不宁。甚至，当他听到外面传来一声巨响时，还心惊肉跳地怀疑，是不是时空风暴发生了——当然并不是，那不过是一台运了些要清洗的铜盆的无人车，在行进时被路上一块石头硌了一下，翻倒了。方子野最担心的霎时移星换斗、改天换地的时空风暴并没有发生。

倒成惊弓之鸟了。方子野暗暗好笑。托里切利也说过，时空风暴仅是伽利略先生所提出的一个假想，仅停留在理论层面，到底会不会发生都是个未知数，自己未免也太过疑神疑鬼了。

下班后，方子野和托里切利道了别，回到家在存思机上又看了一阵。今天中洇网的热门话题仍是白莲教，大概连那个兰陵笑笑生也发现这阵子不是更新的好时机，而射阳山人的《西游记》也一样停留在收服蜈蚣精那一回。

正当他有点百无聊赖地扫视着聊天室里那些热火朝天的关于白莲教的讨论时，一条信息突然跳了出来："仲谋，你在吗？"

是柚！好几天不见他的消息，没想到突然间冒出来了。方子野一下来了精神，抢在这条信息被那些小太监的厥词顶得看不见之前回道："柚，你这几天去哪里了？"

"柳泉居木骨都束，我请客，看今晚的《八仙过海》。"

方子野本以为柚一定会和自己聊聊那一回《西游记》，哪知他没头没脑地冒出这么一句来。柳泉居因为不算大，所以不太适合演大戏，但演傀儡戏却很合适，柚说的《八仙过海》大概是出新戏。不过傀儡戏虽说也颇受欢迎，终究还是属于小众，所以在网上也看不到什么大宣传，不能与那名伶柳卫新近爆红的《窦娥冤》相比，真不知柚巴巴地请自己看这么出戏做什么。但既然请了，自然要去，有什么话当面问便是了。想到这儿，方子野马上穿戴整齐，准备出门。

出门的时候，天色已经暗下来了。当方子野正要锁门时，眼角突然瞟到了屋角闪过了一个影子。

有人！

虽然一闪即没，但方子野的眼力锐如鹰隼，一下就捕捉到了这个影子。一刹那，他的右脚便已然在门框边一点，人一跃而起。

方子野身法甚好，但平地跃起，也不过四五尺罢了。只是现在借着一踩之力，他冲起足有一丈多，已经比屋檐还要高了，将身一翻，便踩在了屋檐的瓦片上。这些瓦片常年被檐溜冲刷，长满了青苔，非常滑脚，但方子野仍是稳稳地站定。然而，待他站在屋檐上再放眼望去，却已见不到那个人影了。

真是好本领啊，难道是那飞燕子？

方子野在心中暗暗赞叹着。京中一直传说有个大盗飞燕子出没，每隔一段日子便会犯案。刑部的厂卫屡屡想缉拿此人归案，却总是连边都摸不着。以致中涓网上还出现过一本颇受欢迎的杆棒类说部《飞燕传》，便是讲飞燕子的事，却将这大盗敷衍成了一个劫富济贫的侠盗。因为看的人较多，引起了锦衣卫注意。由于故事里把锦衣卫说得很无能，便以"恶意丑化厂卫"为名禁了。方子野也看过，虽然他自己名义上也是锦衣卫，但平心而论，只觉这故事写得挺有趣，被禁有点可惜。不过小偷终是小偷，在故事中有趣，现实中却令人唾弃。虽然飞燕子从来不犯命案，可方子野觉得这人还是早落法网为好。

方子野也知道现在再去追，是绝对毫无头绪的。何况如果这人真是飞燕子，要捉他也是五城兵马司和锦衣卫的事，武功院顶多就有个听命协助办理之责，自己真去追的话，大概要被骂一句狗拿耗子。他轻轻叹了口气，从屋檐一跃而下。

一丈多高的屋檐，方子野跳下来时身轻如燕，声息皆无，点尘不起。好在现在天也黑了，街上已阒寂无人，自是没人注意到他这般跃上跳下。

他住在武功院宿舍，离柳泉居倒是不算太远，但也不近。对于懒得走路的公子哥们，这点路便足可叫个光合出租车了，但方子野的薪水不高，实在摆不起这个谱。其实以他的身法，跑过去的话不会比坐光合出租车慢多少，但柳泉居所在的南熏坊相当热闹，禁夜前来去的人很多，自己要是一路狂奔，搞不好要引起巡逻的锦衣卫注意，惹出一番无谓的口舌来。思及此，方子野也就只好选择快步行进了。待到了柳泉居的时候，只听得里面传来一段吟唱，应该是戏已开演了。

方子野更是焦急，快步进了门。

一进门，坐在门口跷着二郎腿听戏的跑堂忙站起迎了上来，"公子……"刚打了个招呼，见到方子野的模样，他马上恍然大悟道："是方子野公子吧？请去张房。"

一定是柚把自己的模样跟这跑堂说了吧，毕竟蓝色眼珠的人在大明很少见。方子野点了点头道："好。"

他去过这个正名为"木骨都束"的客房。这房间正对着中央的小戏台，因为在二楼，也没有人能挡住戏台，离得又甚近，确是个看戏的好地方。那跑堂领着方子野到了房前，轻轻敲了敲，听得里面有个人道："进来。"

那正是柚的声音。方子野有点急不可耐，一下推门进去。已经十几天没有柚的音讯，方子野也真个有点好奇，这家伙这些天跑哪里去了。

一推门，只见柚正优哉游哉地坐在那幅《三宝太监见土人图》下的长椅上，聚精会神地看着台上。那边，几个傀儡正在摆出动作。他转过头，看见方子野，马上招呼道："仲谋兄，坐！坐！"

仲家傀儡戏班是个非常优秀的班子，来自闽地，他们的傀儡戏极有独到之处，用的是悬丝傀儡。而悬丝傀儡是仲氏家传，代代精益求精。一般的悬丝傀儡，最简单的也就四根丝，而仲家傀儡一般都有十六根丝，最多的达到了三十二根。正因为如此精细，所以台上的傀儡连表情都能做出来。真个尽态极妍，无微不至；传神阿堵，曲尽其妙。

方子野正想开口，柚却小声道："快看，出来了！"

天启

第六章

求奇技不知大祸将至 越异乡为使远忧能消

《八仙过海》是一出十分讲究机关布景的戏，用傀儡戏来表现时越发显得光怪陆离，令人叹为观止。而仲家傀儡戏班的各种砌末道具与别家迥然不同，比如八仙各显神通渡海，经过蓬壶仙山时，别家也就是弄些假花假果装饰一个木台便算是仙山了，而仲家班这仙山出来时，整个柳泉居都发出了一个碰头彩。原来那庞大的仙山竟然装在一个巨大的木盆里，当中也不知有什么机关，随着这木盆在台上移动时，有水流喷涌而出，如飞瀑流泉，而其中还以木头制成许多小小的人偶，算作蓬壶岛上的小仙子，随着水流盘旋宛转，随高随下，久而不坠，同时水又没一滴流到外面，看上去真如在波光粼粼的大海上的一座仙山。

方子野也一下屏住了呼吸。这个仙山的成本不菲，但与成本相比，制作得如此精巧绝伦，才让人大为惊叹。

八仙过蓬壶时，人人都有一段唱。往日这段唱也不长，但这回因为这仙山做得太精巧了，为了让人多看一会，因此这段唱比平时长了一倍，原本每人两句，成了每人四句。

"怎么样？这山子做得不坏吧？"柚这时正在剥着一个水果吃，待这段《过蓬壶》演完，他突然问道。

"太精致了！"方子野赞叹了一句，"难怪仲家班得享大名。"

柚撇了撇嘴："仲家班操控傀儡的手法自然高明，不过若没有这等砌末，也就不见得有什么出众了。"

方子野点了点头道："这倒也是……"

如果没有如此精致的道具，演得再好也要打个七折八扣了。对这一点，方子野倒是完全同意，然而他总觉得柚的话中有些异样的味道。于是他问道："怎么，你认得他们班里做砌末的匠人吗？"

"岂止认得，"柚突然间嘿嘿一笑，"远在天边，近在眼前。"

方子野一怔。这话的意思，难道那精巧绝伦的蓬壶岛竟然是柚做的？

柚说道："没想到吧？我也不是什么都没跟徐老师学到。不过这套砌末也花了我十来天工夫呢。"

原来柚这些天没消息，就是在给仲家班做这套仙山砌末啊。方子野想着，而柚话中那一丝不服也让他有点好笑。

先前得知柚竟是徐光启大人的弟子时，方子野颇有点不以为然，心想柚对于格致学的知识极为浅薄，做徐大人的弟子实在丢了徐大人的脸。虽然没有说出来，他倒没想到柚居然都看出来了。真论起来，徐大人肯定没有这等手工，也不知柚明明有这等明师，却偏生把精力全放在这些细枝末节上。手工做得再好，终究是个匠人。像这蓬壶岛山子，精巧是精巧，可只能用来演这出傀儡戏，放家里当摆设都嫌狼犺了。

买椟还珠，便是如此吧。方子野想着，但还是微笑道："柚，倒是没想到你手工竟然有这等造诣。"

大明儒士，不论格致派还是理学派，"学以致用"是双方的共识，所以对这类精巧玩物，一般并不如何看重，工匠也很少吃力不讨好地把心思都放在这种地方。不过对于柚这等世家公子而言，手工只是他的爱好，当然可以精益求精，不惜工本了。

被方子野夸了一句，柚更是乐不可支，说道："当然了，不吹牛，便是京中的匠人行都称赞我的手工。来，给你看个好东西！这是我这些天抽空做的。"

柚说着，从座位下拿出了一个小木匣子。这匣子做得倒是很简洁，只是几片薄薄的白木拼起，一侧装着一个转轮。待抽出上面的盖板，一看清里面的东西，方子野脸上却有点发烧。

匣子里居然是一个欢喜佛！

方子野一下盖上了盖，小声道："你怎么做这么个东西？"

柚嘿嘿一笑道："怎么了？饮食男女，人之大欲存焉。你瞧瞧精不精致？"他说着，一边拧动那转轮，小声道："仲谋兄，你瞧，还会动的。"

虽然有点不忍直视，但方子野还是按捺不住好奇心，伸过头去看了看，只见那小匣子里的欢喜佛果然随着转轮的转动而变化姿势。

柚看着方子野目瞪口呆的样子，更是有点喜不自胜，说道："不错吧。这东西虽然上不了台面，可里面的机关却一点也不少，比那八仙过海的山子都要复杂，也花了我两天时间呢！"

柚年纪不大，总是衣冠楚楚，显然家境颇好，真不知他怎么练就如此一手出神入化的手艺的。欢喜佛不是能在大庭广众之下公开的东西，他做出来后自不能随便给人看，所以现在憋不住了才来炫耀吧。方子野叹道："是很精致。真不知你怎么想出来的！听说以前内廷西番宫有一间供奉欢喜佛的，是前朝故物，也是内设机关，转动后便会动起来。"

柚突然正色道："我可没抄袭！我只是远远看了一眼……"

他说到这儿，突然哑然无语，方子野却是一怔，马上目光灼灼地看着柚问道："你，当面看到的？"

方子野的目光让柚有点心虚，柚也显然发现了自己的失言，小声道："我……"他似乎想要抵赖，但话到嘴边，还是点了点头道："我是看了一眼。"

方子野心里一阵阴寒。他小声道："柚兄，你老实告诉我，你是不是去过那个时空了？"

内廷的欢喜佛，本是前元故物。二百多年前，前元王保保所统率的最后一支光合战车部队被徐达、常遇春率军以立体式进攻消灭，前元失去了最后一丝抵抗力量，末帝逃回漠北，元朝覆灭，大明正式成立。

虽然元朝覆灭了,但毕竟入主中原百年,元朝诸帝在当时被称为大都的北京城里留下了诸多痕迹,其中之一便是一个满是欢喜佛的偏殿。

这偏殿在紫禁城的东北角,是后来添建的。据说这偏殿里有双身欢喜佛数十尊,多以檀木制成。为制作这些欢喜佛,集中了当时最为顶尖的匠人,甚至包括元代最伟大的格致派学者郭守敬。

郭守敬是有史以来,可以排在前十位的格致学巨匠。以他这样的人物,当时也被命令做这些一般人看来伤风败俗的佛像,实是令人难以想象。所以当洪武帝登基后,本来要将宫中的前元痕迹一扫而空,但见到这些欢喜佛时仍是大加赞叹,不忍毁弃,只是封存起来。只不过这事后来成了一些文士最为津津乐道的花边新闻,越传越广,以至有人说正德帝在位时,成天都在这偏殿里厮混,坊间甚至还出现了影射正德帝荒淫下流的说部《游龙戏凤》,影响极坏。因此嘉靖初年,杨廷和任首辅时曾发起一场"清污"运动,将血腥暴力、色情低级都定为精神污染,下令捣毁各地非官方祠庙,严禁再建,即使这些欢喜佛深处内廷,也未能幸免,连当时的一些格虚说部作者也被殃及池鱼,被认为是精神污染制造者,不准再写。而那偏殿更是因为东北角添建出来的一块,拆毁后倒还了紫禁城一个方正,仅在那儿留下个"欢喜巷"的名字。

这件事曾哄传一时,现在仍在世的文士沈德符在《万历野获编》中还绘声绘色地写道:"余少日闻大珰曰,两佛皆璎珞严妆,互相抱持,两根凑合,有机可动。每帝王大婚时,必先导入此殿,令抚揣隐处,默会交接之法。"还有什么"奈何佛云欢喜,未抵杨公一怒,惜哉"。

那场"清污"运动搞得轰轰烈烈,十分彻底,也就是说,不仅整个北京城,就算大明境内,都极少有什么欢喜佛存在了。只不过,这种情况只是发生在这个时空的大明……

柚有点惶惑,干笑道:"说这些有什么意思,看戏吧,看戏。"

戏台上,已到了八仙斗四海龙王这段高潮戏了。仲家傀儡班的确名不虚传,这些傀儡漫天飞舞,却又丝毫不乱,各个栩栩如生。但方子野哪还有心思去看戏,小声道:"柚兄,这件事可不是件小事,要知道,那个时空之门是不能随便开启的。上一次如果不把那个'我'及时送回去,会酿成一场大祸的。"他顿了顿,又道:"托里切利还说,在另一个世界如果待得太久,掌纹一乱,人都要发生变异。"

柚的脸霎时有点发白,下意识地摊开双掌,低头看去。他的双掌甚是红润,只长了点老茧,但掌纹完全没有什么紊乱的迹象。柚松了口气,抬起头来,却看到了方子野那犀利的眼神。

其实托里切利根本没说过这话。不过当初罗辟邪大人在为他们这些武功院生徒上询问课时,曾讲过问出真相的六种方法,其中之一便是这诱导法。

用诈诱使对方说出真相,有时效果比严刑拷问还要好。方子野当然不能对柚用刑,但这样诈一诈却无伤大雅。而柚只是个不太通世故的少年,一下便上了钩。

"仲谋兄,被你诈了!"柚苦笑了一下。

方子野却没他那么轻松,小声道:"柚兄,真是你去了那边!身为徐大人的弟子,你怎么不知道这事的利害?"

"去那边一次,又有什么大不了?"

方子野也在心里苦笑了一下。鹿野苑那边,托里切利的掌纹已被删除了,看来柚的并没有删,所以他还能去开启转换仪。只是看着他一副没事人的样子,多半直到现在还不知自己干的这事有什么后果。方子野咽了口唾沫,说道:"柚兄,你可知道两个时空如果长时间连通,会引发时空风暴吗?"

"时空风暴"这个词,柚显然根本没听过。他有点丈二金刚摸不着头脑,怔怔道:"什么……什么暴?"

但当听方子野将托里切利说的时空风暴理论简单复述了一遍后,柚的脸色有些发白。他原本认为,去另一个时空,和到另一个地方去畅游一下没什么不同,怎么也想不到会有这样的结果。后来听方子野说起,这有可能会引发两个时空同时湮灭,他的脸更白了,喃喃道:"你骗我!你一定在骗我!"

"这是伽利略先生计算出来的,徐大人也认为完全有可能。"

柚不说话了。尽管"时空风暴"仅是伽利略先生的一个假设,但徐光启肯定也是认同的,否则上回另一个方子野来到了这里,徐大人也不会争分夺秒地要送他回去了。

方子野知道柚最终认同了自己的话,不由舒了口气,说道:"柚兄,你应该还能进鹿野苑吧?"

柚点了点头:"能进。"

"任何带到这边来的东西,或者带往那边的东西,都要归于原位,不能有丝毫差错。你去那儿做了些什么?"

"没什么,就在匠人坊看了看,然后,去雨花阁看了欢喜佛。"一说到这儿,柚登时来了精神,说道:"对了,仲谋兄,那个大明与我们这儿样样似是而非,要落后太多太多,但木工手艺却是极为精致,真是怪事。"

因为在机器大工业到来之前,手工制作才是制造业的主要生产方式,自然会出现很多令人赞叹的能工巧匠。在这个时空,"熙宁大工业时代"之前,也有很多大匠之名传世,其后则大量减少,到了现在,甚至很多手工艺要专门拨款保护才能延续下去了,这是工业化的必然结果。所以对于痴迷于手工的柚来说，去那个时空才是如入宝山吧。

方子野道："你没带什么回来吧？"

柚有点犹豫，这才从身边摸出了一个小竹筒道："就是这一套工具。"

这是个挺新的竹筒，一头刻出螺纹，可以将盖子拧上。竹筒上还雕着简洁的岁寒三友图，笔法虽然较粗糙，但也有几分拙趣。拧开了，里面放着大大小小六七把刻刀锉刀之类。方子野道："你去那边买的？"

"没有，是匠人坊的一位王知恩先生送给我的。"柚顿了顿又道，"王知恩先生是那边匠人坊的头领，他说我的手艺都已经可以收徒了。"

即使到了这时候，柚还忍不住要得意地吹嘘两句。方子野又是好气，又是好笑，问道："别的还有什么？"

柚想了想，说道："在那边吃了的东西，算不算？"

方子野不由一怔。两个时空一旦发生交错，天知道会产生什么样的影响，但在那边吃了点食物能有什么影响呢？方子野实在也没法想象。只不过任何影响都有量与质的不同，作为食物，应该问题不大吧，何况吃下去了总不能回去吐出来。他又问道："这些先不管吧。没别的了？"

"没了。我也知道尽量不要影响太多，所以逛了一圈就回来了。"

方子野松了口气。刨去柚的自吹自擂，看来他确实没有造成什么太大的影响。现在就是尽快把柚拿来的这套工具送回去，以后的事，就只能等徐光启大人回来后再做定夺了。

想到这儿，他拿过柚的那个竹筒道："那我去一趟吧。等我回来后，那台场物质转换仪一定要严加看管，将能量匣拆了，徐大人回来之前再不能随意动用。"

柚道："这样啊……"

见柚的样子还有点不情愿，方子野小声道："柚兄，这事不能等闲视之，你也不希望我们这个世界就此崩溃吧？"

柚终于点了点头。他舔了舔嘴唇道："好吧。那什么时候去？"

方子野小声道："事不宜迟，赶在禁夜之前办妥吧。"

从柳泉居赶到广平库，距离实不算短。不过因为夜深人静了，一路畅通，他们叫了一辆光合出租车后，仅花了二十余分钟就到了广平库附近。方子野生怕那个光合出租车司机对自己留下印象，所以说话时一直垂着眼，有意不把正脸对光，毕竟一双蓝眼珠的目标实在太大了，而停下来的地方实际上离广平库还有一段距离。

场物质转换仪没有挪动过，柚赶到鹿野苑应该还有一点时间。先前和柚说好，三刻后由他启动场物质转换仪，待两分十七秒后机器关闭。将竹筒放回那个世界，并不需要太多时间，更不需要还给那个对柚青眼有加的王知恩先生，两分十七秒应该绰绰有余。

还没到约定的时间，方子野便找了棵大树后的石块坐下来，免得被不相干的路人看到。其实广平库这一带非常冷清，虽然现在还没到禁夜，大路上偶尔还有一两个人走过，但这边就根本看不到什么人影，倒是虫声越来越响。端午快到了，天气已转入炎暑，这几天还算凉爽，但这些小虫子已然急不可耐地开始了一年一度的吟唱。因为对它们而言，这个夏天就是自己的整个生命周期吧？

不知为什么，方子野突然想到了这个。他对生命一直怀有好奇，却总不能如师傅一样皈依成一个天学士。

因为他不知自己的父母到底是谁。

生就一双碧眼，很可能并非中原人士，然而他的面貌和发色又和常人无异,加上曾有孙仲谋这样的先例,也未必就不是中原人的后代。也许,自己的生身父母就是因为看到自己一出生就有这等异相,所以才将襁褓中的自己丢弃了吧。方子野也曾想过寻找自己的生身父母,但实在漫无头绪,再一个也是在心底有一丝对丢弃了自己的那两个人的怨愤之气,只想着既然你们不要我,那我也不要你们,所以很快就放弃了寻找。

如果生而不为人,而是只虫子的话,就这样声嘶力竭地唱过了一个夏天,其实也没什么不好。方子野想着。

广平库附近因为来的人很少,所以草木更是郁郁葱葱。这儿虽然也是京城一隅,却仿佛是另外一个天地,所以鹿野苑才会同样设在这附近。

虽然没有路灯,但借着暗淡的星光,方子野已认出了前几天和托里切利、柚和刘师兄一同送另一个时空的自己回去的那地方。几天没来,草木长得更茂密了些,在夜风中轻轻摇曳,而虫声此起彼伏,叫得越发欢快。

到时间了。方子野看了看柚借给自己的缠腕时计,他站了起来,拿起手中的一支小灯筒。这是武功院配给每个成员的小装备,方子野因为还没出过外勤,现在倒还是头一次用。他拧亮了这小灯筒,只见灯筒里发出一道细细的光,射向了那两棵大榆树之间。也与上回托里切利用灯照射一样,这道光到了那两棵榆树间,一开始并没有异样,但突然间如同射进了水里一样改变了方向。

柚开启了机器!

方子野快步走到了那两棵大榆树间,正要从怀里摸出竹筒丢过去,但刹那间,他心里突然升起一个念头。

在另一个时空,一切与这儿似是而非,甚至还有另一个自己。

简直如一块巨大的磁石般有着难以摆脱的诱惑力,这一刻方子野已然完全能理解，柚为什么会有无论如何也想去那儿看一看的念头了。岂止是柚，自己也完全没有抵御能力。

两分十七秒。虽然这是很短的一段时间，但对于扫一眼来说却是足够了。方子野想也没想，便一个箭步跨了过去！

柚兄，你别怪我。

方子野心底这样想着。本以为跨过那片光晕会和没入水里一样有窒息的感觉，然而什么也没有，仅仅是一点极轻微的晕眩感，仿佛站在了晃动的客船甲板上，但这种晕眩也在刹那间消失，眼前一片明亮。

不是半夜吗？方子野一怔。好在这片亮光并不刺眼，他马上也就适应了。只是眼前看到的，却似乎什么都没有变化，唯一的变化，便是这里是白天。

难道我并没有进入另一个世界，只是晕过去了，在广平库边站到了天亮？方子野有些迷惘，但他看了看手腕上的缠腕时计，指针仍停留在原先的位置。

从夜晚到白天，看来这两个时空的时间并不完全对应。方子野想着，又向左右望了望。从广平库这边实在看不出有什么不同来，难怪那天那个自己误入过来时，一开始也完全不明所以。

如果只在这儿看看的话，那不论哪个世界都差不多了。一刹那，方子野有种想往远处走走，再看个究竟的欲望，但心底仿佛还有个声音在提醒他——两分十七秒。

确切说，自己的时间已不到两分了。但如果只看了这么一溜几无二致的树木，方子野又实在心有不甘。他看了看边上，从自己的世界来这儿，两次都是晚上，也看不清，但此刻却是白天。他便不再犹豫，脚在左手边的那棵榆树上轻轻一点，人飞身一跃，跳上了一根树杈。

这根树杈离地有七八尺。虽不是很高,但站在上面,已经比广平库这一带的库房还要高了。向东边极目望去,却见鳞次栉比的房屋连绵不断,却比自己的世界要低矮一半。

看来这个世界大多是平房,连两层的都极少。一想到在那些屋顶下面,也有着无数和自己那个世界几乎一样的人衍进在生老病死中,方子野甚至有点颤抖。

真想去看看啊!

这个念头仅仅如水面的浮沤一般,闪现了一下就消失了,因为方子野很清楚留给自己的一共只有短短的两分十七秒,算起来,现在也该到了。

看了看腕上的缠腕时计,确认了这一点后,方子野轻轻叹了口气——与这个世界的接触也就到此为止了。他也知道自己这一生只怕再没机会重来一次。纵然不舍,也只能与之永诀。

正当方子野要从树杈上一跃而下,跳回那时空门的时候,突然听到了一阵轻微的咯咯声。

这声音很轻,但听起来如此熟悉,正是那天托里切利拿着的那台射线探测仪发出来的声音。

难道这世界也有射线探测仪?方子野一怔,不禁抬头望向声音的来处。也就是这一耽搁,一道黑影突然间向他激射而来。

是飞镖!

发镖的人是个好手,速度极快,闪电一般射向方子野的双腿。方子野此时还站在树杈上,如果再往下跳,便正好小腹中镖。而双脚一旦悬空,就连躲闪的余地都没有了。只是方子野的师父王景湘被称为武功院第一高手,而他所学本领也已登堂入室,脚趾一屈,本待跃下的力量立时转向,身体一旋,向侧面闪去。

笃一声,飞镖扎在了树干上,正是方子野原先站立的地方,没入了树干足有寸许。只是这飞镖却如活了一般，竟然又忽地缩了回去。

那并不是飞镖，而是一支链子枪！但这根链子枪用的不是寻常的铁链，竟是一根极细的天蚕线。

链子枪本就不是一种常见的武器，这等天蚕线链子枪更是天下独有，唯有号称天下第一枪的武功院第三指挥使罗辟邪才能使用。

如果没有错的话，那么来的这个人，定然就是这个时空的罗辟邪大人了。

罗辟邪的枪法本是南京朝天宫的传承，但他天赋异禀，于枪术一道几乎无所不窥，已是青出于蓝而胜于蓝。方子野在武功院学习时，罗辟邪也曾给他们这批生徒上过枪术课。

尽管这个第三指挥使向来与方子野的老师、身为第二指挥使的王景湘素不相能，而且这种冷兵器枪术已落后于时代，在武功院课程中也远没有火枪术重要，但仅仅那一两堂课，方子野还是对罗辟邪的枪术敬服得五体投地。

要马上说明吗？

这个念头转瞬间就被方子野打消了。在他那个世界，罗大人就不是个通情达理的人。更何况，因为罗大人对方子野所属的天组成员一直抱有成见，即使是自己那个世界，也肯定和他说不通的，更不要说是在这个世界了。在发现是罗大人来追杀自己时，方子野就已经明白自己唯一的生路便是逃亡。

方子野毫不犹豫地向着罗辟邪来的另一个方向一跃而出。就在他跃出的那一刻，眼角瞟到了从树林中冲出的几个人，当先一个正是罗大人，而罗大人身边的，则是与方子野并称为武功院年轻一代四天王之一，罗大人的"龙虎狗"三弟子的大弟子秦泽泷。

这个罗大人与秦泽泷并没有让方子野太吃惊。让他吃惊的，是秦泽泷手上捧着的那台上面有一块黑色指示片在转动着的机器。

那是一台不应该在这个世界出现的射线探测仪！

天启

第七章

事难求求人不若向己　惑未解解铃还须系铃

如果以量化的标准来评价一下现状，此刻的不利等级大概已经突破了极限。

方子野本想着尽快结束这两个世界的联系，结果反而把自己丢在了这个异时空大明。更糟的是，这个大明的科技远远落后于自己那里，根本不可能有什么场物质转换仪。也就是说，即使得到了这个世界的徐光启大人、刘文礼师兄，甚至还有柚、托里切利和另一个自己的帮助，想回去的可能也是微乎其微。

什么时候会引发时空风暴，方子野甚至不敢去想这个问题。但他知道，自己留在这个世界的时间越长，引发时空风暴的可能性也就越大。

必须尽快联系到碧眼儿。

方子野下意识地用自己的外号来称呼另一个自己。而这个世界里，唯一与自己有过接触，也能理解自己存在的，只有那另一个自己了。

打定了主意，方子野心里仍是忐忑。在这个似是而非的世界里，自己和一个盲人没什么两样。碧眼儿误闯进来时的震惊也是如此吧，而先前看到的秦泽泷手中捧着的那台射线探测仪，更让方子野感到了不安。

就在方子野不安的时候，秦泽泷将那台怪模怪样的机器小心放在桌上，心中也大是不安。

现在这机器上的黑木片早已经不转了，那种咯咯声也早就消失。当时突然发出这声音时，他惊诧得几乎要叫出声来。

"师父，这是……陛下的杰作吧？到底有什么用？"

一旁的罗辟邪端坐在椅子里正在沉思，听得这大弟子的声音，他抬眼看了看，沉声道："阿泷，别大惊小怪。天子之意，岂是我等能妄测的。"

095

虽然他嘴上让徒弟别大惊小怪，但接到北镇抚司许显纯大人所传指令，再见到这个东西时也有点不敢相信。他也听说过当今天子年纪虽轻，却有一手好手艺，每日都在后宫又是锯又是刨，做出来的器具极其精致，造这么个盒子自然不在话下。只是这个木盒做得倒还算精致，却看不出有何惊人之处，而且模样怪异，既不能装又不能盛，都不知用来做什么。然而当他与秦泽泷二人在广平库一带巡察时，这个怪盒子果然如许大人所言，上面的黑木片转动起来，并且发出响声，罗辟邪也大为吃惊。

真是聪明不过帝王家，陛下的心思实非常人可及。罗辟邪心里也在这样暗暗赞叹。

"师父，此事要报与许大人知晓吗？"

罗辟邪想也不想便道："不用了，不要让许大人多操心。"

虽然名义上也是锦衣卫的分支，但实际上武功院有很大的独立性，和北镇抚司完全平行，他也根本不必听命许大人。只不过罗辟邪这人功名心很重，北镇抚司专理诏狱，直接听命于陛下，是个通天的部门，何况许大人又是当今朝中最有权势的司礼监秉笔太监魏忠贤公公跟前的红人，因此许大人有命，罗辟邪自当勠力向前。

许显纯要他密切关注广平库一带，因为此处很可能有白莲教妖人出没。这些妖人身怀妖术，能凭空出没，唯一可以指示这些妖人踪迹的便是这个盒子。当盒子发出声音，那木片转动之时，便是妖人要现身了。

这东西不知是许大人从哪里搞来的，不过他现在是陛下和魏公公跟前的红人，他所吩咐的事儿罗辟邪自不可不听。而且许大人还从武功院紧急抽调了大批最优秀的工匠，只说陛下有急用，多半是陛下又设计了什么新玩意儿。既然要招这么多最优秀的工匠，看来这玩意儿定然极为精巧，甚至相当庞大。

罗辟邪是武功院中人，其实不甚相信这类怪力乱神之事，但他甚是尽职，而且知趣，虽然身处高位，可既然这是许大人吩咐的事，他还是亲自带了弟子巡视。

走了一圈并不见有异，正待回去时，这个盒子却真个发出了响声，并且那片黑木片也转动起来。当时他吃了一惊，立刻带着秦泽泷循迹过去查看，只是并没有看到一个凭空出现的人，却发现了有个人站在树上。虽然并无实据，但此人实属可疑，而且那人竟然闪过了他的任公子枪后马上遁去无踪，这等本领，就算不是妖术，也让他有点惊骇。如果那人真是白莲教妖人的话，看来白莲教中真有一些异人了。现在这事竟然失手了，那么去告知许大人实属自讨没趣。

他正在沉思，秦泽泷一旁见师父良久没有开口，小声道："师父，对了，昨日宫中发下一道旨意，任命刘朝公公为南海子提督。"

罗辟邪忽地抬起头，低声道："是吗？"

秦泽泷说的这个消息，似是没什么要紧，但罗辟邪却嗅到了背后隐藏的血腥气。

南海子，本是元室宫廷饲养飞禽以为捕猎取乐的禁苑，当时称"飞放泊"。到了国朝，成祖皇帝迁都北京后，将飞放泊扩建了数十倍，改称南海子，设提督管辖。这本来仅是一处猎场，刘朝公公也是魏公公跟前的红人，让他去当南海子提督，却并非他已失势，而是另有内情，针对的应该便是现在在南海子当一个小小净军的王安公公。

现在宫中最有权势的自然是魏忠贤。陛下尚少年，如今宫中发出的旨意，其实都是魏公公这个司礼监秉笔太监代拟的。但仅仅几年前，这位置是属于王安的，便是魏公公自己，也是王安一手提拔起来的。可就是去年陛下即位时，本来要提拔王安执掌司礼监，而王安依惯例上书推辞时，发生了一件意外——陛下竟然同意了王安的推辞，连他的司礼秉笔太监一职也被褫夺，给了魏忠贤公公。

此事刚传出来时，便是王安自己也大吃一惊。后来方知，此事确是陛下的乳母，奉圣夫人客氏在其中发了话。

客氏抚养陛下长大，陛下对这乳母言听计从，而客氏又是和魏公公对食[1]的夫妻，那此事自然是魏忠贤的主意了。只是王安对魏忠贤有提拔之恩，魏忠贤却趁此机会下手，一举夺得了司礼太监之位，罗辟邪知道后也不由既惊又骇。

深谋远虑，狠辣如此，真不敢相信这是一个不识字的阉人想出来的主意。只是王安经此事失势后，被贬为南海子净军。而这刘朝当初与王安最为不睦，王安曾上书请将他杖杀，刘朝向客氏哭诉方得幸免，早就恨死了王安。现在魏公公让刘朝当南海子提督，用意显然是要除掉王安了。

在王安被贬为南海子净军后，很长时间都再无下文。王安与朝中的东林一党甚是交好，武功院因为与东林一脉关系匪浅，自然也有不少人为王公公抱不平。但罗辟邪并不这么想，在他看来，东林一脉虽然方正，却未免古板冬烘，魏公公抓住一切可用之机为己用，无可厚非。不过这事当初没做干净，留了这手尾，只怕会有后患。现在终于下手，虽说晚了点，却也是亡羊补牢。

王公公，往生极乐吧……

罗辟邪想着，小声道："阿泷，告诉地组，不许私议此事。"

---

1. 指宫女和太监结成挂名夫妻。

既然魏公公要对王安下手了,现在若是有人对此事妄加非议,传到魏公公耳朵时,现在武功院地组与魏公公之间的良好关系只怕会出现裂痕。罗辟邪好不容易通过许显纯搭上魏公公这条线,自然不想出现意外。

下完了这道令,罗辟邪想了想,将声音又压低了些道:"阿泷,广平库外那个异人,你觉不觉得眼熟?"

秦泽泷一怔,马上道:"师父,我也觉得有点眼熟,像是……像是碧眼儿!"

罗辟邪怔了怔。这句话其实也是他想说的,虽说他统辖地组,与天组分属两组,但同属武功院,两组之间配合也很密切,这个碧眼儿就曾跟随他办过一回事。他早就知道第二指挥使王景湘有两个弟子,小弟子便是这个身具异相的碧眼儿,当时的合作让他暗叹王大人目光如炬,大徒弟刘文礼只能算寻常,但这小弟子却是个难得的良材美质,怪不得能与自己的"龙虎狗"三个弟子并称为武功院四天王。只是这个碧眼儿难道会是白莲教的暗桩?

虽然罗辟邪对天组向来有成见,却终是个明白事理之人。私底下有嫌隙,那是私底下的事,公事公办,他对天组诸人的能力仍是很佩服,所以几次合作都十分和谐。如果说王景湘的小弟子是白莲教,那不啻在武功院内部造成一场风暴,如果没有十成的把握,绝不能轻易提出来。

他想了想,说道:"阿泷,马上暗中查探这碧眼儿今日的行踪。"顿了顿,他马上又说:"此事要做得秘密,不能打草惊蛇,而碧眼儿的下落也一定要有实证之人,不能只有耳闻。"

秦泽泷点了点头道:"遵命,弟子马上去办。"

不到天黑,秦泽泷就来复命了。

秦泽泷是个颇有能力的人,但他这么快就来复命,倒也不全是他的能力，而是这件事实在太容易办了，因为今天，地组与天组又有合作。

白莲教起事，现在此教中人在京中活动颇为猖獗，所以当许显纯要罗辟邪关注广平库，以防白莲教妖人潜入时，罗辟邪并不觉得意外，因为武功院同样得到了消息，白莲教有妖人进入京中，意图暗中作乱。武功院也得到了任务，由罗辟邪的二弟子陈琥率一干年轻弟子，去城东的唐家客栈盘查捉拿可疑之人，其中配合行动的天组成员正是这碧眼儿。据陈琥说，那些白莲教妖人甚是了得，被查出后试图拒捕逃跑，其中一个领头的更是厉害，拳术极为惊人，有隔墙打人之能，武功院有两个年轻弟子被他打伤，正是陈琥与碧眼儿两人合力追赶，一直追到了城东证因寺，那妖人走投无路，仍负隅顽抗。陈琥说此人拳力沉雄之极，自己若单打独斗，多半拿不下他，但与碧眼儿二人合攻，最终将那妖人击倒捕获，两人这才押着俘虏刚回来。

算起来，罗辟邪与秦泽泷在巡视广平库一带时，正是碧眼儿与陈琥追那妖人前往城东的时候。广平库是在城西，离证因寺足有数十里，这碧眼儿如果能同时在两处出现，那可真的是什么妖术了。

听完秦泽泷的汇报，罗辟邪暗暗叹息，却也有点欣慰。看来，那人只是个体态与那碧眼儿有点相似之人，才让自己与秦泽泷都看错了。罗辟邪也不希望武功院内部出现这等事，现在碧眼儿能解除嫌疑，他倒是松了口气。好在目前正在严查白莲教，那形似碧眼儿的妖人纵然隐身于京师，但只消他还在，迟早能查得出来。

与罗辟邪遇到这件不成功的搜捕相比，今天地组与天组的合作大为成功，主持此事的陈琥也颇为高兴。

虽然身为罗辟邪的二弟子，但陈琥与天组这些师兄弟倒颇为投缘。他本领甚好,为人也随和,所以就算天地两组的指挥使之间不甚相能,这些生徒弟子之间却还甚为亲密。加上今天合作搜捕白莲教妖人虽大获全胜,但也有几人还是受了伤,其中既有地组的,也有天组的,因此陈琥决定破费一番,请这些师兄弟一同去酒肆消遣。

俗话说穷文富武,地组成员很多是出身甚好的世家子。陈琥虽然没有他师弟徐行师那样有国公爵位,却也是个官宦子弟,家境豪富。而他为人爽朗,颇有仗义疏财之名,所以选的地方乃是京师颇高档的酒楼柳泉居。

柳泉居的酒菜,虽然不错,倒也算不得太过出类拔萃。不过柳泉居因为大堂有个舞台,常有班子前来表演助兴,因此来此饮酒的人还能看戏听曲,所以生意很好。现在驻场的乃是闽中有名的仲家傀儡戏班,现在演一出砌末机关戏《八仙过海》,颇为叫座。这一次行动的都是武功院的年轻弟子,对傀儡戏一向都最有兴趣,但因囊中羞涩,从没机会一睹为快。现在听得陈师兄请客,既有酒席吃,又有傀儡戏可看,无不欢呼雀跃。

方子野对这出傀儡戏也极有兴趣。只不过在武功院中,他这个不知自己亲生父母是谁,由师父养大的孤儿,大概是家境最差的一个了。现在刚满师,也才刚拿到俸禄,此时能去柳泉居这等高档酒楼一次,哪会错过,收拾了一下便与师兄弟们同去。

仲家傀儡班的这出《八仙过海》十分精彩,特别是其中过蓬壶岛一折,虽然也和别家一样弄了些假花假果装饰了一个木台,但仲家傀儡班的这座仙山却是有人在里面操控的,一路移动,上面的景致还会活动,十分新奇。武功院本来也对机关学颇为精研,但院中研究的尽是军用之物,并不是这等精巧玩物,因此众人都看得有点发呆,方子野也有点吃惊。

看完这出戏，和诸人分手后，天色已暗，但离禁夜倒还早。方子野独自沿着大道走着，心中却总是不由自主地想到前些天那一番奇遇。

那另一个似是而非的大明，一切都让他惊诧万分，以致他当时几乎要断定自己其实是做了个梦，然后将这个梦当成真的了。

"昔者庄周梦为胡蝶，栩栩然胡蝶也，自喻适志与，不知周也。俄然觉，则蘧蘧然周也。"

当时他便想到了读过的《南华经》中的这一段。庄子亦不知是蝴蝶梦中化作了自己，还是自己做梦化作了蝴蝶，说不定自己也是这样吧。当时方子野几乎就要相信了这个解释，直到见到了许显纯和崔应元两位大人。

北镇抚司许显纯大人，作为锦衣卫中最有权势之人，方子野早闻其名，但并没有见过。然而昨天这两位大人前来武功院找罗辟邪大人议事时，方子野看到他们的第一眼时，心中便如惊涛骇浪。因为这两位大人，竟然与他在梦中交手时见到的一模一样！

当然，说完全一样，倒也不见得，许大人和崔大人远没有梦中所见的那么随和，但相貌却完全是一样的。自己在梦中见到徐光启大人，见到刘文礼师兄，都没什么好奇怪的，因为都见到过。而现实中并没有柚和托里切利这两人，同样没什么可说。只是在现实里同样有自己从未见过的许显纯和崔应元两位大人，自己居然能预先做梦梦见，这事太不可思议了！

方子野叹了口气。作为武功院生徒，他学习过《几何原本》，学习过《同文算指》，这些对常人来说已是高深莫测的知识，却也根本无助于他理解这件事。原本用"做梦"来敷衍倒也省事，但见到了许、崔两位大人后，方子野不得不承认，另一个大明是真的存在的，并且自己也确实去过那里。只是如此一来，几乎颠覆了他有生以来的所有观念，直到他回到自己的住处，心中仍是一片茫然。

方子野是已出师的生徒，不能再住武功院的生徒斋院了，好在师父有一处闲置的小屋，借给他暂住。这小屋很小，仅可容膝，但好歹也是个住处。当他站在家门前，要去开锁时，突然想到，那另一个世界的自己，是不是也住这么小的屋子？

开了锁，推开门。现在已然不早，屋里没上灯，自是一片黑暗。只不过他也习惯了，掩上门后走到桌边，正要去点灯。只是刚走上一步，他心头突然涌起了一丝异样。

屋里有人！

师父这间小屋很小，一楼一底，楼上歇息，楼下做饭。对方子野这等没成家的年轻人来说，有这么个落脚之处也已足够了，除了师父以外，连师兄刘文礼都不曾来过。而且屋里就几件日用家具，根本没一点值钱的东西，就算是现在京师神出鬼没的飞燕子那种毛贼，也不会不开眼地偷到这儿来。然而，方子野的直觉告诉他，这屋里确实有人！

一刹那，方子野的左手已虚虚提到小腹前，右手则护住前心，正是五行拳的起手势。

五行拳这名字不甚惊人，但在武功院，便是公认武功超强、自命枪术天下第一的第三指挥使罗辟邪，也坦承拳术不及王景湘，称五行拳"合五行生克之至理，蕴大千轮回之极诣"。

方子野纵然还不及师父，但这路拳的造诣已然颇深。而五行拳最为特异的一点，便是能以五行之力运拳。这一拳击出，潜入他屋里的这人若是硬接，定会遭拳力震得浑身经络都被封住，动弹不得，因此特别适合这等目不能视之时的遭遇战。只是方子野的拳还不待发出，黑暗中只觉一只手搭到了他腕上。

那人难道在黑暗中也能看得一清二楚吗？方子野大吃一惊，而耳畔却已听到了一个低低的声音："碧眼儿。"

就算耳畔炸响了一声巨雷，方子野也不至于如此吃惊。他忽地向后一跃，屋子很小，这一跃背部都已贴到门了，这才低声道："你是……"

黑暗中，嚓一声响，却是那人打着了桌上的火镰，点亮了一旁的取灯。

取灯只是一头涂了点硫黄的松木片，极易引燃，光也很弱，那人点着取灯只为点亮桌上的油灯。但仅是取灯的这一丝微光，方子野已然看清了那人的面容。他已是惊得目瞪口呆，说不出来话。

"就是我。"那人点着了油灯，抬起头。

看着这张与自己一模一样的脸，方子野突然又生起了那种疑真似幻的不切实之感。他伸手将门闩插上了，走到桌前，沉声道："你怎么会来这儿的？"

在那个世界里，那些人在谈论此事的话语，方子野十句里听不懂九句，还有一句也是莫名其妙，但总算知道他们急着要送自己回来，是因为天地之间，万物各在其位。一旦有了错位，便会降下天翻地覆的大灾殃。方子野纵然不懂，可他也不敢不信。然而这话明明是另一个自己说的，眼下他却不知为何出现在自己面前，更是让他难以捉摸。

那人苦笑了一下："碧眼儿，我是碰到了大麻烦了，只能求助于你，看能不能回去。"

方子野是个沉默寡言之人，但寡言并不等于木讷，他反而是个极擅于归纳之人。在武功院做生徒时撰写始末汇报，方子野呈上去的文字让第一指挥使姚平道都大为激赏，称之为"简洁明了，不多无用之字，不少有用之字"，评价极高。而这另一个自己显然也有这样的本事，说得言简意赅，简明扼要。只是听着他说完了始末，碧眼儿只觉仿佛有一道冰水流进了心底。

"那道时空之门什么时候能再开？"

在这个大明，知道"时空之门"这样词汇的，应该也只有自己了。碧眼儿心底在暗暗苦笑，而那个自己也苦笑了笑道："不知道。"

碧眼儿沉吟了一下，说道："那么，只有从罗大人手头的那机器入手了。"

桌子对面，另一个自己点了点头："我不知你们这儿的罗大人是如何取得这东西的，但只有这件射线探测仪能探到时空之门的存在。"

碧眼儿忽地抬起头道："要从罗大人那儿将此物偷出来，倒也不是不可能。可是你真的拿到后就能回去吗？"

"除此以外，别无他法。"

碧眼儿没再说什么。去偷罗辟邪大人的东西！这话若不是对面这个来自另一个大明的自己说出来的，他绝对不可能产生这样的念头，甚至会立刻斥其痴心妄想。然而他更是清楚，眼前这个人其实就是自己，从某种方面来说，他比师父还要值得信任，而这也是目前仅有的一条路了。

他想了想，咬了咬牙道："好吧，事不宜迟，我带你去见一个人。"

"是谁？"

碧眼儿站起身，说道："你应该跟我一样清楚，我们没本事从罗大人手边偷出东西来。如果说有谁能做到，那就是这个人了。"他顿了顿，叹了口气道："走吧，如果太晚，也许就要错过机会了。"

天启

第八章

飞燕无影重重垂帘幕　少年有情切切拨琴弦

竟然是青楼，还是座轻粉楼！

坐在那张颇为精致的苏作椅子里，方子野却有点如坐针毡。他怎么也想不到碧眼儿会带自己来这种地方。在自己那个世界，他碧眼儿方子野颇有洁身自好之名，难道这个世界的自己却是个惯于渔色的花花公子？

方子野心中不住地转着念头，门上响了两下，碧眼儿轻声道："你坐着别起来。"自己向外间走去。

被碧眼儿带着来这里时，方子野心里有种说不出的忐忑，但同时也越发地好奇。他从来没来过青楼，更不要说这另一个大明的勾栏了。看样子，这座轻粉楼应该还算个不太低档的场所，而碧眼儿应该和自己一样，是武功院里一个甫出师的生徒，刚能拿到俸禄，他怎么会有钱逛这地方？

方子野坐的是里间，装饰得倒颇为风雅。碧眼儿此时正在外间与来人低声说着什么，因为声音很轻，又隔了道板壁，也听不清是什么，但随后一个女子说了句："做什么？"声音却是娇脆柔腻，说不出的好听。

明明不是对自己说的，而且也看不到模样，也不知怎的，方子野一下面红过耳，仿佛做了什么坏事被人逮个正着一般。外面碧眼儿却沉声道："此事你一定要帮我做！"

碧眼儿显然也有点急，那个女子却咻咻地一笑，说道："碧眼儿，你不是从来不求我吗？不成的，别个我都能答应，此事却万万办不到！"

方子野越来越好奇。难道碧眼儿是想让自己的相好去向罗辟邪大人施美人计？然而在他那个世界里，罗大人严谨无比，且洁身自好，甚至连妻子都不娶，这个世界的罗大人难道就大相径庭了？

这个世界的自己似乎不那么靠谱，方子野都有点后悔了。然而他也很清楚，在这个世界，除了这个碧眼儿，自己一无可靠。

他心里的念头仍在不住地转着，碧眼儿已然带着那个女子向内里走来，还听得那个女子边走边道："碧眼儿，你让我瞧什么都没用……"

她这话还不曾说完，两人已然到了内室门口。碧眼儿挑起了门帘，方子野见他们进来，忙欠身站起，正与这女子打了个照面。

一见这女子，方子野便是一怔。这女子年纪很轻，虽然打扮得花枝招展，浓妆艳抹，却并不让人生厌。可不管怎么看，这就是个青楼里的姑娘。

方子野还只是有点发怔，这女子看到了方子野，却是一下将双眼都睁得溜圆。她看了看方子野，又侧过脸看了看碧眼儿，似是想搞清是不是自己眼花了。最后还是方子野心想自己与这女子如此面面相觑实在不像话，便伸手作了个揖道："姑娘……"

"碧眼儿，你有个孪生兄弟吗？那你知道你父母是谁了？"

女子根本没有理会方子野的招呼，只是追问着碧眼儿。碧眼儿苦笑了一下道："阿绢，这话说来匪夷所思，其实，他和我是同一个人。"

这少女阿娟眨了眨眼，显然也有点茫然。如果碧眼儿说方子野是自己的孪生兄弟，那自然说得过去，可碧眼儿给出的却是一个最难理解的回答。她道："什么叫……'同一个人'？"

"你照过镜子吧？"

阿绢点了点头，试探着道："难道，他是镜子里的人？"

"差不多。我是碧眼儿，他也是碧眼儿，只不过，他是另外一个世界的碧眼儿……算了，我以后再跟你细说吧，总之此事极为重要，阿绢，他若回不去自己的世界，那我们这个世界与他那个世界全都会毁于一旦。而回去的关键，便是罗大人的那个盒子。"

阿绢又打量了一下方子野,垂下头小声道:"我还是不明白……不过,碧眼儿,你从不说谎,我相信你。"她说着,似是下定了什么决心,抬头道:"你们两个碧眼儿去外间坐一会吧,我换一下衣服。"

方子野又是一怔,但碧眼儿已然准备出去了,见方子野还站在那儿,小声道:"怎么,你难道想看阿绢换衣服?"

方子野颊上一阵发烧,忙跟着碧眼儿走出内室。碧眼儿倒是熟门熟路,在外间一张小案前坐了下来。

小案上放着一面古琴。碧眼儿坐下后,伸指在琴弦上一勾一挑,好整以暇地弹奏了起来。方子野虽然对奏琴一窍不通,但在武功院曾听一位精于此道的陶先生弹过,知道碧眼儿弹奏的乃是一阙《仙翁操》。

"仙翁仙翁,得道仙翁。得道翁,陈抟仙翁。"

整支《仙翁操》翻来覆去地就这几句,调虽简洁,而古琴指法已尽在其中,因此学古琴者必先学此曲。方子野其实也向陶先生学过,却是怎么都学不会,只能暗叹术业有专攻,不能强求。只是此刻看碧眼儿弹来,指法熟练,曲声法度森严,竟然不比陶先生逊色,方子野也暗暗佩服,心道:"这儿的武功院多半也有陶先生吧?只是这碧眼儿学得这么好,我却学不会,看来两个世界到底还是似是而非,很多地方都不一样。"

只是看着碧眼儿在那儿专心弹琴,方子野越发捉摸不透。碧眼儿说只有一个人才能从罗辟邪大人处偷出那个射线探测仪,可他到这轻粉楼里只找了这阿绢姑娘,现在却又在自得其乐地弹奏古琴,方子野实在猜不透有什么深意。

方子野坐在那儿听着,虽然琴声并不难听,可他现在实在坐不住。而阿绢说要换衣服,却一直没出来,真不知她要换什么,居然要那么久。

其实阿绢到底要换什么衣服,方子野毫不在意,可见到碧眼儿这副无动于衷的模样,似乎已将自己的来意都忘了。

终于又弹到了结尾处的"仙翁仙翁"数句,正当方子野觉得碧眼儿要罢手不弹,哪知他手指一挑,又是"仙翁仙翁",从头弹了起来。

这一曲《仙翁操》首尾相应,可以回环弹奏,只消不停止,便可以永远弹奏下去。方子野再也坐不住了,心想,碧眼儿难道是来轻粉楼弹一晚上琴不成?正待开口,碧眼儿却似猜到了他的心思,小声道:"给阿绢一点时间,第三遍时她应该就回来了,不然外人会生疑。"

阿绢出去了?方子野武功不俗,耳目更是敏锐,却根本没发觉阿绢是什么时候出去的。到了此时,他不得不承认那个少女绝非等闲之辈,因为内室听不到一点声息。

"你们那个世界里,有飞燕子这人吗?"

方子野抬起头。碧眼儿突然问起这句话,让他不禁有点诧异,但他的心头忽地一动,小声道:"阿绢便是飞燕子?"

碧眼儿没有说话,只是轻轻点了点头。

阿绢就是飞燕子!方子野只觉心头仿佛响起了一声炸雷。在他的世界里,为了捉拿飞燕子,武功院曾经出动过三次,但这三次无一例外,全都失败了。这飞燕子身法高到出奇,而一旦失去踪迹,就如一滴水汇入了大海一般,再找不到分毫痕迹,因此在武功院内部,飞燕子被列为与辽东建奴的自在堂、叛贼白莲教并列的三大谜之一。现在方子野才知道,为什么神通广大的武功院在捉拿飞燕子时会屡屡失手了,因为任谁也想不到,飞燕子竟然是个花朵一般的青楼女子。而更让他想不到的是,碧眼儿竟然与飞燕子如此熟稔！

看来，这个平行的大明与自己的世界虽然有着种种微妙的类似，却也有着很多不同。至少，这个碧眼儿与自己尽管长相几乎一模一样，却也有着相当大的差异。

知道了阿绢就是飞燕子，方子野便有点坐立不安。但碧眼儿仍是好整以暇地弹着那曲《仙翁操》。待弹到了第三遍时，从里间突然传来了一个柔腻的声音："碧眼儿，你的手法进步了许多。"

这正是阿绢。

帘钩响动，门帘一挑，阿绢婷婷袅袅地走了出来，一手提着个小包裹，这包裹的大小正与射线探测仪相仿。

方子野下意识地站了起来，而碧眼儿仍是端坐不动，"仙翁仙翁"地将最后几个音抚了下去，微笑道："有阿绢姑娘当明师，碧眼儿纵然不想长进也难。"

阿娟笑道："你这碧眼儿，什么时候学会灌迷魂汤了？幸不辱命，你瞧瞧是不是这个？要不是的话，我也不去第二回了。"

她话虽是对碧眼儿说的，包裹却递给了方子野。

方子野接过包裹，见她一双水汪汪的大眼睛总是看向碧眼儿，不知怎的，心里突然有点不舒服。他解开包裹，只见里面正是那台射线探测仪。待看向镶在左下角的那块铜铭牌时，他心头更是涌上了一种说不出的寒意。

铭牌上写的是"富一九三"。这四个外人看来全然不通的汉字，方子野却很清楚其含义。

武功院是万历朝首辅张江陵公所创。张江陵当时还为武功院题下了"民富国强"四字。这句出自《吴越春秋》的成语，也是武功院上下的至高目标，因此武功院将资产也分为了"民""富""国""强"四大类，分别对应的是民用器材、实验器具、精密仪器和军用器材。像徐光启大人发明的那台场物质转换仪，在收录登册时就会被归入"国"字号。而射线探测仪因为除了实验所需，并没有单独的用途，便归入了"富"字。方子野先前在对武功院资产登记造册时，就曾发现缺少了富字一百九十三号。对照原来账册，正是一个射线探测仪。当时他因为久觅不得，便将其归入了损耗。毕竟射线探测仪在他的世界里只是件寻常的实验工具，鹿野苑里就同样有好几台，那次送碧眼儿回来时，托里切利就拿了一台，而这仪器平时根本用不着，堆在那边长久不用，报废了也是常事。

多半是因为方子野看得出神，阿绢有点诧异，小声道："怎么，不对吗？"

方子野道："没什么不对，正是这个。阿绢姑娘，多谢你了。"

他重新将包裹打好，碧眼儿也从琴座上站了起来，说道："阿绢，谢谢你帮了我一个大忙。"

阿绢见他要走，幽幽地道："碧眼儿，你真是我命里的魔星，我都不知为什么总得听你的。"她顿了顿，又嘟囔道，"何况这回还变成了两个。"

她这话中似有无限幽怨，听这意思，却是将方子野也怨进去了。方子野抬起头，只是阿绢的目光尽在碧眼儿身上，根本没有看他。看来，尽管碧眼儿跟她说过，自己与方子野其实是同一个人，但在阿绢眼里，仍是两个人。

走出轻粉楼，天色已然很暗了。这轻粉楼倒是个不夜城，现在仍是灯火通明，时不时有乐声传来，定然是另外房间的姑娘还在陪客人作乐。但方子野一出门，却如释重负地吁了口气。

"你接下来怎么办？"

碧眼儿低声问了一句。他和方子野一样，对面前的这个自己，一直有种不知该如何称呼的茫然,所以干脆也就不称呼了。好在不论是他还是方子野,心思却是出奇的一致,甚至有时不必说话,都似乎能够明白对方的心思。

方子野小声道:"我要去广平库那儿守着。"

"那儿有你回去的门吧?"

"是。"

方子野还记得托里切利说过,如果精确重复实验的每一步,那么这时空之门打开的位置也基本相差无异。至少,他进入这个世界时,也是在广平库边那两棵大榆树之间。那么下一次出现时空之门的地方,多半也会在这一片,可能仅有一二尺的误差。

碧眼儿想了想道:"我再送你一程吧,虽然今晚应该没事,但罗大人如果发现了这东西被盗,他肯定会严密关注广平库一带。"

其实以方子野对自己那边的罗辟邪大人性情的了解,也猜到罗大人会如此行事。所以趁今晚罗大人还未发现射线探测仪被盗赶紧行动,可以说是唯一的机会了。但愿柚在发现自己没有回去的时候,再次开一下转换仪。尽管方子野知道这个希望有些不切实际,但他已经没有别的办法了,只能如此守株待兔。不过一心不能二用,有碧眼儿帮助,成功的希望定能大增。方子野点了点头,小声道:"好吧。"

广平库一带,向来是人烟稀少的所在,现在已然快要宵禁,更是连个人影都没有。好在,现在这儿的罗辟邪应该还没有发现射线探测仪被盗,所以并没有在此布岗。

来到先前那两棵大榆树前,两人都站定了。两个大明相比,别的东西总有些微妙的差异,但这两棵大树实在看不出有什么不同来。碧眼儿小声道:"现在没人,那门开了吗?"

方子野手中还捧着那台探测仪，现在却是什么声音都没有。他心中不免有点失望，可还是尽量淡然地道："还没。"

"再等等吧，看运气如何。"碧眼儿轻声叹了口气，"你们那个大明，比我们这儿可要好太多了。"

方子野道："这儿不好吗？"

虽然这个大明比他自己的世界落后得太多，但对他来说，一切都是如此新鲜。看着那些从书本上读过的，只有"熙宁大工业时代"之前才会有的景象活生生展现在自己面前，感触极其奇妙，难怪柚偷偷来过一次后还想着再来。但碧眼儿却摇了摇头道："叛乱屡起，党争不断……我们这里内忧外患，已不再是江陵公时的模样了。"

"江陵公"便是对前任首辅张居正的尊称。在方子野的世界，武功院正是张居正当政时成立的，在这儿看来也一样。不一样的是，这儿的张居正已然身败名裂，但在武功院内部仍然对他极为尊敬。

方子野暗暗叹息了一声。看来，这儿的世界也并不似自己走马观花一瞥之下那样岁月静好，其实暗流涌动，风雨欲来。但这一切都不是他能干涉的，每一个时空都有每一个时空的运行轨迹。他顿了顿，说道："对了，你是怎么认识阿绢的？"

这个问题显然也出乎碧眼儿的意外。但不再是沉重的军国大事，他微笑道："不足为外人道也。"虽然拽了句文，但他马上又道："纵然你也不算外人。"

虽然不算外人的意思，也是终究仍不是同一人。方子野又在心底叹了口气。他还没再说什么，碧眼儿又小声道："有件事，我想请你帮忙。"

"什么？"

"那回我到了你那个世界,其实第一个找的,便是阿绢。因为当时她不在,我才去找了师兄。"

碧眼儿说到这儿,顿了顿,才慢慢道:"但现在看来,你应该并不认识你那个世界的阿绢。虽然与我无关,但希望将来若有机缘,你能放她一马。"

在方子野自己的时空中,飞燕子与他并无交集,但终究是在武功院挂上号的飞贼。方子野略略犹豫了一下,这才点了点头道:"尽我所能。"

碧眼儿微微一笑:"不能答应的事,就绝不答应。"

方子野也有点想笑。这正是他的信条,显然,碧眼儿也是如此。看来这两个时空尽管有那么多不同,可相同的地方还是有很多。他还待再说句什么,耳边忽地传来了一阵咯咯的响声。

响声正是从那射线探测仪中发出的。方子野立时看向手中,却见那台射线探测仪上的黑木片已在开始转动!他又惊又喜,极快地从怀里摸出了小灯筒,拧亮了照向那两棵大榆树之间。

只见这道光射去,到了中间突然如射入水中一样发生了折射。

真的开了!方子野其实并没有抱太大的希望。毕竟,等着物质转换仪重开并不容易,没想到柚还真个开了第二次,而且运气竟然如此之好,自己正好就在边上。方子野抬头看了看碧眼儿,却见他也在看着自己。

两人的目光都有些不舍。毕竟,面对另一个自己,对一个人来说终是件奇妙的事,而自兹一别,应是永诀。

"碧眼儿……"

两人同时开口了。方子野不禁有些想笑,看来对方和自己完全一样,用这个外号来指代自己了。他道:"我得走了,保重。"

"保重。"

方子野正待走,突然想起了什么,从怀中摸出了柚交给他的那个竹筒,说道:"碧眼儿,这是这个时空的东西,你拿着吧。"

本来为了把这竹筒扔到这世界来,却没想到惹出了那么多的事,现在终于要结束了。

方子野已挟着那台射线探测仪快步跑向那两棵大榆树。两分十七秒的时间,虽然并不长,但其实也并不很短。到了大榆树前,他不禁回头又看了一眼,却见黑暗中碧眼儿已然只看得到一个模糊的身影,正向自己招了招手。

碧眼儿,永别了……

他不再多想什么。作为从武功院出师的生徒,首先就不能多愁善感,而且两个时空原本就不应该有交集,只不过这句话其实已经是第二遍在默念了。柚这家伙真是不知轻重,不仅拿了套工具来,还把这射线探测仪都留在了这个时空,但愿不会造成什么严重后果吧。

方子野一头冲进了那两棵大榆树之间。

时空之门究竟是什么,不论是伽利略先生还是徐光启大人,都只是一些理论上的推测。简单说来,所谓的时空之门,就是连接两个平行时空的通道。而这两个平行时空,大约有五到六个时辰的时差。因此方子野觉得一通过这道时空门,眼前又会与他过来的时候一样突然一亮,会让自己一时无法适应,因此闭上了眼。

虽然眼睛闭上了,但眼睑上仍然感受到了亮光。还没等他睁开眼,头顶突然响起了一声惊雷。

这声炸响仿佛就在头顶,让完全没有防备的方子野吓了一跳。他下意识地蹲了蹲,只觉脚下发软,竟然有些站立不定,耳畔却听到了一个声音:"仲谋!"

那是柚!

方子野一下睁开了眼。

眼睛并没有预想中那么不适应,已经能够看清,因为周围也并不是很亮。只见柚就站在东边大约十余步远的地方,只是他一脸都是惊恐,正拼命向方子野招着手。方子野正自有点奇怪,柚却又大叫起来:"小心脚下!危险!快跑!"

方子野下意识地向身后瞥了一眼,还只道自己身后突然出现了什么怪兽。但刚瞥到身后,却是倒吸了一口凉气。

他的身后,自没有什么怪兽,甚至,连什么都没有,而是……

一道悬崖!

广平库位于北京城西。这一带虽然偏僻了一点,但仍是在城里,乃是一片平地。就在方子野前往那个时空的时候,这儿也是长满了树木杂草,一片静谧。然而现在却已经完全变了个模样:那两棵大榆树只剩下靠东边的一棵,西边那棵却已不翼而飞,取而代之的则是一道深不见底的裂口,十余丈宽,横贯南北,也不知有几里长。

而方子野就站在了这道悬崖边上,脚下的泥土正在簌簌崩塌,随时都会彻底崩溃。

此时方子野才知道自己脚下发软的原因,也难怪柚会如此惊恐。他不敢多想,纵身一跃,向柚的方向冲去。

他的身法极是高明,一跃便有丈许,只两三个起落,便已冲出了十余步。就在他跃出的刹那,方才他站立的地方哗地一下塌了。

"仲谋兄,你总算回来了!"

看到方子野安然无恙,柚长吁了一口气。方子野也松了口气,说道:"出什么事了?京师地震?"

如果刚才稍慢一点，自己定然已经和那些石头泥块一起填进那道裂口中去了，现在想想都觉得后怕。算起来，自己离开大概还不到一天，便发生了如此翻天覆地的巨变，实是恍如噩梦。

　　柚此时的脸色极是难看，一如死灰。听得方子野问起，他这脸更是和要哭出来一般，小声道："这不是地震。"

　　虽然仅仅这几个字，但柚说得有点筋疲力尽。他伸长脖子咽了口唾沫，这才又道："仲谋兄，是不是我引发的？"

　　方子野心头一沉，追问道："引发什么？"

　　其实方子野也已经猜到柚要说什么了，但他真个不愿听到。

　　柚又咽了口唾沫，重重喘了口气，似是下定了决心，鼓足了勇气，才苦着脸道："时空风暴！"

天启

第九章

归心似箭却逢山河破 世事无常欲挽浪涛回

广平库一带一直比较偏僻,库房也建得非常坚固,破损还不算太严重,但这道裂口便如在大地上割出的重创,凄惨无比。

事故发生了其实并没有多久。

昨天柚在鹿野苑启动了场物质转换仪后,随着一个流程结束,他关上了仪器,遵照方子野事先所说的拆除了能量匣,便回去休息了。

到此为止,风平浪静,柚也觉得这件事已经结束,方子野肯定也径自回去了。

然而就在今天凌晨,柚还在睡梦中时,就被一声巨响惊醒。

这声巨响起自京城西南的王恭厂一带。虽然离柚住的地方有一段距离,但远远望去,王恭厂那边升起了一团蘑菇状的黑云,直入天际!

王恭厂是储存火药的地方。特别是近期武功院研究出一种新型火药,正在试验与佛郎机的新型火枪适配,一旦成功,火枪定会有更新换代的进步。因此这声巨响出现时,虽然引发了市民的极大惊恐,但还只是被当作一次事故。

然而,紧接着京城的房屋成片成片地倒塌,地面也开始不断破裂沉陷,人们终于知道,这并不是一般事故。巨响后不到一个时辰,叶向高首辅便发出了紧急动员令,宣布京师进入战时状态,六部公职人员十二时辰待命,随时应变,同时命令厂卫人员对遭受破坏最严重的王恭厂一带民众进行疏散救援。武功院的第一指挥使姚平道大人也发出了集结令,要求在京师的武功院成员立刻紧急集合投入救援。而那个时候柚因为发觉事情不对,跑来武功院找方子野想问个究竟,却只见到了托里切利,才知道武功院全都出发了,只留了个托里切利,但出发的人里并没有方子野。

这种突发事件下,要人员第一时间集合本来就困难重重,加上因为白莲教的叛乱，武功院大量人员都在忙碌，能够集合的还不到三分之一，因此姚平道大人对方子野的缺席并没有太在意，然而柚却知道不对了。

正在柚手足无措之际，托里切利听他颠三倒四地说了昨晚的事，马上要柚带他进入鹿野苑，再次开启场物质转换仪。因为托里切利认为，这场突如其来的天灾定然就是时空风暴，而方子野很可能进入了平行时空后没有回来，这场时空风暴很可能便是因此而引发。

柚的口才并不算好，说得也有点颠三倒四，但总算能听懂。说到这时候，他们已到了鹿野苑。

鹿野苑因为早已被锦衣卫接管，而留守人员已然全部投入了救援工作，现在大门紧闭。好在这儿的掌纹锁还能工作，柚一边开着门，一边迟疑着道："仲谋，这事真不是我们引发的吗？"

"应该不是。"

"真不是吗？"

虽然口气仍有疑问，但柚还是长吁了口气。显然，引发时空风暴这样的责任，对他来说实在不堪重负。

方子野走进了楼。这幢楼已是空空荡荡，他突然想起，正是在这儿第一次见到另一个自己。现在碧眼儿多半觉得这件事已经结束了，却不知他自己已然陷入了一场更大的危机中去了。

他们还不曾走上楼，托里切利便已经听到了脚步声迎了出来。一见方子野，托里切利的眼睛一下睁圆了，叫道："碧眼儿，你去那边了？"

方子野并不回答他的话，一步跨越了三级台阶，将挟着的那台射线探测仪递过去道："托里切利，你见过这个吗？"

托里切利有点狐疑地接过来看了看，突然叫道："你是从哪儿找到的？这正是鹿野苑那台探测仪，是徐老师向你们武功院借来的，编号正是'富一九三'。我上回用完后，便放回鹿野苑了，怪不得怎么都找不到。"

方子野只觉周身都如同浸在了冰水中，不由自主地颤抖了一下，问道："真是你用过的那台？"

托里切利将那台射线探测仪托了起来，看了看底部，点点头道："正是这台。上回我不小心刮了一下，在底上还刮出了一条痕迹，我还找了点涂料涂上，完全没错……"

他话还未说完，楼面突然便是一震。托里切利一个趔趄，险些摔倒，方子野一把扶住他，然后转向身后的柚道："柚兄，你老实告诉我，上回就你一个人去的吗？"

柚眼里闪烁了一下，突然有点嗫嚅地道："当然了……就我一个人啊。"

"你没有带这探测仪过去？那这探测仪怎么会在那边出现的？而且是你过去的，那一定得有个人帮你开启转换仪。"

托里切利"啊"地叫了起来："碧眼儿，你真去那儿了？柚先生也去过了？"

虽然托里切利怀疑是方子野到了平行时空后引发了时空风暴，但这口气怎么听都有点艳羡。方子野也顾不得回答他，说道："柚兄，我们这个世界很可能会毁灭，但应该不是你和我引发的，因为……"他顿了顿，鼓了鼓勇气，这才道，"因为还有人过去了，而且那个人很可能仍然留在那边。"

柚的脸一下变得煞白，下意识地躲闪着方子野的目光，"不会吧……"

"我刚到那边的时候，就遭到那边的罗辟邪大人师徒的伏击。当时他们拿着的正是这台射线探测仪，显然他们知道这仪器能够发现时空之门的开启。然而那个时空里,根本不应该有这些东西。柚兄,不是你给他们的话,那一定是另外一个人。再者说,你过去时,一定得有个人帮你操作转换仪。"

托里切利此时也看向了柚,说道:"柚先生,碧眼儿说得没错啊。伽利略老师说过,时空风暴其实也不是那么容易引发的,只有在严重干扰另一个时空,造成极大的时空错误时才会引发。"

两个人蓝幽幽的目光同时盯着柚,柚已是如坐针毡。他挣扎了一下,嘴角抽了抽,似乎还想干笑一下否认,但这丝干笑突然间便成了沮丧,他低下头不敢再面对两人的目光,说道:"我真不知道,反正当时只有我一个人去,我……我就叫了刘朝帮我开了一下机器。"

托里切利道:"难道是这个刘朝带着这个射线探测仪偷偷过去的?"

"不会不会,刘朝一直在这儿,我先前出来时,还看见他给客巴巴[1]送水果呢。"

看柚的样子,简直准备要赌咒发誓,连眼泪都快要下来了。方子野正待再说什么,外面却又传来一声巨响。

这声响越发近了,几乎就是从窗外发出的,而东边的玻璃窗咣一声碎裂了一大片,一股灰尘直冲进来。三个人又是一个踉跄,方子野脚下一错,一下站定,但柚和托里切利没他的本事,柚就站在方子野身边,一把抓住方子野的手臂,托里切利却一屁股坐到了地上。

那是边上一幢屋子塌了。

---

1. 客(qiě)氏(1587—1627),名巴巴,为明熹宗朱由校(1605—1627)的乳母,被封为"奉圣夫人"。即前文中与魏忠贤对食的客氏。

鹿野苑是工部的实验场,这些房屋都是以最高标准营建的,十分坚固,但现在竟然也塌了一幢。方子野虽然镇定,但神色也有点异样,托里切利和柚两个更是面如土色,柚哆哆嗦嗦地问道:"仲……仲谋兄,怎么办?"

方子野抽开柚紧紧抓着他的手,冲到窗前。这幢楼是徐光启大人的专用实验楼,标准更高。虽然经受了几次冲击,目前还没什么大问题,但鹿野苑这一带离这次灾变的中心太近,即使这幢实验楼还能承受住,可一旦被埋在瓦砾堆里,再想出去就难了。他喊道:"必须转移重要物品!托里切利,这儿什么是最重要的?"

托里切利道:"本来是徐老师的这台转换仪设计图。不过一有地震我就去看过,不在徐老师的资料橱里了,想必老师已然随身带了去。"

"那就是只有这台转换仪了?"

如果转换仪出了事,那真个再无计可施了。托里切利大概一直没想到这一点,他本来已吓得面无人色,被方子野一点醒,也不知哪来的力气,叫道:"快去看看!"一下便蹦了起来往楼下跑去。

放置场转换仪的实验室在地下一层。托里切利跑得极快,方子野竟然都有点追不上他。刚到楼下,便听得托里切利叫道:"糟了!精舍的门坏了!"

那间实验室的门是厚厚的玻璃门,但此时这扇门虽然没碎,却已经错位了,露出了一条很大的缝,显然是受到了刚才地震的冲击。

这时柚已跑了下来。他快步冲到门前,伸手按在了掌纹锁上,这扇玻璃门发出了一阵吱吱响,忽然咣一声,裂成了无数碎片。好在这是梁家玻璃坊的钢化玻璃,虽然碎裂,却没有飞崩溅开,而且裂片也没有锋芒。

方子野脱下外衣，包在了自己的右手上，在玻璃门上一推。这面玻璃门一下向里倒去，砸在了地上，变成了无数小碎片。而精舍里的感应灯居然还能用，一下亮了起来。

在这间小屋子正中，是一台小桌一般大的机器。方子野想象中的场物质转换仪应是个庞然大物，此刻见只有这么点大，倒是一怔，问道："这便是转换仪？"

柚道："正是这个。"他快步跑到跟前，看了看转换仪的面板，说道："谢天谢地，没事。"

原来就是这么个小东西打开了时空之门。方子野正待上前，脚下又是一晃，随即是一阵闷雷似的响声传来，想来又发生了一次地震。

"仲谋，怎么办？"

方子野沉吟了一下，说道："必须马上向姚大人和罗大人汇报此事。"

武功院主事的三位指挥使中，除了第二指挥使王景湘不在，第三指挥使罗辟邪和第一指挥使姚平道都在。他们知道了这不是通常的天灾的话，应该能够有对策。

方子野话音刚落，托里切利便犹豫道："碧眼儿，我……我跟罗大人说过了……"

"说过了？"

托里切利点了点头："事情一发生，姚大人就马上集中武功院所有人前去救援。当时我看见罗辟邪大人与秦泽泷先生一同走过时，便跟他说了我怀疑是时空风暴的事。"

"罗大人怎么说？"

"他骂我一派胡说，不许我妖言惑众。"

方子野心想，罗辟邪大人主持地组，因为与天组素不相能，连带着对托里切利这些西洋留学生也没好印象。而当时托里切利也仅仅是怀疑，根本没有任何证据，罗大人有这个态度自然也再正常不过了。他问道："没和姚大人说过吗？"

"姚大人已先带了人出去救援，我根本没看到他。"

托里切利说着，见方子野一副若有所思的模样，心中更是忐忑，小声道："碧眼儿，我们该怎么办？"

他问出这句话时，一边的柚也看向了方子野。其实论年纪，这两人与方子野相差不多，但他们一个是刚从遥远的意大利来的西洋留学生，一个是几乎不通世事的大明帝国贵公子，遇到这种事，实是毫无主意。

看着这两个同伴，方子野很清楚自己肩上的分量。无论如何，自己绝对不能慌乱，否则这两人一定会崩溃的。他抬起头，沉声道："托里切利，如果转换仪变更了位置，你还能算出时空之门出现的方位吗？"

"有了一个实例，只要能精确测出方位，误差不会太大，何况还有这个。"托里切利说着，举了举手中那台探测仪。

方子野道："那就好，先把转换仪转移到安全的地方去吧，这儿已经不安全了。"

与罗辟邪大人相比，姚平道大人是武功院的最高决策者，又没有罗大人那种偏见。如果托里切利当时找到的人是他，姚大人无论如何都会考虑一下。只是现在京师乱作了一锅粥，再去找姚大人不知要花多少时间，地震却在不断加剧，鹿野苑一带越来越危险，已不能再耽搁了。如果这台转换仪有什么差池，自己就算找到姚大人，也完全没有办法了。

转换仪的四足被四颗巨大的螺钉钉在了地板上，托里切利已从壁橱里拿出了一把大扳手，方子野接了过来奋力将四颗螺钉取下，他抬着一头，托里切利和柚抬着另一头，三个人将转换仪抬到了门口。

这台转换仪不算大，但异常沉重。只抬了这点路，方子野便觉得有点气喘，托里切利和柚两人更是憋得脸红脖子粗。他心知这样定然抬不远，只是现在已别无良策。正想着抬出门后该怎么办，地面又是一震，实验楼里的灯光应声而灭。

这次灾难肯定是破坏了整个电力系统。随之鹿野苑一下陷入黑暗，突然柚"啊"了一声，叫道："不成了！快放下！"

刚将转换仪放在地上，柚大大喘了口气，说道："仲谋兄，托兄，你们歇歇，我去将那辆送货车弄出来。"说着便冲到了楼侧，伸手从侧墙中拖出了一辆无人车。

见他将无人车拖了出来，托里切利急道："柚先生，无人车出不了大门的。"

武功院中也有鹿野苑这样的无人送货车。这些无人车都装着蓄电池，就算电力系统被破坏也能动，但它们的行进路线全都预先设置好了，一旦离开设定范围就会锁死，根本动弹不得。但柚仿佛充耳不闻，叫道："快抬上来！"

他说得如此肯定，托里切利也不敢再说了。三人将转换仪放上了无人车，柚打开了无人车的车头面板，伸手在面板上的掌纹锁上按了按，说道："成了，走吧！"

托里切利一下睁大了眼，叫道："柚先生，你有重置无人车路线的权限？"

"当然有。"

方子野心头忽地一动。重置无人车路线，需要非常高的权限。在武功院，能有这权限的也仅有三位指挥使，再加上负责调度运营的陶千户。方子野不知道鹿野苑的权限设置如何，徐光启大人多半会有，但柚这模样实在不太靠谱，也不似能够负责后勤的人，没想到他竟然也有这样的权限。难怪当锦衣卫接管了鹿野苑后，托里切利的权限都被取消了，柚还能保留着。

跟在无人车后向大门小跑而去，方子野再按捺不住好奇，小声问道："柚兄，你到底是什么人？"

虽然只是小跑，但柚已然有点上气不接下气。他喘着气道："我……"

他还没说完，身后突然传来一声断喝："大胆！你们是什么人？"

这一声相当突然，方子野也吓了一跳，回头看去，却见身后的黑暗中出现了几个人影。

那是几个穿着飞鱼服的锦衣卫，可能是鹿野苑被接管后留守在这儿的。这几人倒也敬业，出了这么大的乱子，竟然还坚守在此处。

那几个锦衣卫中有一人动作特别快，三两步便已冲到他们跟前。此时虽然应该还是白天，天色却更加昏暗，甚至和快入夜没什么不同。那人一边跑动，右手一直按在腰间。

这正是锦衣卫的惯常动作。由于锦衣卫负责京城治安，因此都必须练熟这种跑动拔刀法，这样就算全速奔跑，仍能随时拔出绣春刀来。

那是许显纯！

待那人一到近前，已能看到面容之时，方子野一下认出，正是锦衣卫北镇抚司的许显纯。那天他和碧眼儿依刘文礼之计在许显纯面前演了一出打斗戏，他也记住了许显纯的这张国字脸。他正待上前，柚却已然喝道："是我，许大人。"

听得柚的声音，许显纯一下站住了，惊道："陛下！"

陛下！

虽然大明采取的是内阁总理政务的制度，听到"陛下"这个词的机会并不多，但也很明确，整个大明只有一个人能被这样称呼。方子野的惊愕不亚于许显纯，他看向柚，柚却是毫不在意，只说道："许大人，你们来得正好，快帮我们将这东西送入紫禁城！"

柚的话中有种不容反驳的坚定，与他平时大为不同。许显纯显得有点局促，但也没有一丝犹豫，将手从绣春刀柄上放下了，扭头道："老崔，小吴，快来帮忙。"说完了才又道，"碧眼儿，你也在啊。"

"许大人。"

方子野向许显纯行了一礼，但许显纯对他显然并没有什么兴趣，只一领首便马上诚惶诚恐地向柚说道："陛下，您怎么到这儿来了？这里很危险，卑职是因为有同事被困才过来巡视的，正要回北镇，还请陛下速到安全之处。"

柚问道："这台机器是徐老师的毕生心血，所以我才过来紧急转移的。现在城中怎么样了？"

"灾变起于西南王恭厂，但现在破坏最严重的却是西北这一带，东南一带也有损失，紫禁城与东北一带尚无大碍。陛下，这很可能是白莲邪教或建奴所为，贼党还在城中，陛下请多加小心。"

虽然许显纯在柚面前有点阿谀的态度，但他的汇报简明扼要，十分清楚。柚点了点头道："知道了。"

鹿野苑到紫禁城之间有好几里路，而道路因这场突如其来的灾变破坏了许多处。好在跟着许显纯的崔应元与另一个锦衣卫都颇为精壮，有几处路面出现裂口过不去，他们索性连同无人车一同抬了过去，没有用多长时间就到了紫禁城边。

紫禁城目前还没受到太大的影响，守门的卫兵仍在坚守职责。

一到大门口，柚道："许大人，多谢你们了，你们快去忙吧。"

许显纯倒是有点担心，说道："陛下，这台机器很重要，紫禁城里闲杂之人太多，容易出事，要不直接由卑职送到诏狱去……"

"多谢许大人，不必了，豹房很清静，没人的。"

许显纯三人这才向柚打了个立正，转身骑上两轮车离去。

现在城里四处混乱，即使尚未被波及的区域，民众也大为恐慌。虽然有叶向高首辅的紧急动员令在滚动播出，可对平息事态却并没有什么切实有效的作用，这个当口，锦衣卫的责任自是更重了。

打发走了许显纯他们，柚才向方子野和托里切利道："仲谋兄，托兄，快进去吧，紫禁城里目前还比较安全。"

其实以北京城之大，未受波及的地方自是还有不少，但这些地方因民众骚乱而造成的损失，只怕不亚于这场天灾。而严禁一般人进入的紫禁城却在这个当口，简直和世外桃源一样宁静。跟在无人车后进了禁门，当大门被卫兵关上后，方子野小声道："柚……陛下，您便是当今天子？"

因为实权都在内阁，所以就算是刚发蒙的学童，对内阁的首辅、次辅这一系列成员都如数家珍，但当今的天启帝，虽然是大明名义上的最高元首，却反倒显得可有可无，几乎被人淡忘。方子野万万不曾想到，这个与自己已经很熟络，还曾在中涓网上和自己一同舌战那伙小太监的颇有点多嘴多事的少年，竟然就是天启帝，一时间也不禁有点惊慌。

柚倒是没有什么异样，小声道："什么天子，我便是朱由校。仲谋兄，这台转换仪还是放到豹房去吧，那儿清静，也没人。"

豹房是百余年前正德帝在紫禁城西南所划出的一块区域。在大明自永乐帝后都没什么存在感的历代天子中，正德帝是个相当特殊的存在——他非常爱好动物学。当初三宝太监进行了史无前例的环球远航归来后，带回了许多异邦的奇花异草、奇禽异兽，那时设立了南海子动植物园饲养培植这些动植物，但正德帝却又在紫禁城西苑划出了这片豹房，从南海子调了一些特别珍异的兽类饲养，使得当时的首辅杨廷和上书了一道语气严厉的奏章，指责正德帝行为不当。虽然正德帝的行为确实有些欠妥，但由于他动用的全是内廷资金，所以，当时内廷的刘瑾公公作出了逐条解释后，便引发了大明建国以来极少有的一场内外廷辩论。而杨廷和首辅虽然严厉，刘瑾公公的解释却也能自圆其说，所以运用内廷资金的动议最终通过，豹房仍然建立起来了。

本来以正德帝的意思，豹房将要发展成专供内廷使用的综合性动植物园，只不过正德帝的兴趣过于广泛，正德十六年三月间，他又突发奇想，在太液池举办了一次内廷机动艇竞赛，而且自己亲自参加，结果因为失事落水，得病去世，随后豹房也就废弃了。

方子野等人驾驶着无人车穿过蜈蚣桥，前方出现一片空置的房屋，那便是豹房了。豹房极盛之日，豢养着不少虎豹熊象之类的猛兽，现在却是一片冷清，年久失修，已有不少破损。虽然优待皇室，每年内阁都会给皇室拨下一笔款项，但正德一朝靡费太过，内库现在有点捉襟见肘，豹房这种地方的维护自然也只能保持在最低水平。百来年间几乎没人过来，树木也都生得狂野恣肆，连那条石板大道中都长满了野草，只有偶尔响过几声鸟鸣，更显得此处幽寂。

方子野从来没进过紫禁城。外表看去，紫禁城金碧辉煌、无比灿烂，没想到其中竟然还有如此衰败的地方。倒是托里切利，睁大了眼看着周围的一切，对什么都充满好奇。

无人车停在了一幢大屋前。这是豹房一带最为高大的一幢，大门正面对着太液池，应是当年正德帝驻跸豹房的主屋，现在仍保存得最为完好，十几步外的太液池岸边还停着几艘机动艇，定然也是当初正德帝心血来潮时添置的。一到门边，柚道："仲谋兄，帮我去推开门。托兄，你把无人车开进来。"

门并没有锁，但因为非常沉重，推开时也极是费力。方子野和柚一人一边，才将两扇大门推了一道能让无人车进出的缝隙，方子野道："陛下……"

没等他说完，柚马上道："别叫我这个，还是叫柚吧，不然称我朱由校也成。转换仪放这儿，准没错。"他说着，又嘟囔了一句道，"这鬼地方，我都修过门轴了，上回修那两艘船时，也给这儿都上过油了，怎么还这么紧，得存点银两做个自动门才行。"

听着柚的抱怨，方子野不由暗暗苦笑。他道："好吧，柚兄，我想找那刘朝问一下，此人现在何处？"

柚道："应该不是他吧，那天他准时开了转换仪让我回来，随后与我一同回到了宫里。"

"无论如何，都要问一下。"

"好吧。不过他是李选侍的听用太监。他在哕鸾宫，一般人不能进去，我去把他叫出来吧。"

"是李选侍啊……"方子野想着。

选侍，乃是对皇帝陛下尚未有名封的侍妾的称谓。方子野第一次看到李选侍这个名字，还是在泰昌帝刚去世那阵书院网的十大热词中。

先帝泰昌帝是个很不幸的皇帝。在万历帝去世后，泰昌帝顺理成章地接任帝位，并于此年八月初一改元泰昌，但仅仅在位了二十九天就暴病过世，随后继任的便是柚这个天启帝了。

对于采取内阁负责制的大明来说，作为名义元首的大明皇帝继立，虽然不是一件微不足道的小事，但也并不是什么了不起的大事，无非内阁以帝室名义发一个讣告，然后宣布何时改元，引发一两天热议罢了。但方子野记得当时这件事，在书院网上竟然引发了十天之久的讨论，只不过主角却是这个本来毫无存在感的李选侍。

李选侍虽然没有名号，但泰昌帝还是太子时，就极为宠爱她。据说泰昌帝私下答应，一旦自己继位就会封李选侍为皇后，然而泰昌帝继位后第十天便病重，二十九天后驾崩，答应李选侍的事自然也就落空了。

若是旁人，只怕也唯有自认倒霉。但李选侍却很不甘心，竟然干出了一件前无古人的大事——她让太监关闭乾清宫，下令内阁条文全部由她过目后方能颁布，意图逼迫内阁封她为太后。

这等行径，实是犯了大忌。何况李选侍还只是个名号都没有的侍妾，而且并非新帝生母，所以一向好脾气的叶向高首辅也大为震怒，联合六部官员责令李选侍退出乾清宫。而李选侍居然还不知好歹，竟然与内阁硬顶了十天之久，最终见势不妙，这才退入专供前朝妃子养老用的哕鸾宫。

不论是泰昌帝继位，还是去世，当时书院网上最热的话题仍然是一年前的萨尔浒战役。那场与建奴的大战，大明采取四路兵团出击的战略。当时徐光启大人曾竭力劝阻，然而无济于事，建奴集中力量各个击破，将大明最为精锐的杜松将军和刘綎将军率领的两支光合战车兵团全歼，随后另一支马林兵团也因为孤立无援而全军覆没；仅有李如柏兵团因为行进速度缓慢，反倒逃过一劫，但也遭到了重创，损失惨重。

这场战役是大明有史以来最为严重的惨败，因此此战的总指挥兵部右侍郎杨镐战后被追责下狱。如何处置杨镐，如何对付建奴，当时在书院网上掀起了一场旷日持久的大讨论。在这种情况下，皇帝继位顶多维持不到三天的热度。然而正是因为李选侍的这种破天荒的市井泼妇行径，使得继位话题硬生生在书院网的热词榜上保持了十天之久，所以方子野至今还有印象。而现在自己就要面对这样一个深宫里的泼妇，方子野就不禁有点胆寒。

然而这件事无论如何都要有人去做。方子野在心底低低地发出了一声呻吟，扭头向托里切利道："托里切利，麻烦你在这儿看着转换仪，我们去去就来。"

天启

第十章

始作俑者其真已无后 诚有人欤为孰不可知

作为宫中宦官集团的一员，刘朝并不是个很出挑的人物，但也不是没见过世面的人。只是当他见到眼前这个年轻的锦衣卫，特别是还长着一双蓝眼睛时，便不由自主地有点想要发抖。

"刘公公，在下方子野。"

方子野向他行了一礼，但这个礼却让刘朝有点不知所措。锦衣卫负责帝都治安，而且其中的北镇抚司还执掌着诏狱，比他地位更高百倍的官员，一旦犯了事，在锦衣卫面前也不敢有丝毫反抗。现在这个年轻的锦衣卫虽然彬彬有礼，但刘朝还是感到了害怕，他干笑道："方大人，奴婢……奴婢刘朝，不知大人有何见教？"

其实宦官自称奴婢，乃是在宫中的惯例，对外界根本不必如此。只是刘朝是儿时净身入宫，前些年一直在南海子打杂，这几年得魏公公援引才有幸进宫侍奉李选侍，比那些常年在宫中做事的太监少了三分倨傲，却多了三分谦卑。

"刘公公，请问你为陛下在鹿野苑开启了那台机器后，还帮什么人开过？"

"没有！没有！"刘朝像是与人争辩似的，下意识地提高了声音，但也马上发觉自己有点失态，急忙又说，"陛下那天带我去了鹿野苑，跟我说两个时辰后再开一次，不得丝毫有误，所以我一直等在了那里，直到两个半时辰后陛下来接我回宫。"

原来柚去了那个世界两个时辰。方子野想着。比自己留在那个世界的时间还短，更证明了这场时空风暴不太可能是他引发的。他盯着刘朝的眼睛，慢慢问道："后来呢？有没有让人再去开过？"

"没有。那日后，我再没出过宫门一步。"

方子野发觉，虽然在自己的逼视下刘朝显得有点害怕，但眼神十分坦然，并没有什么异样。难道这个太监真没什么可疑……

方子野正有点微微失望，却见柚腋下挟着个大本子，从边门小跑着过来。看见了柚，刘朝几乎是本能地跪下行礼道："陛下。"

与这个如此庄重的称呼大不相同，柚的模样完全不似一个国家元首——即使是名义上的。他一跑到跟前，便从腋下取出那个大本子说道："仲谋兄，抱歉来晚了。刘朝，《出入注》上写得明白，五月初五这天，你请假外出半日！"

《出入注》是宫中的太监宫女出入的纪录。虽说弘治年发布的《弘治宪章》第一句便说了"人权天赋"，但紫禁城终不是能寻常出入的地方，所以紫禁城中的太监宫女出入都必须有严格纪录，宫门也是十二时辰不间断卫兵守护。柚说了这一句，怕方子野不清楚，又道："仲谋兄，我是五月初四那天去的，回来后就专门在做那个……给你看的那个东西，一直没出宫门，初五那天我可没出去过。"

刘朝一怔，说道："初五？那天我不记得出去过啊……"

柚显然也有点急了，斥道："白纸黑字写着呢，刘朝，你难道还要当面抵赖吗？"

柚这话有点重，刘朝的脸一下子皱得跟个苦瓜似的，说道："陛下，奴婢怎敢抵赖，奴婢真不记得初五那天外出过。"

"那你初五那天去哪儿了？"

刘朝一怔，好半天才翻了翻白眼，苦着脸道："陛下，奴婢真个不知道了。那天……奴婢都不记得做过些什么，但肯定不曾出去过。"

看着刘朝仿佛要哭出声来，方子野拦住了柚的继续质问，说道："柚兄……陛下，刘公公应该没有说谎。"

听得方子野这么说，柚大为诧异，刘朝却是如蒙大赦，说道："方大人英明！谢方大人！"

看着刘朝感激涕零地离去时的背影，柚更是诧异，小声道："仲谋兄,为什么放了他,他肯定做过些什么。"

方子野叹了口气:"他很可能做过些什么,但应该已问不出来了。"

柚一怔,诧道:"这话怎么说?"

方子野顿了顿,才低声道:"如果我没猜错的话,有人对他进行过脑波检测。"

柚极是茫然,说道:"脑波检测?做了这个会怎么样?"

对柚来说,脑波检测很遥远,多半连这名词都从未听说过。但方子野亲眼见过经历了脑波检测的人是什么样子的。

那是武功院在一次大搜捕中捉到的建奴自在堂的一个间谍。这间谍非常强硬,而且意志极为坚定,即使动用刑具都毫无用处,最后经姚平道大人特批,进行了一次脑波检测。方子野还记得,当时那个凶相毕露的建奴间谍在经历了一次脑波检测后,变得和颜悦色,甚至完全不记得自己的身份了,而他不肯交代的接头人信息,也在脑波检测中被挖了出来。

那是全面检查,相当于对人的大脑进行了一次彻底的扫描。但假如只是针对特定区域的扫描,造成的结果正是刘朝这样子,也就是失去了某一部分的记忆。而付出了如此大的代价,并不能将目标大脑中的秘密完全挖出来,同时又断绝了继续讯问的价值。正是因为脑波检测有这样的副作用,而且完全不可逆,所以不仅理学派儒士相当反感这门技术,认为与《弘治宪章》中"人权天赋"这第一句背道而驰,而且格致派儒士中也有不少人有封存这技术的意愿,所以脑波检测的使用便越来越慎重。

听了方子野对脑波检测的简要解释,柚皱了皱眉道:"要去诏狱吗?"

"是。我要立即去见姚大人。柚兄,你关照一下托里切利,很可能还要用到那台转换仪。"

脑波检测仪仅在诏狱才有，而且在理学派儒士的压制下，使用非常严格，以防遭到滥用。也就是说，去诏狱找负责检查的人员询问一下，很可能会有发现。如果刘朝真的被做过脑波检测，那就是抓住了一条最大的线索。只不过诏狱属于北镇抚司管辖，虽然同属锦衣卫一系，但毕竟是两个系统，方子野并无权限进入诏狱，只能找到武功院第一指挥使姚平道大人，先说服姚大人后才有可能。

柚张了张嘴，只是没等他说出话来，脚下忽地便是一晃。好在他们站在乾清宫外的广场上，这一震并没能对地面造成什么损伤，只是那边乾清宫一角哗地落下了一大片瓦片，在地上砸得粉碎。

寻常的地震，除了第一次幅度特别大以外，随后便会越来越弱，直至消失。然而这一次迥异于寻常地震，范围在逐渐扩大，现在终于影响到紫禁城了。与那些民宅相比，紫禁城要坚固得多，但发生了这样的事，造成的恐慌却一般无二。尽管这一次地震并没造成太大的损失，可随着那些瓦片掉落，大批宫女太监连哭带喊地冲了出来。

发生地震后，应尽快在空旷地方躲避。尽管都是些一直处于深宫，几乎与现实脱节的太监宫女，但这些基本应对知识仍是有的。几乎一瞬间，广场边便是人头攒动，已如菜市场一般了。

柚下意识地向一边让了让，小声道："仲谋兄，托兄待在豹房不会有什么事，我还是陪你直接去一趟诏狱吧，省得你找人了。"他咽了口唾沫，又道，"我应该能带你进入诏狱。"

"你再出去不要紧吧？"

"怕什么，我可是陛下呢。"

方子野顿时想起方才许显纯大人看到柚时那种阿谀的样子，

而许显纯正是掌管诏狱的北镇抚司首领,柚这话应该不假。方子野难得地笑了笑,说道:"走吧,不能再耽搁时间了。"

地震的频次越来越密集,完全不知道什么时候能停止。如果一直这样下去,灾变将极快笼罩整个京城,继而辐射到四面八方去。

如果这世界真的毁灭了,那现在让人头痛不已的白莲教与建奴两大难题也就迎刃而解了吧。方子野回头看了看乾清宫广场上聚得越来越多的太监宫女,不禁起了这样一个念头。

在这个充满了变数的年代,谁也说不清下一刻会发生什么。也许,在碧眼儿那边那个落后的大明,说不定还更好些。但方子野还记得碧眼儿那时说起对这边的艳羡,说他的时空其实也是如此风雨欲来,动荡不安。

每一个时空,都是如此,只有竭尽全力,希望它不要走向万劫不复。方子野想着。

诏狱就设在洪武门内侧。洪武帝推翻前朝统治,建立大明,那已是两百多年前的事了。在《弘治宪章》颁布以前,大明采取的仍是绝对皇权的制度,因此洪武帝设下了这个由皇帝亲自主持的诏狱,以防刑部官员弄权,产生冤屈之情。只不过在《弘治宪章》颁布后,皇帝成了名义元首,不再直接理政,诏狱自然也改变了用途,成了锦衣卫的直属监狱,现在由北镇抚司直接负责。

当方子野和柚来到诏狱的时候,北镇抚使许显纯正自焦头烂额。方才他去鹿野苑将被困在那儿的同僚接回来,马上就得准备转移关押人犯。诏狱现在并不"兴隆",但因为地位特殊,关押的尽是些非同小可的人物。现在出了这么大的乱子,虽然尚未波及诏狱,但看着鹿野苑那边如此坚固的房屋都成片倒塌,许显纯便觉头大如斗。

万一诏狱也塌了，不论是压死几个重犯，还是逃走几个重犯，都是他许显纯吃不了兜着走的大事。不说别的，事后言官上疏请内阁追责，他肯定担不起这责任。为防止这样的后果出现，现在必须未雨绸缪，及早将犯人转移到安全地方，同时不能让他们趁乱逃走。因此一回来他就全力以赴，调拨车马，寻找暂驻之所，然后按部就班地执行。

只是，与平时的游刃有余不同，许显纯现在怎么都集中不了注意力。一边对照着犯人名册，一边在纸上勾勾画画的时候，许显纯总是有点魂不守舍，以致连点到哪一个都忘了。正在这时，崔应元急匆匆跑了过来，小声道："许大人。"

虽然崔应元与他很熟，但这当口过来打扰，许显纯多少也有点不快。他放下笔，说道："什么事？"

"有人要见你。"崔应元也见到了许显纯面色的不悦，马上又压低声音道，"是陛下。"

这句补充一下让许显纯的神情都变了。他站了起来："陛下来找我？"

崔应元点了点头，小声道："难道陛下是……"

许显纯想了想，说道："不会，我马上去见他。"说着，他下意识地便将那本名册合上了，那支毛笔也小心地夹在方才那一页中。

诏狱的会客室倒完全没有一丝监狱的样子，壁上还挂着一幅前朝赵松雪的《秋郊饮马图》，屋角则放着一支三宝太监远洋带回来的库库尔坎[1]柱。

柚坐在会客室的大椅子里，心中仍是大为忐忑。诏狱这个本

---

[1]. 指中美洲玛雅人信仰的羽蛇神。

来一向肃静的地方，现在却也显得异样热闹，不时有人进进出出。

"仲谋兄，这真不是我引发的？"

柚又小声问了一句。这已是他第五次向方子野问这话了，方子野暗暗叹了口气，也小声道："不是。"

柚噢了一声，刚消停一下，又要张嘴问什么，却听得许显纯的声音迫不及待地从门外挤了进来："陛下！"

声音甫落，许显纯已跟着进来了。没等柚反应过来，他便单腿跪下，给柚行了一个大礼。

柚显然很不适应如此的重礼，站了起来，局促不安地道："许大人……许大人请起。方才多谢许大人帮忙，朕还未表达谢意。"

尽管方子野就在柚边上，许显纯却仿佛根本没看到他，只是向柚道："陛下此来，可是有何紧急之事？值此板荡之际，微臣披肝沥胆，亦当保护陛下周全。"一边说，一边向边上道，"来人，快为陛下看茶。"

许显纯这等过分的殷勤让柚有点不太习惯，他伸手抓了抓脑袋，嗫嚅道："这个，茶不用了。许大人，诏狱是不是有台脑波检测仪？"

"是，是，陛下是要检查谁的脑波吗？"

也许只是无意，许显纯瞟了边上的方子野一眼，让方子野只觉一阵阴寒。

柚却是急道："不是不是，现在使用脑波检测仪是不是也要登记的？"

"正是。但最近一次使用，也已是三个月前的事了。"

方子野一怔，忍不住插嘴道："三个月前？"

"是三个月。我记得乃是二月初三，三个月都不止了。"

方子野本来总觉得，查到谁给刘朝做过脑波检测，就马上能查出引发这场大难的祸首来了,却没想到竟是这样一个结果。他不禁大为失望,看了看柚,柚也显得极是失望,但还是追问道:"许大人,那还有别的脑波检测仪吗?"

"只有诏狱这一台。"

柚仍是不死心,又问道:"那有没有可能被人私自动用?"

"没这可能。要进行脑波检测,首先得有刑部侍郎的许可令,然后由卑职过目,钥匙也一直由卑职随身掌管,再无第二人有这权限。"

许显纯说得如此斩钉截铁,方子野也暗暗叹了口气。锦衣卫的纪律虽然比不上武功院那么严格,但也非同一般,何况北镇抚司掌管诏狱,比一般的部门更加严谨。但许显纯顿了顿,又道:"不过,鹿野苑倒有一台备用机。"

方子野一下睁大了眼,看了柚一眼,柚有点心虚,躲开了方子野的目光。柚虽然是徐光启的弟子,在鹿野苑有非常高的权限,但其实每次去都是到徐光启的实验楼虚应故事,算是向这位当今格致巨擘学习过了,实际上鹿野苑一共有几座实验楼他都没搞清。他怕方子野会责怪自己,忙问道:"是哪所楼?"

"二号楼。"

柚还待再问句什么,这时又是一声闷响,他们便是在诏狱的会客室里,也感到地面明显颤抖了一下。许显纯脸色一变,说道:"陛下,此地已非常危险,还是请速速转移至安全之处。"

诏狱这地方,墙高壁厚,轻易不会有损伤,可一旦也塌陷了,那里面的人只怕全无生还的可能。看许显纯这样子,也已急着要离开这儿,柚自不好再坚持待下去,便道:"许大人,那我们走了。"

"陛下可要再去鹿野苑查看一次吗?现在路不好走,我让人开辆光合车送陛下前去。路上务必保重圣体，虽然眼下灾变大作，但陛下洪福齐天，定然马上就会风息浪止。"许显纯近乎谄媚地说着，也不由分说，叫过一个锦衣卫来，让他开一辆光合车送陛下与碧眼儿去鹿野苑。

　　这所向来死气沉沉的监狱，此时已同菜市场一般了。门口停了好几辆转移重要犯人的光合机动大车，而这些犯人在转移时也仍按惯例罩着头套，他们既看不清周围，也不知到底发生了什么，因此倒是安安静静地站在那儿等着上车。现在这时候，光合车极为重要，而许显纯竟然专门为他们派了一辆，看来此人还真个是诚心要拍柚的马屁了。柚多半从没有过这般被人看重的待遇，实是有点受宠若惊，待许显纯去叫人时，他小声对方子野道："仲谋，应该去吗？"

　　如果真是有人用过了那台备用机，肯定不会留下什么纪录的，但至少可以确认最近使用过，那也就证明了的确有人曾利用刘朝启动过转换仪。方子野点了点头道："去一次吧。"

　　柚又看了一眼，小声道："仲谋兄，你说，会不会是我们想多了？也许这真就是一场普通地震，搞不好突然间就停了。"

　　"也许吧。"方子野喃喃说着。

　　这只是敷衍，因为方子野可以确定，这绝不是普通的地震。他在武功院时也学习过地震的知识，由于这是一门至今仍然没有定论的学科，所以各类假说不断，包括那些道家学者所提出的"地震乃是鳌鱼动"之类的奇谈怪论，也属于一种假说。方子野倒是在最近的书院网上看到了一篇署名为"江阴徐霞客"的文章，提出了一个很有意思的"浮陆块说"。

　　从文中来看，这徐霞客并不是几大书院的生徒，但他把这篇文章贴到了书院网上，提出地球上的陆地其实分为几大浮动的陆块，而且这几大陆块至今还在运动,陆块之间交错的便属于地震多发的活跃地带。

由于这徐霞客一无功名,二无学历,所以这篇文章贴到书院网后,被几大书院的学生视作类似"地震乃是鳌鱼动"的笑柄,加了个"民格"的称谓,意思就是民间格致儒士。方子野读了后,虽然也不是很能理解,但从文章内容来看,发现这徐霞客并不是突发奇想,而是从现实状况推断出来的,特别是文后附录了一张翔实的"熙宁大工业时代"以来地震发生地点汇集图,可以看出很明显的一条地震带痕迹。只不过那徐霞客也没有确凿的证据,被嘲弄得大概恼羞成怒,在那篇文章后面又加了一段,说他定要踏遍天下山山水水,证明自己的"浮陆块说"乃是真理,留下这句发狠的话后他便再没有在书院网上出现了。

按照徐霞客的理论,因为陆块的影响,中原可分为三个地震带,北京城正处于其中一个。而地震只有第一次震动最为剧烈,随后便是不断减弱的余震。只不过现在接二连三的地震既没有增强,也没减弱,和徐霞客的理论完全背道而驰,也可以说明这绝不是通常的地震。

所以一定是一场时空风暴。方子野仿佛听到了自己心底的呻吟。只有时空风暴,才会如此无休无止。如果不能及时阻止,这个世界一定会毁灭的!

这时一辆小型光合车无声地驰了过来,停在他们面前。车门打开,一个年轻的锦衣卫从车上下来,向柚行了一礼道:"陛下,微臣杨寰听命。"

这杨寰甚是英俊,但眼神里总也有一丝说不出来的谄媚之色,倒与许显纯相去无几。柚其实从来没有碰到过对他如此恭顺的人,一时有点手足无措,说道:"好……杨大人,那咱们走。"

这辆小型光合车是辆四座车，应该是平常办公所用，现在是最为紧要的时候，许显纯却将它拨来给柚用了，实是有点不合规矩。但这终是许显纯的一番好意，方子野也不好说什么。

　　杨寰虽然举止有点谄媚，不过他驾驶光合车的技术倒很是高明。虽然现在去城西北的大路已经坑坑洼洼，但他开得仍是又快又稳。

　　随着一路向西，路况越来越差，路边渐渐都是残垣断壁，人迹全无，看来作为重灾区的城西居民已疏散得差不多了。而灾变蔓延得很快，用不了多久，紫禁城只怕也不安全了。

　　方子野正想着，光合车突然停下了。柚叫道："怎么了？车坏了？"

　　杨寰推开车门，探头出去看了看，回头道："陛下，车没坏，路断了。我去看看有没有别的路。"

　　杨寰说着，便下了车向前跑去。方子野看到这条路上虽然尽是些残砖碎瓦，杨寰的步履却十分轻捷平稳，心想此人倒是个好手。他也下了车，抬眼望去，只见前方约莫二三十步远，大道突然消失，取而代之的是一条宽达丈许的裂口。他正想上前看看，身后传来了柚的声音："天啊，都成这样了！还能过去吗？仲谋兄，我们过去看看。"

　　柚一下车，高一脚低一脚地向前走去，才走了没几步便停下了。方子野知他走不过去，说道："柚兄，等杨大人回来再说吧。"

　　他们并没有等多久，杨寰很快就跑了回来。一见柚已下了车，忙过来道："陛下，车是过不去了，但那边还有一段裂缝很窄，微臣带陛下过去吧。"

　　虽然杨寰说得很有点气概，可柚走了这几步路便胆战心惊。杨寰说那边的裂口较窄，但看样子这道裂口仍在不断扩大，要是过去后却没了回来的路，岂不是有去无回？他也不说话，扭头看了看方子野。

这道裂口定然是广平库那边延伸过来的。仅仅这么点时间，造成的破坏就如此严重。也许，北京城真个会在短时间里从中裂开，一分为二了。想到这儿，方子野叹了口气道："还是别过去了。"

就算去了鹿野苑，也无非确认一下是否曾有人用过脑波检测仪，再无他用。只是明明外面已成这样了，许显纯还一味迎合，这人也真是为了献媚而不顾一切了。

柚突然小声道："要不……"

柚只说了两个字便停住了。方子野诧道："柚兄，你有什么主意？"

"那边应该还很平静，如果真不行，我们就躲'那边'去？"

影响是相互的。两个时空虽有一定的时差，却不知那个世界的时空风暴何时到来，但至少方子野在回来的时候，"那边"还十分平静。所以柚这主意其实也是个权宜之计。但覆巢之下，岂有完卵，再跑到"那边"去，只会加剧时空风暴的程度。而这儿还有空行机和光合车投入救援，那个世界却只有几辆马车。如果"那边"也发生了如此严重的时空风暴，只怕整个京城都没几个人能幸存。方子野叹了口气道："柚兄，你这是要饮鸩止渴啊。"

柚没再说什么。他抬头望去，现在的天空也仿佛裂开了一道大口，一片暗红色的裂纹横亘整个天空，倒使得周围明亮了些，可也增添了一层诡异。他道："那我们就回去等死？"

方子野是个向来不肯认输的人，老师曾在笑谈时说过，说碧眼儿面前，从来没有"绝境"二字，但此刻，方子野却觉得自己是如此无力。从未有过的绝望已如黑色的羽翼渐渐掩上了他的心头，这场灾变越来越严重,但究竟是谁引发的,仍然漫无头绪。更可怕的是,现在京城里这数百万人口中,真正知道这场剧变起因的,也仅仅他们这三个人。就算他们全都说出去,又有谁会相信!偏生老师和徐光启大人又全都不在。如果能够在姚平道大人面前演示一下利用转换仪打开时空之门的话,说不定姚大人也会相信,但现在姚大人已率领武功院全体成员投入救援了,找到他都不是件容易的事。再这样浪费时间的话,只怕势成噬脐,再无回天之力。

方子野的心头越来越乱。这短短一刻,他已然想到五六个主意了,但每一个都马上就被断然否决,因为不论哪种,都需要时间。只是在这场越来越剧烈的灾变面前,他已经没有时间了。

不管怎么样,再留在这儿,只会让处境越来越危险。现在能做的,也是应先到相对安全的地方去,然后再想办法吧。

想到这儿,方子野转过身,向一边有点莫名其妙的杨寰说道:"杨大人,麻烦你送我们回紫禁城吧。"

天启

第十一章

恭颜动杀机图穷匕现 绝境求生路地裂天崩

杨寰显然有些意外,却并不理睬方子野,而是转向了柚道:"陛下,真不去鹿野苑了?微臣可以背您过去。"

柚苦笑道:"还去鹿野苑做什么?仲谋兄说了回去,那就送我们回紫禁城去吧。"

不知为什么,杨寰却有点不情不愿的样子,说道:"陛下,已经到了这儿了,还是再去看一下吧。"

杨寰的这种执拗,让柚颇感意外。他看了看方子野,似乎想问问方子野是不是该去一下。他也知道方子野武功不俗,看样子这杨寰也不是庸手,虽然路断了,但他们从边上的瓦砾堆绕过去应该问题不大,自己却多半没这本事。只是杨寰既然愿意背自己过去,倒也未尝不可。

方子野忖道:"这杨大人真是个忠于职守的人,都有点死板了。"

如果道路通畅,再去鹿野苑查看一下倒也没什么,说不定能有点发现。但现在如此危险,再冒这等无谓风险实在没什么必要。他道:"不用去了,尽快回去吧。"

见方子野已打定了主意,柚也不再首鼠两端,说道:"行,杨大人,我们回……"

虽然身为大明帝国的名义元首,柚倒是没有一点皇帝的架子,对杨寰也仍是一副商量的口气。只是他话音未落,锵一声响,杨寰突然一个箭步冲到了柚身边,拔刀压在柚的咽喉处。

柚的脸一下变得煞白。他生长在紫禁城中,从来没碰到过这等事。事实上当年出了"梃击案"[1]后,紫禁城的戒备力量增强了一倍,更是绝不可能再发生这等事了。只是现在一把明晃晃的利

---

1. 明朝奇案,发生于万历四十三年的一场有关太子朱常洛被刺杀的政治事件。

刀正压在他喉头的皮肤上,他顿时吓得魂不附体,若是稍稍动弹一下,刀刃说不定便要割破他的皮肤,他更是连话都说不出,只是发出了乌鸦叫一般低低的啊啊声。

锦衣卫是京城的治安部队,纳入这个序列的人员都要经过严格的训练。杨寰显然经过了苦练,他这动作快得异乎寻常,甚至不比方子野逊色。而方子野也根本没想到,这个一直对柚极为恭顺的锦衣卫军官竟然会突然做出这等惊人之举,只一怔,杨寰的绣春刀已压在了柚的喉咙上。

杨寰那张英俊的脸现在已有点狰狞,喝道:"碧眼儿,站住!"

不消杨寰多说,方子野已经站住了,他的双手在胸前一高一低虚按着,摆出的正是五行拳的起手势,但他也知道,要制住杨寰容易,却不敢保证杨寰在被制住前不伤到柚。他沉声道:"杨大人,原来你是白莲教!"

杨寰嘿嘿冷笑了一声道:"碧眼儿,你也将杨某看得忒小了。"

方子野皱了皱眉。杨寰有这种异动,他的第一反应便是此人多半是白莲教一党,没想到杨寰竟然一口否认。难道,这杨寰是建奴埋下的暗桩吗?

没让方子野多想,杨寰已拖着柚向光合车走去。他一边退,一边用双眼死死盯着方子野。碧眼儿方子野在锦衣卫内部也有点小小的名声,特别是碧眼儿师承武功院第一高手王景湘,武功之高,罕有其匹,杨寰自是听到过。他虽然制住了柚,但注意力几乎全集中在方子野身上,生怕这个武功院后起四天王之一会不管三七二十一暴起扑来。他虽然手中有柚当挡箭牌,却也多半抵挡不住,因此想的便是进到光合车里再说。

柚从车里钻进去的时候,已然将车门也关上了。杨寰现在要钻进车里,便只能将左手伸到背后去开门。因为不敢从方子野身上转移注意力，这般摸索自是不太容易。待摸到了门把手，正待开门时，他的右手腕上突然传来了一阵钻心的疼痛。

这阵痛便如电光般直刺入他心底，杨寰瞟去，却见右腕上插了一把刻刀。

杨寰根本没想到，柚身为大明皇帝，身边居然还一直带着这套刻刀。好在柚的力量并不大，刺得也不是太深，虽然极是疼痛，可他右手的刀仍是动也不动。而不等柚挣脱，杨寰的左手已然从背后极快地伸了过来，一把拔下了刻刀。

如果不是柚还有用，杨寰真个想一刀将这大明皇帝的脑袋斩将下来。他恨恨地瞪了柚一眼，只是没待他再发什么狠，眼前一黑，一只有力的手已然一把抓住了他的右腕，顺势一拧，另一只手一把夺走了绣春刀。

那正是方子野。

在已经有了空行机与光合车的大明天启年间，武功已几乎成为一种华而不实的体操了，除了一些例外，很少有人肯花苦功去练习了——而武功院正是这样的例外。

武功院三位指挥使中，王景湘与罗辟邪都是当今最顶尖的高手，而第一指挥使姚平道虽然是个不良于行的残疾，但据说武功还要高过王、罗二人。方子野则是王景湘的两个嫡传弟子之一，武功却要远远高过师兄。杨寰在锦衣卫中算得相当厉害的高手了，因此他一直觉得武功院的名头虚有其表，自己绝不比那什么武功院四天王逊色。然而现在方子野闪身上前，夺走他的绣春刀，就算他手腕没被柚刺伤，也定然全无还手之力。直到此时杨寰才明白，原来这碧眼儿的厉害更甚于传闻。

杨寰在北镇抚司做事，平时见惯了诏狱中各种刑具，自己也曾以此折磨关进诏狱来的囚徒。此时他想到的，便是碧眼儿不知会对自己施加哪种残酷刑法。一想到自己要被上了刑具拷问，杨寰就吓得魂飞魄散，也不知哪儿来的力气，猛一翻腕，只想挣脱方子野的铁腕。可方子野的手力之强，远非他所能想象，一挣之下，只觉方子野握得更紧，哪里能再动弹分毫。情急之下，左手化掌飞起，削向了方子野。

杨寰生得很是文秀，但膂力不小，平时练功也颇为勤奋，因此在锦衣卫几可称第一高手。这一掌是他全力劈出，平日练习时能将杯口粗的枝条一掌劈断，因此只觉方子野无论如何都一定会闪开，那时他就有机会挣脱了。只是他刚挥起右掌，方子野的右手已然如电而至，一把抓住了他的左腕。

方子野的右手本来还抓着那把绣春刀，而他的反应比杨寰要快得多。杨寰这一掌劈来时，他如果举刀迎去，非将杨寰一只左掌生生切下来不可。但方子野终是不忍，因此尾指一钩，将刀柄夹在了掌心，抓住杨寰左腕的只是右手拇、食两根手指。

一般人的右手都比左手力大，方子野和杨寰都是如此。只是方子野的左手抓住杨寰的右腕，便让杨寰动弹不得，而抓住杨寰左腕的虽然只用了右手两根手指，杨寰却觉如同被一把铁钳夹住，连骨头都仿佛要被夹碎了，哪里还用得出劲。只是他仍心有不甘，还想再挣扎一下，只待飞脚踢去，可身体却暖洋洋的仿佛浸在了温水中，怎么都用不出力气来，脚尖却如被极黏的胶水粘在了地上一般，哪里还踢得出去。他大吃一惊，心道："碧眼儿……他会妖术吗？"

虽然传说白莲教众精擅妖术，但方子野自是全然不会。杨寰却不知方子野的五行拳已尽得乃师真传，功力也已经有了师父的八成。五行拳的妙用在于借助五行，浑身无处不可发力。他抓住了杨寰双腕，劲力到处，杨寰的周身骨节都已遭到冲击，短时间里已然脱力，现在真个还要动手的话，他连柚都打不过了。

方子野见杨寰的眼神中先是惊异，随后便是渐渐涣散，心知这人已被自己制伏了。但方子野仍不敢轻易放开，拖着杨寰向一边走了两步，这才放开了他，自己退后一步道："杨大人，承让。"

这儿已是那道裂口边上，以现在杨寰的状态，不怕他狗急跳墙再去暗算，也不用担心他能飞纵逃走。杨寰自知落入了绝境，惊疑不定地看着方子野，也不说话。

柚方才遇到这等险情，已是吓得魂不附体。他不知轻重地拿刻刀刺了杨寰一下，若不是方子野及时上前相助，现在肯定已吃了大亏。见杨寰被方子野制住了，已如一只斗败了的公鸡一般，他倒是来了劲头，上前喝道："姓杨的，你到底是什么人？可是建奴派你来的？"

杨寰本来生得颇为俊朗，可现在看去，真个面如死灰。听得柚质问他，杨寰的嘴唇微微翕动了一下，却没出声。方子野皱了皱眉，沉声道："杨大人，你真是建奴派来的？"

虽然武功院在名义上也属于锦衣卫，但到底是两个部门。方子野知道锦衣卫其实不是个容易进入的部门，基本上是世袭，只有极少数人才会被半路出家抽入锦衣卫去。而杨寰隶属北镇抚司，由于有管理诏狱之权，北镇抚司挑选人员更为严格。虽说不是完全不可能，但建奴要在北镇抚司安排杨寰这样一个地位已不算低的间谍进去，实是难以想象。换句话说，如果北镇抚司都有建奴的间谍了，那么哪里又能保证没有！

杨寰的眼神仍是游移不定，却突然左右看了看。方子野知道他想要夺路而逃，但自己已经封死了他的去路，而杨寰背后更是那条大裂口，他现在绝对没有飞身一跃，跳过裂口而逃的本事，只是这人死也不肯坦白倒是件麻烦事，自己也没时间再和他多磨。

想到这儿,方子野将手中的绣春刀舞了个花,冷冷地说:"杨大人,你若再不肯说,那就不要怪碧眼儿不客气了!"

杨寰并不知道方子野这话只是虚声恫吓,因为他自己在北镇抚司管犯人时,打骂用刑都是家常便饭,能让犯人求生不得,求死不能,那时最常说的一句便是"你再不说,就别怪我不客气了"。因此一听到方子野这般说,杨寰心中便是一寒,心道:"碧眼儿在这里就要对我用刑吗?"

心中一慌,便没了坚持的勇气。眼见方子野似要握刀上来,杨寰急道:"我……陛下,我是奉命而为,不得已啊!"

柚喝道:"是建奴派你来杀我?"

方子野暗暗好笑,心想柚也太把自己当一回事了,建奴的奴酋虽然是个反叛,但平心而论,此人甚有雄才大略,让历任辽东督师疲于奔命,在萨尔浒更是几乎全歼了大明精锐之师,绝不会那么无聊,派人来暗杀柚这个有名无实的皇帝。

杨寰被柚一喝,却是更加慌乱。他原先其实并没有要杀人的意思,只是见方子野准备回去,情急之下才挟持了柚,随后才想起柚乃是皇帝,自己这么干已是犯下弥天大罪了。现在柚显然一口咬定自己是建奴的人,回去定然要拿诏狱的诸般刑具给自己尝尝,这等前景他实是不敢想,忙道:"陛下,冤枉,小人乃是大明之臣,绝不会背叛大明!"

柚气得骂道:"说得自己跟个于少保似的!你方才拿刀逼着我,难道是假的?"

"于少保"指的是正统年间兵部尚书于谦。在正统年间,漠北瓦剌部的也先太师利用前元余部带去的技术,研发出了一种装甲光合车,在土木堡突袭了正在参加第三届大明戏剧展的正统帝。当时护卫将军樊忠所率领的护卫战车队完全不敌瓦剌的新型战车,结果连正统帝也落入了也先手中。

数十年后，弘治帝颁布《弘治宪章》后，大明才采取了虚君制度，而正统年间，陛下还有着说一不二的绝对实权。因此正统帝当了瓦剌的俘虏后，在当时的官员眼里，无异于大明已经亡国了。随着也先太师的装甲光合战车队开向北京城，当时朝中出现了"臣服瓦剌"的论调，甚至一时间还成为主流。幸亏兵部左侍郎于谦临危受命，升为兵部尚书后组织起卫戍部队进行阻击战，最终击退了也先，又软硬兼施地通过艰苦卓绝的谈判，最终让瓦剌释放了正统帝。可是由于在谈判期间，为打消也先利用被俘的正统帝要挟大明的企图，于谦已立了皇弟景泰帝，正统帝被释放后对于谦极为怨恨，趁景泰帝病重复辟，随后冤杀了于谦。

这是大明建立以来最大的冤案。正是为了避免再出现于谦无辜被杀却无人能救这样的悲剧，因此到了后来的弘治时期，被誉为有史以来最为清醒睿智的弘治帝颁布《弘治宪章》，将权力下放给内阁，实行了虚君制，使得大明得以顺畅发展，再没有出现正统年间那样的乱象。否则在经历了萨尔浒这样的大败后，大明早就乱成一锅粥，又会有人提出"上策为臣服女真"这样的奇谈怪论了。

被柚骂了一句，杨寰的脸上却也显出一丝愧色。他抬起头道："陛下，小人只是奉命而行，不敢有违而已。"

虽然大明的实权都归于内阁，柚这个天启帝其实有名无实，可毕竟还有个国家元首的名目。听得杨寰说什么不敢违抗命令，柚更是恼怒，喝道："是谁命令你向我动手的？快说，是什么人！"

此刻杨寰脸上，是一种仿佛马上要被净身一样的表情。方子野见他欲言又止的样子，心中便是一动，喝道："杨大人，你说你是大明锦衣卫，难道陛下的命令还不及先前命你这人吗？"

杨寰咬了咬牙,一跺脚道:"陛……"

方子野见他下了狠心,心知他定然要说了,心头便是一宽。但也就在杨寰一跺脚的瞬间,方子野便觉脚下忽地一软。

那是地面崩塌了!

就在地面塌陷的一刻,方子野将身一纵,人便向后跃去。此时柚就站在他的身后,当方子野跃出时,柚却还完全不知发生了什么,但方子野眼明手快,一把抓住了柚的腰带奋力一拽。柚也不算很轻,但方子野是习武之人,力量相当大,一把挟住柚跃出了六七尺远。也几乎就是方子野跃出的同时,他方才站立着的那块地面已整片塌陷下去。

跃出了六七尺,此时正是先前杨寰停下光合车的地方。这辆光合车已拉起了刹车,却也被震得不住滑动。方子野心知这儿仍不安全,他武功高强,脚甫一点地,便又是一跃而起。虽然臂弯里还挟着一个人,但方子野身形如风,反倒更快了,一起一落,又跃出了六七尺,落地后才觉得脚下已是坚实的大地。方子野还是不敢大意,又向前狂奔了十余步,冲到了一棵大树前才算停下。

就在方子野飞跃狂奔的这片刻间,原本看似坚实的地面已大片大片地塌陷下去,随着大块大块的泥土砖块落下深不见底的深渊中,夹杂着一阵凄厉的惨叫。

那正是杨寰的叫声。这一次地震突如其来,杨寰又站在裂口的边上,而他浑身经脉受到方子野五行拳拳力的震颤仍未复原,十成本事已剩了不到三成,哪里还能如方子野一般在千钧一发之际跃出。当地面塌陷时,他连一点机会都没有,连同泥块瓦砾,还有那辆光合车一同直直坠入深渊中去了。

柚一被方子野放开,已是吓得面如土色,连站都站不稳了。他伸手扶住了树干才算勉强站立,随即叫道:"这……这没完了啊?"

恐怕，马上就要完了。

方子野想着，自己虽然比柚要镇定些，但方才这一刻其实也是吓得魂不附体。只是比起柚的嘴唇都在哆嗦，方子野的神情却看不出什么异样。他也知道现在讨论这些不过是让柚更加惊恐万状，且毫无用处，因此深深呼了口气，让狂跳着的心脏平静了些，这才小声道："柚兄，会有办法的。"

柚其实已到了崩溃的边缘。他万万没想到自己出于好奇偷偷去了一次另一个大明，竟然会造成这样的后果，但方子野的镇定让他多少不那么惊慌了。他看了看周围，苦着脸道："现在我们该怎么办？连光合车都没了，走回紫禁城去吗？"

"只有这样了，但愿紫禁城那边还没什么事。"

尽管这么说，但方子野实是没半点信心。这场时空风暴愈来愈激烈，根本不似寻常天灾那样过了顶峰就会渐渐平息，而是蔓延得越来越广，现在只怕已经有半个北京城毁掉了，照这个趋势，位于中心的紫禁城只怕很快就难逃一劫。

原来，这个世界是如此脆弱，竟然经不起一点点微不足道的破坏。难道这一次，真的要万劫不复了？

如果柚不在边上的话，方子野都有点怀疑自己还能不能坚持下去。直到现在自己尚不曾崩溃，最主要的原因就是不想在别人面前失态吧。然而方子野知道自己远远没有柚想象的那样镇定，甚至，自己其实比柚还要绝望。

镇定下来，碧眼儿。方子野在心底这样对自己说了一句后沉声道："柚兄，我们走吧。"

作为一个接受了武功院全套教育的优秀生徒，方子野有着远超常人的判断力与耐心。在这等情况下，他更清楚自己若是惊慌失措，只会徒然浪费机会，毫无用处。他又深深呼出一口气，一边沿着几乎完全变了模样的大路向东边走去，一边整理着乱作一团的思绪。

杨寰方才说过，他是受命而为。杨寰的级别并不是很高，能命令他的人其实有不少，至少北镇抚司里就有好几个。而现在厂卫并行，便是由太监执掌的东厂也有向锦衣卫下令的权力。所以可以指使杨寰的少说也有十多个人。只是方子野更清楚，最有嫌疑的，还是将杨寰派过来的许显纯了。

一想到先前自己与柚去诏狱时，许显纯那种几乎过分的殷勤，方子野便觉心底升起了一股寒意。当时他还只觉那是许显纯在依官场上的惯例向陛下阿谀一番，但回过头来想想，总有些异样。

如果真是许显纯的话，他让杨寰拖住自己和柚，到底是何用意，难道……

方子野不由站住了。走在他身边的柚没他的本事，路上又尽是土石砖瓦，因此走得很是专心，又向前走出几步才发觉方子野停在了身后，忙站定了转身道："仲谋兄，出什么事了？"

听得柚的声音，方子野这才回过神来，他快步向前走到柚身边，问道："柚兄，那个刘朝公公，认得许显纯大人吗？"

柚只盼着能早点离开这个该死的地方，听方子野突然问了这么个问题，他也是一怔，说道："这个吗……不会吧，刘朝成天都在宫里，一直在客巴巴身边听用，应该不认识。"

"客巴巴是谁？"

"噢，客巴巴是我奶娘，她是按先帝嫔妃之例住在哕鸾宫里的，刘朝现在也侍奉客巴巴。"

方子野心想，柚早过了吃奶的年纪了，他的奶娘仍住宫里，显然柚对这位奶娘颇有感情，怪不得偷偷去另一个大明时叫这刘朝来帮忙。只是他本来觉得刘朝应该将这个秘密告诉给了许显纯知道,但柚这个回答却让他的预想一下不能成立了。

方子野正想再细问,柚突然叫道:"那边有车来了!"

抬眼望去,左前方十余丈远的地方正有一辆光合车向他们驶来。

京师大道,向来平整如砥。而且为了便于出行,正德帝时期还曾做过一番彻底的道路整修,因此京师的道路四通八达,号称"条条大路通北京"。只是现在却已是一副凄惨景象,路面破损得几乎体无完肤,很多路面甚至被接二连三的地震震得断裂错位。那辆光合车此时也开得十分小心,所以速度不算快,但还是比他们步行要快多了。

看到这辆光合车,方子野心头便是一动。来者到底是谁?会不会是杨寰的同伙?但方子野转瞬间就将这念头否定了。如果真是杨寰的同伙,那来得也太慢了,而且杨寰当时也不至于会铤而走险。

那辆光合车已然驶得近了,在他们面前十来步的地方停了下来。随着车门打开,车里钻出来一个人。

这人一下车便急急向他们走来,一边走一边高声道:"你们是谁?为什么还不疏散?快……陛下?!"

看到这个人,柚也有点吃惊,叫道:"袁御史!"

虽然对柚这个名义元首并不需要行大礼,但这袁御史已快步走上前来,到了柚跟前深深一礼。离得近了,方子野才看清那袁御史原来是个六旬左右的老人了,只是他目光炯炯,一如少年,完全没半分老态。

"陛下,您怎么会来这儿的?太危险了!"

尽管袁御史对柚十分恭敬,但这话仍是带有责备之意。柚显然也有点心虚,说道:"是,袁御史,我是有点事……对了,袁御史,你认得我这朋友吗?"

尽管柚明显是扯开话头,袁御史并没有不依不饶。他扭头看了看方子野,忽道:"若我不曾认错的话,陛下,这位大人便是武功院的碧眼儿方子野吧?我听王大人说起过。"

听到袁御史认得自己,方子野更是吃惊。他心里转着念,暗想:"这袁大人认得我老师,那定然是位长辈了。可老师什么时候说起过姓袁的御史?"正自想着,脑海中突然一闪,叫道:"您是……你是袁可立大人!"

这话冲口而出,方子野便觉察到自己的失礼了。这袁可立大人也算近期以来的话题人物,同样上过书院网的热点人物榜。不过袁大人上榜,纯粹是因为他的清廉与强项,特别是近来他在书院网上实名发布了好几篇对辽东形势的综述,连那些向来眼高于顶,见人就骂的书院学生,亦称许为"高屋建瓴,洞若观火",认为那是近期对日益危急的辽东局势最为清醒与有价值的分析。

对这样的前辈,自己竟然直接称名,实是极大的冒犯,因此方子野话一出口,马上就深深一躬道:"袁大人,恕晚生失言。"

天启

第十二章

欲破时空豹房围缇骑 将通异域太液铸奇门

尽管路面坑坑洼洼，但袁可立的驾驶技术十分纯熟，反应也不亚于少年，光合车十分迅速平稳。而越往东去，路也越是完好，看来城西接连不断的地震目前对此处还没有大影响。

袁可立一言不发，只是小心地驾驶着光合车，但他的心头却如波涛起伏。

是徐大人发明的那台机器引起了这次……时空风暴？

时空风暴这个词，袁可立平生以来还是头一次听到。作为一个理学派儒士，他实是难以理解方子野说的这一切，但有一点他却很清楚，便是方子野从不说谎。

"碧眼儿所言，向来真实无虚。"

袁可立还记得王景湘在与自己闲聊时说过的这句话。当时王景湘多少有点炫耀的意思，而他却相信老友所言不会有假，所以即使方子野说的一切都显得荒唐不经，却一定都是真的。而如此荒诞的事都是真的，正可以证明这不是一场普通的天灾，难怪地震没完没了，造成的破坏也是史无前例的巨大。

对这个世界，自己了解得真是太浅薄了。袁可立想着。

袁可立是因为对辽东近事的剖析，受到了内阁的关注，前些日子，叶向高首辅专门召集了他前来商议，对他的见解大为赞赏，因此升迁为右佥都御史，并以此身份巡抚登莱。

登莱巡抚，是个专为辽东战事而新设立的官职。让自己担当此职，就是全权指挥平辽事宜的意思。这当然不是个美差，但袁可立向来就不是只想谋个美差肥缺之人，他更想的是建功立业，为大明一举解决这心腹大患。只是刚接到接替陶朗先大人巡抚登莱的委任状，就在准备走马上任的时候，却遇到了这场突如其来的天变，为响应叶首辅的号召，他只得暂留都城投入紧急救援。原本还以为是一场寻常的地震，可碧眼儿说这次灾变其实是时空风暴，如果不能尽快阻止，灾变只会愈演愈烈，直至这个世界的毁灭，这让袁可立不由倒吸了一口凉气。

"时空风暴是如何引起的？"袁可立问道。

对时空风暴，其实方子野自己也知道的有限。就在不久之前，时空风暴还只是托里切利口中转述的一个假说。就算是提出者——伽利略夫子本人——恐怕也不能确定真正起因吧。方子野斟酌了一下，说道："袁大人，虽然尚无定论，但一定与两个世界发生了交错有关。"

"也就是这个世界的人到了那边，或者那个世界的人到了这边，都会引发时空风暴？"

柚在座位上突然扭动了一下身体。尽管袁可立这话其实并不是说他，但在他听来自是针对自己。方子野自是知道柚的心思，便道："是，但短时间的影响应该不足以引发。"

"所以你怀疑有人到了那边一直没回来？"

"是。"

"有证据吗？"

"我去到那边的时候，发现那儿有一台我们这边的射线探测仪。"方子野说着，心想袁可立未必会知道射线探测仪是什么，又道，"那个世界比我们这里要落后很多，根本不可能会有射线探测仪这种东西。所以一定是有个人潜入了那边却一直没回来，才引发了这场时空风暴。"

"就是说，把那个人带回来，就能阻止这场灾变？"

方子野一阵语塞。听托里切利说过，当两个平行时空发生交错，时间越久，就越可能造成时空风暴。这个世界，就如一幢结构无比精巧的大厦，所有的一切都是其中一个构件。当一切完好时，自是坚若磐石，可一旦有任何一个构件缺失，就会产生连锁反应，整座建筑都会倒塌下来。而那个偷偷潜入另一个世界的人，便是这个世界所缺失的构件。本来尽快纠正错乱就不至于发生这等事，可现在事态显然已向最坏的方向发展了，他现在也实不敢保证，带回那个闯了这弥天大祸之人还能不能让世界恢复平静。

"袁大人，我也不知现在还来不来得及。"

袁可立一怔，嘿嘿一笑道："碧眼儿果然从不说谎。"

柚怔了怔，看向方子野道："仲谋兄，你从来不说谎吗？"

方子野的脸有点微微泛红。他在武功院还真个有这点小名声，从小就如此，现在也仍然如此。只不过这点名声仅仅在武功院内部流传罢了，袁可立定然是听老师说的。听得柚也在问自己，他点了点头道："确实。"

柚嘟嚷了一句，却也听不出究竟在说什么。对他来说，说几句谎乃是家常便饭，方子野从不说假话自是会令他诧异。但现在事态已如此恶化，方子野说不说谎已无关紧要了。

此时光合车已驶到了紫禁城前。远远望去，巍峨的红墙毫无异样。毕竟是当初不惜工本建造，后来又不惜工本修缮的紫禁城，只要时空风暴没有直接袭击到紫禁城，仅仅一点余震，对这座宫殿造不成什么大破坏。

袁可立将光合车的速度又提了一挡，沉声道："碧眼儿，待回到紫禁城后，你看好那台机器，千万不可出乱子。"他顿了顿，又道，"此事得有专人处理。陛下，微臣先送您去东城，然后火速将此事告知武功院姚大人，请他派人前来。"

柚诧道："我去东城吗？"

"紫禁城已很不安全，东城尚未受到太大影响，还请陛下先去暂避。"

柚又看了一眼方子野，忽道："不成，我还是跟仲谋兄去豹房一趟。紫禁城里不许闲杂人等进入，如果没有我带路，仲谋兄若是碰上个巡逻的卫戍，就真是秀才遇到兵，有理说不清了。再说这事十万火急，袁大人，你要马上去找姚大人派人过来，不能再浪费时间了。"

柚的勇气让袁可立有点意外，不过柚的话倒也不无道理。他点点头道："也好，只是陛下您要注意安全。"

柚嘿嘿一笑道："既做过河卒子，只有拼命向前。袁大人，我虽然只是个木头傀儡，但多少总能派点用场。"

"木头傀儡"是书院网上那些促狭的书生给皇帝取的外号。自从颁布了《弘治宪章》，采用了虚君制度，历代皇帝就越来越没有存在感，无非是每年的祭祀上出现一下，实与那些木头傀儡无异。方子野没想到柚还有这等自嘲的勇气，好笑之余，心想柚所说倒是没错，那些紫禁城卫戍相当尽忠职守，方才离开时，门口仍有两个坚守岗位的卫士。自己一个人闯到豹房去，搞不好真要被那些仍坚守在内的卫戍当刺客抓起来。

袁可立道："陛下既有此言，那也好。微臣便在大门前停一下，让您二人下车后，马上去找姚大人。"

光合车沿着紫禁城红墙向前驶去。待转过一个弯，便是大门了。只是转过拐角，刚看得到紫禁城正门时，柚突然叫道："咦，出什么事了？"

紫禁城门口此时停着好几辆大型光合车。虽然这些光合车上已然挤满了人，仍然有不少人试图往车上挤去。他们方才离开紫禁城时，虽然太监宫女都有点惊慌失措来乾清宫前广场避难，但总体还算有秩序，可现在却简直和一个被马蜂闯了进去的蜂巢一样，人们川流不息地从紫禁城里挤出来。若不是正门口仍有几个卫士在执勤，这紫禁城城门定然会被那些拎着大包小包的太监宫女堵得水泄不通。

在卫士中，方子野远远就一眼见到了师兄刘文礼的身影。当光合车驶近门口，不待停稳，他便拉开车门冲了出去，隔着五六步便高声叫道："师兄！刘师兄！"

刘文礼此时已是满头大汗。天气本来就有点炎热，现场又如此嘈杂混乱，他实是有点手忙脚乱。听得方子野的叫声从背后传来，他一转身，叫道："碧眼儿！谢天谢地你来了，快帮我维持秩序！"

方子野快步跑到他身边道："师兄，这儿出什么事了？"

"姚大人说地震随时会波及紫禁城一带，分了几辆大车过来，让我疏散。"

刘文礼一边说，一边伸手抹了下额头的汗水。待方子野到了他身边，他又小声道："地震随时就会扩展到紫禁城一带，内阁已下令紧急疏散宫中人员。本来姚大人是让我协助北镇抚司行动的，现在倒好，我一来，这帮爷就不知跑哪里去了。而这群公公奶奶，"他说着，冲着几个挎着包裹大呼小叫从里面冲出的小太监努了努嘴，"这时候了也全然不管不顾，东西都要拿，上了车就吵着要走。"

北镇抚司就在洪武门边，要维持紫禁城秩序，他们自是当仁不让。但现在，刘文礼这个本应过来协助的人却成了主角，他再是为人忠厚，还是忍不住抱怨了两句。

听着刘文礼的抱怨，方子野的眼神有些异样，急道："是许显纯大人他们吗？"

"还会有谁，当然是他们。"刘文礼又嘟囔了一句，"上回争功比谁都积极，现在有事了，溜得又比谁都快。"

刘文礼的一肚子气显然还不曾发泄完，正待再说，身后却忽地传来了一个声音:"右佥都御史袁可立奉陛下之命,男左女右,依两列出门,不得有误!"

那是袁可立的声音。他虽是文臣,但站在那儿不怒自威,声音洪亮有力,更是让这些无头苍蝇一般的太监宫女全都不由自主地放慢了脚步。虽然这些太监宫女大多不知右佥都御史到底是个什么样的官职,而且宫女固然是女子,太监却也算不得男人了,男左女右并不适用,可他们习惯了听命于人,现在袁可立一发话,虽不见有人指挥,他们倒是自动排成了两行,一下子有秩序了许多。

刘文礼见一下就稳住了局势,不由松了口气,心道:"原来他就是袁可立大人啊。"

袁可立之名,刘文礼自是知道。虽没见过他,但知道他与老师相熟,此人实是当今一个能臣。现在辽东吃紧,袁可立被紧急提升为登莱巡抚,自是希望他能一举解决越来越猖獗的建奴。现在袁大人站出来振臂一呼,果然大有威势,一下就镇住了这伙无头苍蝇样的太监宫女,他忙过来道:"卑职武功院刘文礼,多谢袁大人。"

袁可立看了他一眼,淡淡一笑道:"景湘兄的大弟子,碧眼儿的师兄啊,刘大人好。"

袁可立方才发话时威风八面,现在却显得平易近人。尽管对这场没完没了的地震已是胆战心惊,但刘文礼一下镇定了许多。他恭恭敬敬行了一礼道:"卑职不敢,袁大人。"

袁可立看了下门口,说道:"那此间有劳刘大人了,准备把紫禁城中这些人疏散到何处去?"

"回袁大人,姚指挥使说,现在地震正在向城中扩散,因此让卑职带大家去城东智化寺暂避,姚指挥使已在那里主持清场。"

智化寺位于北京城东,靠近朝阳门。那儿有一片很大的空地,正是躲避地震的绝佳场所,就算真有什么问题,也可以通过朝阳门撤离。袁可立点了点头道:"嗯,正好我也要找姚大人,便由我来开路吧。"说着,转身向柚道,"还请陛下注意安全,微臣找到姚大人后马上赶来。"

刘文礼其实早就看到柚了,只是一直没空招呼,此时才抽空想对这个有一面之缘的少年寒暄两句,听得袁可立大人竟然称柚为"陛下",他吓了一大跳,也顾不得再和柚招呼了,轻轻戳了戳方子野道:"碧眼儿,你这朋友……是陛下?天子?"

方子野点了点头道:"是啊。刘师兄,请你马上带袁大人去见姚大人。这件事,"他顿了顿,把声音压得更低了些道:"很可能便是因为连通了两个时空引起的。"

刘文礼的脸色一下变了,也低低道:"是因为上回……那件事?"

"尚未可知,但解决此事的关键可能就在豹房。"方子野说着,看了一眼那些正在陆续登车的太监宫女。形成秩序后,效率高了很多,现在几辆车已马上就要坐满。那些方才还在大呼小叫的太监宫女这回倒都老老实实了,有些没有座位的,在车上席地而坐,全都不吵不闹。他道:"刘师兄,你尽快送他们过去吧,这儿不太安全。"

刘文礼嗯了一声。他也不知道方子野要去豹房确认什么,但心知不论是文是武,这个师弟都比自己强得多,自己也帮不上什么忙,做好手头的事才是正经,便道:"碧眼儿,你千万要小心。"说着,又高声道,"诸位公公嬷嬷,快上车,上车后往里挤,后面空位还很多。车子马上就要出发,不会等人!"

看着袁可立和刘文礼带着几辆大车驶向城东,柚喃喃道:"李选侍、客巴巴她们,应该先撤了吧。"他说罢,扭头向方子野道:"仲谋兄,我们快去看看托兄怎么样了,他一个人在豹房,准是吓惨了。"

托里切利倒不至于如此胆小。方子野想着。但他心中倒是有点不安。方才刘文礼抱怨说他本来是协助北镇抚司前来疏散紫禁城人员的,但到了这儿,本应担当主角的许显纯却不知跑到哪儿去了。

难道,指使杨寰的,真是许显纯吗?

前面便是蜈蚣桥了。现在紫禁城里基本上已疏散一空,本来就没什么人来的豹房一带更是显得寂静。虽然无风,但太液池水不时漾起一圈圈波纹,显然微震已先行抵达,人还感觉不到,水面却已显现出来了。

过了蜈蚣桥,前面就是豹房了。这儿寂静无比,似乎连飞鸟都疏散干净了。也就在他们踏上蜈蚣桥时,远远突然传来了一个声音:"你这黄毛,还没算出来吗?"

柚一怔,诧异道:"怎么,真有卫戍跑这儿来了?"

方才柚说要留下来协助方子野,理由是怕有卫戍拦阻。一路连鬼影都没撞上一个,到了豹房倒真有卫戍了。而那卫戍在喊什么"黄毛",定然便是指托里切利了。在豹房这么个平时没人来的地方出现这样一个欧罗巴人,必然会让紫禁城的卫戍生疑,搞不好那些粗人会对托里切利动粗。柚正待快步跑去解释,方子野一把拦住他道:"等等!"

因为发生过梃击案,紫禁城戒备加强了许多,卫戍更增加了一条"非常情况下可以动用武力"的规章。现在正是个非常情况,如果紫禁城卫戍把托里切利当成了当初张差[1]这样的不法之徒,很可能会当场对他发生点"触及皮肉的交流"。柚心想,是自己提议

---

1. 明朝奇案"梃击案"的参与者。

把转换仪搬到豹房来的,真这样可对不住托里切利,因此急着要跑过去看个究竟。他诧道:"怎么?卫戍多半是些没见过世面的人,托兄解释不清,说不定会吃亏的。"

方子野小声道:"这是崔应元的声音!"他说罢,想起柚只怕不认识崔应元,又小声道:"他也是北镇抚司的人。"

"许大人的手下?他们怎么跑这儿来了?"

方子野喃喃道:"柚兄,你在这儿等着,我过去看看情况。"

他说着,一个箭步冲下了蜈蚣桥。这蜈蚣桥也有点长度,但方子野脚不点地,快捷如风,简直如同飞过去一般。

北镇抚司负责首都治安,但紫禁城不是他们的责权范围,他们同样无权在紫禁城随意出入,先前柚去北镇抚司时是许显纯出来接待,并没见到崔应元,柚自是不认得他。而上一回为送那个异世界的碧眼儿回去,又为了让监控有个解释,所以刘文礼出了个主意,让两个自己同时在北镇抚司的人面前出现,以此来洗清方子野的嫌疑,当时碰上的正是许显纯与崔应元两人。方子野还记得那崔应元是个大嗓门,并且相当沉不住气。他有过耳不忘之能,虽然只是一面之缘,但至今记得崔应元的声音。

崔应元在这儿,许显纯很可能也在。刘文礼抱怨他们失踪时,定然觉得这些人见势不妙,临阵脱逃了,但他们很可能是另有打算。

如此看来,杨寰没来得及说出来的指使之人,很可能便是许显纯了。但不知崔应元在叫着什么"算出来",又是什么意思。托里切利倒是说过可以算出时空之门的大致方位,但崔应元怎么会知道的?按理上一回他和许显纯被自己瞒过了,应该根本不知道时空之门的事。

方子野心头已是越来越不安,但也隐隐觉得,这个谜团已在渐渐散开迷雾，显露出真相来了。很可能，那个在异世界逗留不归，以致引发这场灾难的神秘之人，与北镇抚司有某种联系。

如果真是这样，单凭自己一人，已无法解决此事了。方子野没有和许显纯、崔应元二人动过手，但上一回碧眼儿却和他们过了几招。虽然仅仅是虚应故事，但碧眼儿和自己一般无二，五行拳造诣同样不浅，可当时许显纯和崔应元仍能应付，可见这些人并非无能之辈。万一真动上了手，自己未必能轻易解决他们。好在，袁可立大人已去通知姚平道大人了。只要能撑到增援到来，问题就能迎刃而解。

下了蜈蚣桥，前方百来步远便是放置转换仪的豹房了。方子野一下桥，一眼便看见豹房门口停着的两轮车。

那正是北镇抚司日常巡逻的配备车，上面涂饰了和飞鱼服一样的四爪飞鱼纹，一共有五辆。

此时在这间豹房里，正如方子野所料，五个锦衣卫将托里切利围在了中间。

豹房年久失修，里面的家具也大多搬走了，只剩下一些粗笨东西。若是平时，许显纯根本不想在这里多待，但现在也是别无他法。他拣了一张干净点的椅子坐下，看着坐在那台机器前的西洋少年。

作为北镇抚司的首脑，许显纯自是要保持风度。只是他脸上不动声色，心中却已是焦急万分。虽然阻止了崔应元想动手的冲动，但其实可能的话，他更想把诏狱里的刑具都搬过来，对这西洋少年拷打一番，让他老老实实交代。

这东西到底还能不能启动？许显纯心中不住地转念。

上次他启动这机器时，其实并不相信这台机器能打开通往另一个世界的通道。何况听说那另一个大明相当落后，只类似于

"熙宁大工业时代"之前的发展水平，在那里别说没有光合车、空行机这类尖端产品，连日常用的自来水和两轮车都没有，完全是个古代世界。要在那么落后的地方生存，对于习惯了现代社会的许显纯而言，简直是种折磨，所以他都不太能理解大人为什么急于要去那里。本来他都不愿多想，但这场突如其来的天变让他不得不行此下策。

这个世界，肯定是要毁灭了。尽管内阁以最快速度启动了应急预案，可这种头痛医头、脚痛医脚的措施，许显纯根本不相信能有什么作用。就算这场天灾最终能够平息，这个世界也肯定会被毁成一片废墟，即使能侥幸活下来，现在的一切便利都将荡然无存，只怕没个百余年不能恢复。何况照这情况看来，能不能逃过一劫都尚未可知。

如此看来，大人定然是有先见之明，料到了这世界会有此大变，所以及早脱身了。

许显纯对大人向来都钦佩之至，此时才算恍然大悟，明白大人原来能未卜先知，更是佩服得五体投地。

大人打的一定正是这个主意，所以才毅然放下了现实中的一切，到那个世界去了。自己没有这种远见，好在亡羊补牢，为时未晚。大人替换了那个世界的大人，自己也能替换那个世界的自己，这样仍然能成为大人的亲信。虽然那个世界不仅落后一点，而且还有另一个自己，但只消想办法替换了那个自己，即使没有了一些便利，但那个世界的自己更能呼风唤雨。

大人的选择一定是对的，好在自己虽然不明白那台机器的原理，这一套程序却都知道。先前他跑去鹿野苑，真正的目的其实正是要启动这台机器，然后步大人后尘进入那个世界，再去追随大人。只是万万没想到，大人离开的那一片地方竟然因为地震化成了深渊，已不可能再从那儿出发了。而陛下也竟然先行一步将那机器搬到了紫禁城里。

只有另想办法了。只是许显纯一时也想不出什么办法，自己虽是锦衣卫北镇抚司，但也无权随意进入紫禁城。

然而机会意外到来了。先是陛下竟然找上自己，说是要查看脑波检测仪的使用情况。当时许显纯心里就咯噔一下，心知陛下此行定然会是为了刘朝的事。

对刘朝进行脑波检测的人，正是自己。这个人知道得太多了，大人让自己将刘朝的这段记忆清除，是为了以防后患，而现在果然就遇上了这种情况，可见大人的远见卓识。许显纯当即让亲信杨寰将陛下与那碧眼儿打发到鹿野苑去，暗中吩咐他不惜一切代价都要拖住他们。而正在想办法潜入紫禁城时，刘文礼又奉命带来了几辆光合大车过来找自己，说是要紧急疏散紫禁城人员。

真是侥天之幸！

当时许显纯几乎要欢呼起来。一切仿佛有冥冥中注定，竟然如此顺利，自己可以堂而皇之地进入紫禁城了。一入紫禁城，他借口去通知紫禁城人员，把事情都丢给了刘文礼，带着崔应元等几亲信趁机滑了脚，赶到了豹房来。

在来豹房的路上，许显纯还有点担心。在豹房启动那台机器，如果通往异世界的通道仍在广平库那一带，只怕仍是竹篮打水一场空。但看到豹房里那台机器旁正守着这个叫托里切利的西洋少年，他才松了口气。

先前护送陛下回紫禁城的路上，听陛下说起过这个托里切利乃是徐光启大人的弟子，尽传徐大人衣钵，也算得当今格致学大家了。更妙的是，这个托里切利精于格致学，却有点呆头呆脑，对自己所说的一切深信不疑，一问就和盘托出。包括时空之门只持续两分十七秒，还有机器变动后，时空之门的位置也会发生变化，但只要测出机器所处的精确方位，就能算出时空之门的位置，如此种种，全都说了。

真是雪中送火炭，临睡送枕头。许显纯不禁欣喜若狂。他知道这台机器每用一次都要消耗大量能源，所以专门从北镇抚司带来了能量匣，加上这个托里切利，可谓万事俱备了。

然而托里切利虽然有点呆乎乎的，当自己要他算出方位来时却精明起来了，说什么不能再启动机器，这次天灾乃是时空风暴，正是因为有人偷偷潜入了那个世界后引发的，如果再有大批人过去，时空风暴一定会更加剧烈，这个世界将毁灭得更快。

毁灭的是"这个世界"而已。许显纯想着。他也没耐心多说了，当即让崔应元他们给这黄毛小子一点颜色看看。本来他还有点担心这小子会软硬不吃，如果死不就范倒也难办，却没想到托里切利完全不硬气，崔应元才龇了龇牙，他就一下软了，马上开始计算。只是算到现在仍然没什么眉目，崔应元已沉不住气，许显纯也大为焦急。但听着崔应元的口气是要动手，他忙说道："应元，让托里切利先生忙，别打搅他。托里切利先生，还有多久能算出来？"

虽然和崔应元问的是同一句话，但许显纯说出来便要和蔼许多。托里切利抹了抹额头的汗，拿起桌上一张示意图道："我验算两遍了，都没错，只是根据这方位，怎么会在东北方二十丈外的地方？"

崔应元一怔，说道："怎么？有什么不对？"

蠢货！许显纯暗骂了一句。虽然他不会计算，但想想也知道，相对于鹿野苑和广平库的距离，二十丈的距离太近了。只不过这西洋少年是徐光启的弟子，而且他说已验算了两遍，应该不会有错。只是看托里切利画的示意图，豹房东北方向二十多丈，那便是在太液池里了。他拦住崔应元，和颜悦色地问道："托里切利先生算出来的应该没错，只不过这是在水里了，能调整一下，让这门开在岸上吗？"

托里切利来到大明并没有多久，他接触过的锦衣卫也只有方子野这等武功院中人，全都斯文有礼，哪见过崔应元这等蛮横的，看崔应元的样子只怕随时都会动手。他被逼着算出时空之门的方位，心中却一直觉得这般等下去，时空风暴会变本加厉，再难挽回。可是看着崔应元这等凶神恶煞的模样，他哪敢多嘴。难得许显纯如此温和，他心想此人大概是个听得进的。时空之门距离这么近，应该是豹房的地势较高，而太液池的池水又起到了缓冲作用，所以这个时空之门才会如此之近。若是将转换仪换一个方向，搞不好这时空之门又要到数里以外去了。何况，他还想再提醒一下胡乱进入时空之门的后果，只是还不曾开口，门口便有人道："托里切利，你在吗？"

天启

第十三章

小舟相搏杀功亏一篑 大道在传承力挽千钧

这声音如此突然，崔应元不由自主地身子一震。

紫禁城中的人正在疏散，按理实在不太可能有人来豹房了，因此崔应元根本没想过还会有人来此。何况，这个声音听起来，总有种熟悉之感，一时又想不起来。当他转身看向门口，一见到出现在门口的那人时，失声叫道："碧眼儿！"

崔应元并不算是过目不忘之人，但这个碧眼儿生具异相，而且不久前见到了两个一模一样的碧眼儿出现，怎么都忘不了。他下意识地看向许显纯，但见许显纯镇定自若，仍是端坐不动，心中也是一定，忖道："不错，我们五个人，碧眼儿本事纵强，怕他作甚？"

他只道许显纯成竹在胸，其实许显纯的心中并没有如此镇定。杨寰是他亲信，许显纯让杨寰不惜一切代价，拖住方子野和柚两人，亦是自信杨寰会不折不扣地执行自己的命令，但方子野还是回来了，那么唯一的可能就是杨寰已失了手。也就是说，方子野已经知道自己的用意了。

托里切利见到方子野出现时，已是喜出望外。这几个锦衣卫虽然穿着和方子野一般的服饰，可他们对自己一副凶神恶煞的模样，还说要一块儿穿过时空之门到另一个世界去，托里切利已是害怕之极。

时空风暴正在肆虐，如果再有五个人到那个世界去，那时空风暴一定会更加强烈，那个世界也绝不可能太平。只是这几位锦衣卫大人根本听不懂自己的格致术语，更不会心平气和，自己若不就范，那几个人，特别是那位崔大人，更是龇牙咧嘴地朝自己发狠，让托里切利心头发毛。待见到方子野出现，他欣喜万分，只待丢下笔跑出去，但没等他动，肩头却是一重，一个人影站在他边上，伸手按住了他的肩。

那正是许显纯。

许显纯最担心的，其实还是柚。

无论如何，柚毕竟是大明国的名义元首，如果他下令，就算是北镇抚司里，只怕也有很多人不会听从自己了。

好在，真有实力的仅是这碧眼儿。

托里切利其实也是个相当结实的少年，但许显纯的手压上来时，托里切利只觉肩头像是突然被压上一块大石，刚待欠身站起，又一屁股坐回椅子上。

许显纯却浑若不知，微笑道："我道是谁，原来是碧眼儿啊。"

见许显纯起身，方子野心头便是一沉。上一回为了演戏，他与另一个自己在许显纯跟前过了几招，那时还看不出这人的真实本领，只知崔应元力量不小，却没什么可虑的。本来觉得许显纯多半也是如此，但见他一闪身便抢到托里切利身边，这才知道这位北镇抚司的都指挥金事实在是个相当厉害的人物。

方子野在门口站住了，慢慢说道："许大人，你是想启动这台转换仪吗？"

尽管只是听到了片言只语，但方子野已经可以断定，许显纯已经知道了通往另一个大明的途径。他们一定是觉得现在遇到了如此一场大劫，躲到那个世界去最为安全，那他们也一定知道在那个世界逗留不归的人是谁了。

方子野心中不知是什么滋味，既有些慌乱，又有些欣慰。本来这件事漫无头绪，但现在竟然意外有了眉目，然而托里切利落在他们手中，对方又有五人之多，就算单挑没有人能胜过自己，但他们绝不是讲道义的人。

许显纯淡淡一笑道："碧眼儿真个名不虚传，我想你也知道有另一个大明存在吧。"

虽然早有预料，方子野的心还是一沉。崔应元与另外三个锦衣卫已然如临大敌，一边两个，半围着自己，就在许显纯方才坐着的那张椅子边上，还放着一台射线探测仪，虽然看不清编号，但上面那个"富"字仍看得清楚。

原来，先前许显纯他们去鹿野苑，也是为了这台场物质转换仪啊，顺便还拿了台探测仪来。方子野不禁有些悔恨，如果当时自己多长个心眼，应该早就看出破绽来了。然而好在袁可立大人已经去通知姚大人了，以姚大人的作风，肯定会火速赶来，自己马上就会有强援，现需要做的便是拖延时间。

想到此处，方子野点了点头道："不错，我还去了那个世界一次。"

许显纯的眼忽地一亮："那边如何？和这儿一模一样吗？"

"除了比我们这里落后很多年，别的几乎完全一样。"看着对面那几人的眼睛都有点发亮，方子野苦笑道："只是许大人，有一件事你恐怕不知道，那个世界，与我们这里是平行的。"

作为一个武官，许显纯就算学过点《几何原本》，也早已丢到爪哇国去了。听到了这个陌生的词，他怔道："平行是什么？"

"就是这两个世界不应该有交集。一旦发生了交集，就会出现异样的情况。许大人，这次大灾乃是时空风暴，便是因为有人到了那个世界逗留不归引发的。"

许显纯笑了笑："是吗？那也算不得什么。这个世界既然已成此般模样，正好去那边重起炉灶。碧眼儿，你甚是了得，与我们一同过去吧，留在这里，都不知会怎么死。"

这回却是轮到了方子野一怔。他本来还以为许显纯不知道此事的严重性，所以才想出这么个馊主意，但显然，许显纯打的是逃往另一个大明去避难的主意，这个世界会不会因此毁灭，根本不放在他心上。

只是，时间风暴是对等的，顶多有个时差而已。这个世界的时间风暴如此严重，那边可能也已开始了。然而方子野知道，就算自己这么说了，这几个全无格致知识的北镇抚司人员也根本不会相信，只会将自己的话当成危言耸听。

难道只有动手一途吗？

方子野还在思前想后，许显纯此时却已然拿定了主意。

这碧眼儿绝非自己一路人！

许显纯忽地抢上一步，就在跨步的同时，右手已探向左腰，便要去拔刀。

为了在动手时抢得先机，锦衣卫都会这种跑动中拔刀的拔刀术，只是功底有深有浅。虽然官职不算低，但许显纯对这路拔刀术下过十年以上的苦功。

作为锦衣卫，与人交手是大概率事件。在说书故事中两强相遇，大战三百回合，这等事其实现实中基本不会发生，一旦动手，胜负往往在一瞬间就已决定了，而练就这路拔刀术，正是为了抢占这关键的先机。

这一点，许显纯十分清楚。所以从少年时开始，他一方面想尽方法往上爬，另一方面则毫不懈怠地练武，这路拔刀术已被他练得几可出神入化。将一支蜡烛从他一人高的地方丢下，在落地之前，他拔刀，出刀，收刀，能将这蜡烛斩为三段。

现在，这碧眼儿便充当了那支蜡烛的角色。刀光闪过后，就要在这少年前心留下两道喷血的伤口。

方子野站立的门口本来就离许显纯不过五六步之遥，许显纯全力猛扑，一刹那就冲到了方子野面前。眼前这人的身形越来越近，许显纯嘴角已浮起了一丝狞笑，右手也已握住刀柄。借这前冲之势，拔刀更速，平常能斩出两刀，这回便是三刀都绰绰有余。

碧眼儿，受死吧！

虽然没有真个说出口，许显纯已在心底这样吼叫起来。然而也就在绣春刀将拔未拔之际，却觉这把刀重得异乎寻常，竟然如同焊在了刀鞘里一般。

那是方子野的左手按在他的绣春刀刀柄一端。

许显纯的拔刀术极快，但方子野出手后发先至，竟然比他更快。

左手力量当然比不上右手，许显纯如果奋力一拔，绣春刀仍能拔出来的。但方子野的左手按住刀柄的瞬间，右手拳已然击向许显纯的心口。

这一拳势同奔雷，几乎能听得到破空的风声。许显纯也是个习武之人，拳术颇精，但方子野出拳只是在方寸之间，却有如此强劲的拳风，他又惊又惧，顾不得拔刀，将身一侧，冲着崔应元几人喝道："动手！做了他！"

方子野学得的五行拳名称并不惊人，却是他老师王景湘以毕生心血所创。

所谓拳术，不外乎力量与速度。所以与其去追寻古法秘谱，不如创造出一种新的拳术，可以最大限度地发挥力量与速度。

王景湘少年时修习的是南派拳术，后来更得北派拳的传承，得以更上层楼。但拳术越修越深，王景湘也逐渐觉得离自己的目标越来越远。这些拳术的奇招异式，固然大为花哨，却同样缺乏效率。

将这些传承已久的拳术去芜存精，编辑成一路更有效的拳术，便是王景湘创立五行拳的初衷。

这几乎是每一路拳术的初祖都曾有过的想法，不过王景湘的做法却与前人完全不同。得益于武功院拥有的各种高精度仪器，王景湘可以极其精确地测试出拳速与拳力来，然后再通过计算和分析，得出最为有效的出拳方式。最后，再将这些经过精密计算而得出的结果编排成套路，命名为五行拳。

五行拳刚创立出来时，曾被罗辟邪嗤之以鼻。罗辟邪向有武功院第一高手之号，同时也是个固执的理学派儒士。在他看来，古人所创立的拳术都已十全十美，后人唯有亦步亦趋地传承便是了，王景湘这种做法实属旁门左道。而罗辟邪乃是当年出将入相的名臣杨一清[1]的嫡系传人，一手三无漏枪冠绝天下，拳术虽然不能称天下第一，也堪称是难逢其匹的好手。当时王景湘亦是年轻气盛的时候，两人便曾有过一番比试。结果这场比试罗辟邪前后用了七种拳术，王景湘只以五行拳应战，不论罗辟邪如此变化，尽都落在了后手。也正是这一番比试，罗辟邪才心服口服，推许王景湘这路五行拳天下无双。

正因为五行拳是通过周密计算创立的一门拳术，所以步法更是极尽巧妙，以致被人以讹传讹地称为"五行遁术"。其实遁术自然不会有，但因为五行拳步法把"有效性"提炼到了几乎匪夷所思的地步，一旦练成，在常人看来简直有缩地成寸之妙。而方子野在拳术上极有天赋，这路拳术的造诣已有老师的七八成火候，特别是步法，已经与老师不相上下。此时突然出击，更是形同鬼魅，许显纯拔刀纵快，还是大为不及。

只是这一拳击出，方子野心头也不知是什么滋味。

许显纯突然出手，他真个不曾想到。在方子野想来，许显纯

---

[1]. 在现实中，杨一清（1454—1530）是明代名臣，为官五十余年，官至内阁首辅，号称"出将入相，文德武功"。

好歹也是个朝廷命官,虽然因为害怕遭天劫而想出这等馊主意,可一旦知道了这么做的后果,多半会迷途知返,帮着自己解决这个绝大危机的。哪知道许显纯根本说不通,甚至下这等黑手要杀了自己。

有些人,真个卑劣如此吗?他想着。

老师跟他说过,人性本恶,所以需要以善行来赎罪。只是方子野虽然对老师尊崇无比,就是对这一点不太信服。他相信的是人性本善,任何人都不会全无足取。然而在许显纯身上,他却真个看不到一点光明。这人为了自己能够逃生,连毁灭世界都在所不惜。

这一拳是五行拳中的地之拳。若是击中,许显纯的右半边肋骨少说得断上三四根。然而这一拳即将击到许显纯左肋时,方子野还是缓了缓。

他习成拳术后,其实并没有真个与人动过手。要这样将人一拳击到五脏六腑尽都受伤,他实在有点下不了手。也亏得他这一缓,许显纯身形一拧,已闪过了这一拳。

拳风擦身而过,即使并不曾击中,许显纯还是感到了一阵刀刮一般的刺痛。他更是吃惊,心知就算集五人合力,也未必拿得下这碧眼儿,此时正好有两个同伴冲了过来,他索性趁势向旁一闪,让这两人去应付方子野,自己伸手抓起座位边那台探测仪,冲着正待过来的崔应元喝道:"把机器开了!"

两分十七秒。他记得托里切利说过,这是转换仪打开后,时空之门出现的时间。要在这么短的时间里冲到湖上,实是不太可能。但碧眼儿比预想的还要了得,现在已经没时间再顾这些了。

崔应元是他的结义兄弟,在北镇抚司,向来仰仗这位大哥的鼻息,过得也甚是滋润,因此从来对许显纯言听计从。许显纯与方子野动手时，他本待帮忙，但见到许显纯只一招便被方子野打得狼狈不堪，心中不禁打了个颤。

崔应元不像许显纯是武进士出身，虽然有一身力气，可武功仍然难望大哥项背。既然许显纯都完全不是碧眼儿的对手，自己上去肯定是白给。只是他对许显纯的服从已是刻到了骨子里，要他背叛大哥，转换到碧眼儿这一边，他也从未想过。此时正有点为难，听得许显纯要自己开机器，心道："这个我会！"一个箭步便冲向了转换仪。

崔应元手长脚长，动作倒也不慢。他伸手便要去拉下转换仪的开关，一旁的托里切利急道："先生，不要开！"

在意大利，贵族子弟也自幼骑马练剑，亦算是一门武功，但托里切利出身平民，在修道院长大，哪会这些。但见崔应元要开转换仪，他心想因为这转换仪已惹出了这么大祸事，万一再出点什么，便更不可收拾。本来许显纯与方子野动上了手，他便吓得退到了转换仪边，此时却不知哪来的勇气，伸手便要拦阻。

崔应元本就看这黄毛少年不顺眼，现在更无顾忌，左臂一扬，将托里切利推得一个踉跄坐倒在地，一下将开关拉了下来。

转换仪已装上了一个从诏狱带来的新能量匣，能量十分充足。当开关一拉下，顶端登时亮起了两个指示灯，发出了嗡嗡的声音。崔应元也不知这算不算开启了，转身正待跟着许显纯冲出去，刚一转身，却见门口出现了柚的身影。

虽然方子野让柚在蜈蚣桥等着，但柚这等只嫌没事不怕多事的性子，哪里等得住！远远地听到方子野和许显纯似乎在说着什么，但他们的嗓门都没有崔应元的大，实在是听不清。他实在好奇，心想自己身为大明的当今天子，难道还怕什么人不成。当即过来看看到底发生了什么。只是他没有方子野的本事，一路小跑上气不接下气,此时才到门口。一到门口,正待定睛看看里面到底怎么了,迎面却见许显纯冲了出来。

许显纯此时也是在赌了。他赌的便是崔应元能听自己的话,将转换仪打开了。

时空之门能持续两分十七秒,但机器预热总要一点时间,因此自己有三分左右的时间。只是想全部过去显然不可能了,那就只能先顾自己。

许显纯也知道另外三个同伴虽然本领都不算差,却连自己的一半都没有,绝对挡不住碧眼儿的。现在也只能寄希望于他们能将方子野多挡一会,好为自己争取时间。

一冲到门口,听到了那阵嗡嗡声。这正是上一回他为大人开启转换仪时听到的声音,许显纯不禁一阵欣喜,心道:"应元居然派上大用了!"而此时方子野已被三个同伴缠住,一时还没能冲出来,更是千载难逢的良机。他正要一鼓作气冲出去,却看到了柚出现在门口,更是一阵狂喜,不由分说,一把将柚挟在腋下,冲向了岸边。

他方才看托里切利画的示意图时,便知大致位置所在。只是时空之门会在水面出现,只能乘船过去。岸边停着几艘装有光合发动机的快艇,这是当年正德帝因为在紫禁城太液池组织机动艇比赛后留下来的,停在岸边几有百年,现在也不知还能不能发动,可至少还能浮在水上,也只能赌一下了。好在柚突然在门口冒了出来,成了自己的人质,就算方子野真能追过来,自己也不必怕他。

"上天也在保佑我啊!"许显纯想着。他常年习武,力量比崔应元只大不小,柚也不重,被他一手挟在腋下,如提婴孩,一冲到岸边,便拣了艘快艇,先将柚往艇中一扔,纵身一跃,便跳上了小艇。

柚被他扔进艇中，这一下摔得七荤八素，着实不轻。正待挣扎着起身，却见许显纯也跳了上来，伸手一把拔出绣春刀斩断了缆绳，随即左手将那台探测仪往船尾一放，腾出手来奋力一扯机动艇的启动绳。

此时的许显纯已是一脸凶相，与先前在诏狱见到他时的那种谄媚恭顺全然不同，竟似换了个人一般。柚大吃一惊，也不知发生了什么事，心道："许大人中邪了？"

许显纯其实也真与中邪相去无几，脑海中只在想着："两分十七秒……只怕就剩两分了，赌一下吧，没道理上天不再保佑我了。"

太液池水涌动得比平时激烈得多。扯动启动绳发动机动艇，其实需要不小的力量，当初正德帝组织这次竞赛时，有好几个小太监连机动艇都发动不起来，可许显纯的左手力量亦是大得惊人。他扯动启动绳时还想着事隔百年，搞不好这绳子已烂尽烂绝，但一扯之下，发现启动绳竟是全新的，光合发动机也一下发出了响声。他大喜过望，心想上天果然还在保佑自己，见倒在艇里的柚探头探脑要起来，立马伸脚踩住柚的背喝道："别动！"抬头看向岸边。

崔应元正从豹房大门冲了出来。

在崔应元想来，许大哥让自己启动机器，定然会带自己逃到另一个大明去享福。但一出门，正见到许显纯发动了机动艇，竟是马上要出发。他心下一急，叫道："许大……"这"哥"字还不曾出口，身后一股厉风掠过，一个人急速冲出了他身边。

这是方子野。

虽然被那三人围攻，但方子野的注意力仍在许显纯身上。当许显纯冲出门去，喝令崔应元开启机器时，方子野便知不好，而崔应元竟会听命，更让他想不到。只是那三个锦衣卫正向他围攻，一时哪里能脱身，既无法追击许显纯，想阻止崔应元也办不到。等听得转换仪启动的声音发出，崔应元也丢下另三人逃出去时，方子野心知已不能再延误，不顾一切便要追去。只是那三个锦衣卫都非泛泛之辈，又常年联手，配合颇为巧妙，虽然单打独斗全不是方子野对手，可齐心协力，竟是大为了得。方子野身法纵高，闪过了两人后已闪不过第三人，一口绣春刀在他背心拖了一下。

绣春刀是锦衣卫的制式配刀，用的是昂贵的矾铁合金，锋利无比。这一刀虽然只是拖了一下，并不曾着实，但方子野背心处立时出现一道长长的伤口，血直渗出来。亏得方子野的五行拳步法神妙之极，这一刀又没能用上力，伤口虽然甚长，入肉倒是不深，仅是割开了皮肤，尚未伤到肌肉，可这痛楚已是深入骨髓。眼见许显纯挟持着柚跃上了一艘小艇，他全然不顾一切，向着许显纯疾冲过去。

那三个锦衣卫本来只道好不容易伤了这碧眼儿，已是大获全胜，还不待欣喜，眼前一花，连方子野的人影都不见了。待定了定神，才发现方子野已冲出大门，越过崔应元，向那小艇上的许显纯扑去，三人全都大惊失色，而伤了方子野的那锦衣卫更是心惊，忖道："这碧眼儿难道不是人吗？"

此时许显纯发动了机动艇，只觉身子一晃，小艇已然离岸冲去。他也没想到这艘已停靠近百年的古董机动艇居然还有这等性能，不禁欣喜若狂，心道："果然天公一直都在保佑我！"只是不等他多欢喜，眼前一暗，方子野已凌空飞越，如大鹰般向他当头扑来。

小艇虽快，毕竟只是刚发动起来，离岸也才五六尺。这一点距离，对方子野来说等若一隙。只是他也知道自己人在空中，必须一击将许显纯击倒，否则一旦落水，便再没有第二次机会了，因此这一拳再没有方才的犹豫，势挟风雷，一往无前。

许显纯虽然吃惊，但出手却丝毫不慢。他的右手仍握着绣春刀，一刀便向方子野刺去。他心想方子野的双脚不落实地，在空中已无法转向，这一刀刺出，定能将这碧眼儿贯胸刺个窟窿。可刀刚刺出，方子野的右拳忽地五指一张，食中二指一屈，勾住了刀背。

五行拳分金、木、水、火、土五路，方子野此时用的，已是一路水之拳。水是无形之物，这路水之拳也是如此，真个有若水银泻地，无孔不入。本来那一拳来势直如火炮，刹那间变得灵巧细腻，两指一勾到刀背，许显纯便觉一股力量如尖针一般循刀身直冲手腕脉门。

许显纯力量虽大，实不能与这等阴力相抗。正如大象皮如坚铠，却同样挡不住尖锥一刺。许显纯的手腕脉门一受冲击，便知不妙。他却也有壮士断腕的决断，右手一松，立时松开了刀柄，左手却是往右腕一托，用这左手之力化去了方子野水之拳的余力，右手趁势五指撮拢，奋力向前刺去。

许显纯竟有这等高强的拳术！方子野不禁有些意外。先前许显纯和崔应元的抢功之举，让他对这个北镇抚司都指挥佥事多少有点轻视，现在才知道此人实是个不可小觑的高手。本来他已夺到了许显纯的绣春刀，但因为是二指挟住刀背，一时哪里能顺得过来，当许显纯右边锥刺来时反成累赘。只是他的应变也是奇速，两指一振，一下将绣春刀弹开，右手又化成掌，斜劈向许显纯的手腕。

这只是一瞬间的事。而这一瞬间，两人已你来我往交手数次，方子野也终于抢上了船尾。许显纯心中越来越惊，本来他占了先行之利，又有绣春刀在手，可一眨眼间竟是被方子野一下子扳平。他心中暗暗叫苦，手上却仍是不慢，知道如果再被方子野抢上前来，自己定要被他逼落水中去了，因此咬紧牙关死不退让。

这个时候，崔应元才冲到岸边。他跑得其实并不慢，但到得岸边，许显纯的小艇早已冲出数丈。崔应元可没有一跃数丈的本事，他倒也不呆，拔刀便去砍另一艘小艇的缆绳。只是崔应元力量虽大，刀法却慢，砍了三下才算砍断，正要跳进那小艇中，却听得身后有个锦衣卫气喘吁吁地道："崔……崔大人！"

那三个锦衣卫追赶方子野，直到此时才算赶到。崔应元也顾不得他们，跳上了船道："快上来！"他心想先前听那黄毛少年说过，那个悬乎的时空门只能出现两分十七秒。崔应元也不知分秒这等单位到底有多久，但肯定十分短暂，所以许显纯才会如此急迫。现在事已做出来了，万一许显纯逃进了另一个大明，自己几人却落了后，那即使不死在这场大灾里，也定要尝尝诏狱里的刑具滋味了，因此已打定了主意马上追上去，就算三个同伴赶不及也不管了。只是他正要伸手拉扯启动绳，眼角已瞥到了东边天空中急速飞来的一个阴影。

那是一架空行机。

整个京师，空中都有严厉管制，而紫禁城一带更是严禁空行机升空，仅有武功院特许拥有一架。现在飞来的空行机，正是武功院的那架。

虽然同样属于锦衣卫，但武功院这个有极大自主权的机构，崔应元一直颇为忌惮。这个机构不仅负责研究各类高尖武器，从那儿出来的人还个个身手不凡。现在武功院的人赶来，定然是碧眼儿的帮手，自己更没好果子吃了。崔应元更是着急，奋力一扯启动绳。只是他的力气虽不输许显纯，却远没有许显纯的本事，这一下扯动，光合发动机只是响了一声，却没能发动起来。

想要再次启动，只有将启动绳缠回发动机的飞轮上。崔应元有点绝望地望向许显纯那艘已渐行渐远的小艇,那上面,许显纯和碧眼儿两个仍在交手中,绝不可能等自己的。

完蛋了!崔应元想着。但也就是这时,那艘小艇突然间变短了。仿佛一根蜡烛插向一块烧得通红的铁块,许显纯那艘小艇的船头霎时消失了。而小艇的速度非常快,几乎是一眨眼的工夫,整艘小艇,连同艇上的三个人一起消失不见了,只剩下动荡不息的水面。

这便是时空之门吗?

因为已经绝望,崔应元的心中反倒平静下来。他只听许显纯说过,通过这个时空之门可以进入另一个大明,那位大人便是如此过去了,现在发生了这等天劫,自己几人到得那边,便可逃过这场大难。只是许显纯连同陛下和碧眼儿过去了,自己却落在了这边。马上,武功院的空行机便要降落,自己是上天无路,遁地无门,只有束手就擒一途。

真不该听信了许大哥的话!

崔应元几乎要哭出来了。但也就在一瞬间,水波突然又泛起浪涛,一个小艇的船尖赫然又出现在方才消失的地方。

正是方才那艘!

崔应元惊讶地睁大了眼。眼见那艘小艇越来越长,看上去真如魔术一般,因为动力未消,仍在全速前进,向他这儿直冲过来。崔应元大惊失色,慌慌张张向岸上跳去,却已然来不及,那艘小艇一头撞在了他的小艇上。

砰!两艘小艇撞在了一处,崔应元被撞得腾空飞了起来,心中却不知为何有点幸灾乐祸,因为这一刹那他看到了那艘小艇中躺着的,正是许显纯。他心道:"原来许大哥被赶回来了!"

天启

第十四章

细策吐真中涓久为祸　归途已断绝路亦强行

在仍然昏迷不醒的许显纯脉门上搭了搭，罗辟邪站起身，向一旁的姚平道说道："姚大人，许大人确是受到了五行拳力所伤，气机被震闭。"

姚平道看着这人，手中的竹枝若有所思地在地面轻轻点了点，半晌才道："能弄醒他吗？"

要弄醒许显纯并不难，但罗辟邪有点犹豫，说道："姚大人，卑职以为，此事尚有可疑之处。"

许显纯是执掌北镇抚司的都指挥佥事，有正四品官职，比罗辟邪这武功院第二指挥使的阶级还要高一点。罗辟邪是个对尊卑看得极重的人，虽然听托里切利说，许显纯心怀不轨，将陛下都带到另外一个世界去了，但毕竟是死无对证。何况托里切利是个刚来不久的意大利布衣，人微言轻，就算许显纯真个犯了法，在确认之前，罗辟邪宁可相信许显纯。

姚平道没说什么话。武功院三指挥使中，虽然他身为职权最高的第一指挥使，但平时有什么事，向来都是三指挥使商议决定，罗辟邪的意见实不可不听。他扭头看了看一边的托里切利，又看了看另一边的四个锦衣卫。

这四个锦衣卫神情全都惊疑不定，特别是崔应元，浑身湿淋淋的很是不好受。

崔应元并不会水。先前许显纯那艘机动艇撞上来时，他手忙脚乱，被震落水中，顿时惊慌失措。待三个同伴将他从太液池里拉起来，已经喝了几口脏水了，现在既是有点作呕，又是害怕之极。他们五人闯入豹房，被武功院逮个正着，许显纯更是对陛下大不敬，这些无一不是大罪。崔应元越想越怕，纵然天气甚热，可他竟是有点瑟瑟发抖。

"崔大人。"

姚平道站在了崔应元跟前。崔应元抬起头，这个并不高大的瘸足老人此时竟然显得如此伟岸。崔应元心头又是一寒，嗫嚅道："姚大人。"

同属锦衣卫的分支，崔应元以前见过姚平道，却没想到姚平道居然还认得自己。姚平道的脸上仍是无喜无嗔，将手中那竹枝往崔应元颈边一搭。

这动作让崔应元吓了一大跳。他也听说过传闻，武功院第一高手是指第三指挥使罗辟邪，但第二指挥使王景湘的拳术远在罗辟邪之上。而在这两人之上，第一指挥使姚平道虽然不良于行，却是个莫测高深的高手。因此当竹枝搭上来时，崔应元险些要失声叫起来，只道姚平道要拷问自己了。

然而，竹枝只是轻轻地搁在了崔应元颈边，并没有用力。姚平道也和颜悦色地道："崔大人，方才托里切利说的，可是事实吗？"

崔应元心中一动。他本来想着自己被逮个正着，已是害怕之极，但此时才想起，其实真正能说得上话的陛下与碧眼儿都失踪了，这个黄毛小子虽然也在武功院，其实却并非武功院中人，看来姚平道也并不就相信他所说的一切。

想到这儿，崔应元立时来了劲头，说道："姚大人，这小子是血口喷人啊！方才许大人带着我们来紫禁城疏散人员，当时发现这小子鬼鬼祟祟地跑到了豹房里，许大人说只怕有鬼，便与我们追踪而来，却见这小子与碧眼儿合谋，挟持了陛下，我们追问时，那碧眼儿还要抵赖，是陛下当场叫破，碧眼儿才铤而走险的。"

托里切利在一旁听得目瞪口呆。他自幼在修道院长大，修士们总是说绝不可说谎，虽说修士自己也不见得句句真话，但托里切利却真个觉得人不能说半句谎言。崔应元这样面不改色地胡说八道，实在是托里切利想都想不到的。他又气又急，心想这位崔大人这样颠倒黑白，神为何不马上降罪于他。正待反驳，却听姚平道说道："现在碧眼儿和陛下在哪里？"

崔应元叹了口气，说道："姚大人，那碧眼儿带着陛下从时空之门里消失了，只怕，已经到了另一个大明去了。"

崔应元人生得粗豪，其实这张嘴相当伶俐。一开始的惊慌过去，现在编得越来越流畅，那三个同伴在一旁听得越来越佩服，心想怪不得许大人一直最相信崔大人，崔大人一开口，真个死人都说得活。特别是在短短一瞬间，就把瞎话编得如此圆满，实在令人佩服。

崔应元此时也已说发了性，见对面那黄毛小子涨红了脸，却一直没办法反驳自己，心知更不能让他说什么，便道："姚大人，当时陛下拼命反抗，但敌不过碧眼儿力大。我们四个没用，没许大人武艺高强，许大人追了上去，可仍是慢了一步，碧眼儿仍带着陛下逃了，唉。"

崔应元最后这一叹真显得情真意切，仿佛自己义胆包天，忠肝遍地，为没能救出陛下而深深叹息。他也知道不能让托里切利反驳，便指着托里切利道："这黄毛小子便是碧眼儿的帮凶，姚大人，绝不可轻放了！"

他正待说出诏狱几种刑具的名目来吓吓这黄毛小子，却听身后有人忽地咳了一声，正是许显纯的声音。

听得许显纯醒来，崔应元一下子便有点发蒙，心道："糟了糟了！若是许大哥说的与我说的对不上，那该如何是好？"只是不待他惊慌，许显纯已然低低说道："姚大人，罗大人，你们来了啊。"

与姚平道和王景湘一直坚持武功院的独立性不同，罗辟邪却希望能与锦衣卫更紧密些，因此与许显纯也更接近些。见许显纯醒来，他忙过去道："许大人，你醒了？到底发生什么事了？"

许显纯撑着坐起来，显得极是疲惫，有个锦衣卫忙扶着他起身坐到椅子上，许显纯重重喘了两口气，这才道："姚大人，是碧眼儿……他挟持了陛下。"

一听这话，崔应元几乎要雀跃起来，心道："原来许大哥早就醒了！"

崔应元最担心的是许显纯一醒来，不知道自己刚编了这一套瞎话，两人口径对不上，事情自是穿帮。但许显纯一开口，就与自己瞎编的严丝合缝，显然他醒来已有一阵了，所以才能顺着自己的话说。

罗辟邪皱了皱眉，喃喃道："碧眼儿为什么这么做？"

虽然对天组一直抱有看法，但罗辟邪是个识大体的人，绝不会因此带有偏见。方子野是王景湘的弟子，与自己的三个弟子并称武功院四天王，是武功院中前途无量的后起之秀，罗辟邪很难相信这碧眼儿会突然间吓破了胆做出这等事。只是许显纯和崔应元都这么说，又不由得他不信，狐疑之下，不禁看向姚平道，心想无论如何，许显纯都这么说了，应该马上放开崔应元，不能再威胁他了。

姚平道仍将竹枝搭在崔应元颈边，却不理睬许显纯，而是看向罗辟邪道："罗大人，你还记得那个正在攻关的獬豸断吗？"

獬豸是传说中的神兽，能明辨曲直，因此刑部以此兽为标志。就在不久前，刑部侍郎杨东明向武功院提出申请，希望武功院研制出一种能辨别是否说谎的仪器。因为越来越多的人对锦衣卫依然存在的滥用刑具现象不满，所以杨东明希望用这种仪器来作为审讯的工具，从而改变滥用刑具的现状，而武功院也正在组织人攻关，并将这仪器定名为獬豸断。

罗辟邪虽然没参与，但也知道这个项目。听得姚平道突然提起，他心中一动，心道："难道獬豸断已经成功了？"于是他马上道："姚大人之意，不知有何指？"

姚平道极少有笑容，此时嘴角却隐隐浮起一丝笑意，只是这笑意总有点莫测高深。他淡淡道："其实人在说谎时，身体会不由自主地产生不少迹象，连自己都察觉不了，可是如果针对性地测试，却也难遁其形。"

他说到这儿，转向了崔应元，慢慢说道："崔大人，你平时的脉搏为每分七十余次，但方才在说起碧眼儿挟持陛下时，脉搏一下飙升到了一百二十余次，皮肤温度、湿度都有不合常态的增加，这正是说谎的标准反应。"

崔应元的心一下凉了半截。方才姚平道将竹枝放到他颈边时，他只道那是威吓自己，万没想到这竹枝竟然是个能测到自己脉搏和温度、湿度的仪器。他急道："姚大人，我真没说谎……"

他还不曾吼毕，姚平道的竹枝忽地倏收倏发，在他前心重重点了一下。一被点中，崔应元的吼声戛然而止，双膝一软，直直跪了下来，四肢却是动弹不得。

虽然一下制住了崔应元，姚平道脸上仍是声色不动，淡淡道："满嘴胡言，真以为能瞒天过海？你可知碧眼儿绝不说谎，如果他真干出此事，也不可能抵赖。"

姚平道说着，目光看向了许显纯。此时这老人的目光已是凌厉如鹰隼，全然没了先前的随和："许大人，你自是听到了崔大人的一派胡言，现在请许大人说出真相来吧。"

纵然在诏狱拷问过不少人，看着姚平道阴冷的目光，许显纯还是不由自主地打了个寒战。这两道目光仿佛有什么魔力，竟是直刺他的心底，而这老人并没有动用什么刑具，说话间隐隐然就是在拷问，许显纯竟是连再强硬一下的底气都霎时消失了，嘴里也不自觉地低低道："是。"

"你们是准备逃到另一个大明去吗？"

许显纯身上这股无形的压力却是越来越重。他徒劳地挣扎了一下，终于绝望地说道："是。"

"你们从哪里得到的消息？"

许显纯额头已然冒出了汗来。他现在已经觉察到姚平道的目光并不仅仅是寻常的威压，而是有一股奇异的摄取心魄的力量。

其实许显纯在北镇抚司也读过一点王阳明的《心学全书》。王阳明虽然被归为理学派儒士，但也有很多格致派成就。除了力学三理，更创立了专门探索人类思维的心学。

《心学全书》越到后面越艰涩，但许显纯至少读到了王阳明提出的人心可以量化研究的说法。不过对此研究法，许显纯既没兴趣，也不得其门而入，所以根本没有再深入下去。现在看到姚平道的目光，他已然明白，这一定正是心学了。本来许显纯自信凭自己的意志，足以抵御外来的侵入，可姚平道一杖点倒了崔应元，马上就针对自己，正是趁着自己一刹那的惊愕乘虚而入。现在他的意志已然被一层层无情地剥开，便是想隐瞒都做不到了，额头的汗越来越密，终于，颓然道："是魏公公。"

"魏忠贤？"

失声插嘴的，却是罗辟邪。

司礼监秉笔太监魏忠贤，在大明是个相当有名的人物。作为紫禁城太监集团的首领，中涓网的两大合股人之一，名义上主管京师治安，同时又是"乾天罗"牌骑马布代言人，在书院网上的热度着实不低。不过魏公公毕竟是个与一般人有相当距离的太监，因此更多了一分神秘性。今天全城大疏散，罗辟邪既忙碌，又有点惶恐，其实也想过是不是要接一下魏公公这个紫禁城红人，但转念想到以魏公公的身份,他要疏散是很容易的事,因此并没有再想。可现在许显纯说背后之人竟然是魏忠贤公公,罗辟邪也不禁大吃了一惊。

"正是他。"

姚平道的眉头微微一蹙。许显纯的这个回答让他也有些意外,他道:"魏公公是如何知道这件事的?"

"宫中太监刘朝协助陛下去了一次那个世界,而刘朝是魏公公亲信,马上就向魏公公汇报了。"

姚平道与罗辟邪互相看了一眼,都没有说话。武功院的獬豸断虽然尚不算完备,不能和脑波检测一样测出具体内容来,但在判断真伪上,却已经有八成以上的正确率。再配合姚平道的心学,已几乎没有错误。

迟疑了片刻,姚平道沉声道:"魏公公为什么要去那个世界?"

"魏公公觉得这里一切都须听从内阁,只有在那边才能一展所长。"

原来也是为了权力。罗辟邪在心底无声地呻吟着。其实他也有过这样的想法,觉得这里桎梏太多,总不能施展。只是他没想到魏公公身为一个太监,原来也有这样的想法。

如果是我先得到了这个消息,会不会与魏公公作出一样的决定?罗辟邪默默地想着,正在这时听得姚平道轻声道:"罗大人。"他猛地回过神来,说道:"姚大人。"

"许大人罪证确凿,应收监候审,罗大人以为如何?"

"姚大人明鉴。"

他刚说得一句,一旁的崔应元突然叫了起来:"大人!大人!我只是被许显纯胁迫的,实是被逼无奈啊!"

罗辟邪看了看仿佛要号啕一番的崔应元,冷冷道:"大明律有如日月，不屈一良人，不纵一罪人。"

"不屈一良人，不纵一罪人"，这是刑部的信条，诏狱的大门口影壁上也正写着这两句话，崔应元自己审问犯人就有很多次了，这两句亦是挂在嘴边的口头禅，但被人如此教训还是头一次，不禁一下语塞。

看着属下将这几个北镇抚司锦衣卫带下去，罗辟邪却有点说不出的忐忑。按理，武功院并没有向北镇抚司官员执法的权力，但现在这样的情形，谁也不知道会向哪个方向发展。也许，大明，乃至整个世界，都将毁于一旦，现在这点小小的僭越也不在话下了。他小声道："姚大人，接下来该怎么办？"

姚平道没有回答，目光看向了一边的托里切利，慢慢道："托里切利先生，请过来。"

方才崔应元倒打一耙时，托里切利吓得魂不附体，只道这回完蛋了。方子野与柚都消失了，自己充其量是一个武功院的留学生，说话的分量与这些大明官员不可同日而语，搞不好就要被当成祸首入罪。然而没想到姚平道竟是如此睿智，三下五除二就查明了真相，他对姚平道也有了无比的信心，上前来作了个揖道："姚大人，学生意大利托里切利有礼。"

看着这个年轻的西洋人，姚平道的神情毫无波澜。他也知道因为徐光启大人要出差，将这个留学生弟子暂时托付给武功院的事，但还是头一次见到真人。看着这个欧洲少年清澈的眼神，他将手中的竹枝轻轻搭到了托里切利颈边，说道："托里切利先生，我有话要问你，请你如实相告。"

"是。"

"方才你说这台机器能开启通往那个世界的门，现在能再次开启了吗？"

托里切利看了看一边的场物质转换仪。场与物质的转换未能实现，结果引发的却是这样一场让人绝望的灾难，徐光启大人发明这台机器时也完全不曾想到吧。

"只要有足够的能量，现在应该可以了。"

先前姚大人问起时，托里切利已是知无不言，说了一遍。但随后崔应元一番胡说八道让他惊得目瞪口呆，现在都不曾完全缓过来，心中只是想着："碧眼儿和陛下……他们还能回来吗？"

"现在打开的话，一次能有多少人过去？"

姚平道这话让托里切利又惊得呆了。他抬头看着这个面沉似水的老人，鼓足勇气道："姚大人，不能再有人去那儿了……"

托里切利这话还没说完，地面突然和风暴中的船甲板一样剧烈一晃，随后外面传来了一声闷响。在边上侍立着的两个武功院成员不曾防备，跌跌撞撞地向前冲出了几步才算没摔倒，便是另一边的罗辟邪也是一个趔趄。

托里切利根本没有武功院诸人的本领，这阵强烈地震让他完全站立不定，一头扎向了姚平道前心。只是没等他撞上姚平道，肩头忽地一沉，一股力量涌了过来，借这力量一扶，他终于站住。

扶住他的正是姚平道。

姚平道虽然不良于行，却如扎在地面一样站得极稳，眼见托里切利撞到他，姚平道的左手一下探出，在托里切利肩上一托。也就在他扶住托里切利的当口，身后咣一声响，却是那台场物质转换仪倒在了地上。

在鹿野苑，转换仪本来是以巨钉固定在了地板上，便是再大的震动也动不得分毫。但豹房里并没有这样的设施，先前托里切利只能马马虎虎用钉子钉在地面上，本来想着只要不去动它，自不会有大碍。但这次突如其来的地震特别剧烈，转换仪也倒了下来。

托里切利见状大吃一惊,不知哪来的力量,一个箭步抢到转换仪前想扶起来。这转换仪分量不轻,他一个人想扶实属自不量力,但托里切利仍不肯放弃,却觉手上忽地一轻。他又惊又喜,正以为自己的力气突然间变大了,定眼一看,却是罗辟邪也闪到了一边去扶住转换仪。

罗辟邪的身法远非托里切利可比。方才这下震动虽然突然,但他只一个趔趄就已站定,冲到转换仪前也几乎与托里切利同时,但他力量虽强,以一人之力要扶起仍是甚难,正有点慌乱,却觉手上吃到的力量一下减轻,原来是姚平道也闪身到了转换仪另一边。

姚平道的双足有残疾,平时走路都得挂杖,但这一闪动若脱兔,竟然不比罗辟邪慢多少。他和罗辟邪两人都是武功高强之辈,这台转换仪虽然不轻,但两人合力,立时将其扶了起来。

此时另两个武功院成员也回过神来,亦抢到近前。现在已是五人合力,这台转换仪虽重,亦是不在话下。只是这一撞,转换仪也不知撞坏了什么,里面漏出了好些玻璃碎片出来。见此情景,托里切利的心便凉了半截,忖道:"糟了!"

转换仪启动一次后,再次启动必须要散去热量后方可。但里面有了破损,便是有足够的能量,恐怕也启动不起来了。

难道碧眼儿和陛下回不来了吗?

托里切利正想着,门口忽然传来了一声惊叫:"姚大人!"

那是一个方才押着北镇抚司诸人出去的武功院成员。这人急急冲了进来,脸上已尽是惊恐。到了门口,见姚平道和罗辟邪都安然无恙,他这才松了口气,马上叫道:"姚大人!罗大人!紫禁城的西墙被震塌了两丈二尺左右,地面出现三到七寸宽的开裂!"

武功院因为是研究精密仪器与战具的,所以向来有务求精确的传统，就算到了这时候，那名武功院成员的紧急汇报仍是保持了这个习惯。

姚平道仍是不动声色，说道："还有其他损失吗？"

武功院的成员向来镇定，可此时那汇报之人也显然不能镇定下来。这场大灾史无前例，而且怪异异常，寻常地震在经历了最初的剧震后总会一点点减弱，可这次地震却是一次比一次强烈，简直没有尽时。见得姚平道仍是心平气和，此人这才镇定了些，说道："禀姚大人，紫禁城的诸宫殿都发生破损，那道大裂口也已延伸到灰厂街了。"

灰厂街就位于紫禁城西南角，紧贴着西苑。城西那道大裂口延伸到了灰厂街，接下来完全可能伸进紫禁城，摧毁紫禁城的诸多宫殿。而且紫禁城西边是太液池的所在，如果太液池受到影响，积水将会汹涌横流，让已遭大劫的帝都雪上加霜。

然而姚平道仍然不慌不忙，向罗辟邪说道："罗大人，请你带人将这台机器固定起来。"又向托里切利问道，"托里切利，这机器还能启动吗？"

托里切利正在从机器开口处向里张望着，听得姚平道的问话，他扭过头，说道："姚大人，我……我不知道。"

这台转换仪是徐光启大人毕生心血结晶。虽然托里切利看过详细设计图，可这张设计图已不见了，只能凭记忆来判断，他终是有点蒙。只是姚平道仿佛根本没听到他的话，沉声道："必须尽快修好。"

托里切利的脸色有点发白。要修好这台转换仪，他实在毫无信心，但看着姚平道那沉着的神情，托里切利忖道："修不好的话，谁也逃不过，全都死，我还怕什么！"他心一横，高声道："遵命！"

姚平道眼里露出赞许之色，马上转向那个来报信的武功院成员道:"马上通知各部,火速来紫禁城豹房集合。"

尽管沉着,但姚平道也觉得喉咙有点发干。这场变故实在太大了,也太过离奇,让他也有点茫然。

如果这件事不是袁可立大人亲自来报,正在智化寺主持疏散的他定然会嗤之以鼻。什么异时空,什么时空风暴,这些完全都是些假说而已,但既然是袁可立大人说的,就绝不能再漠然处之了。何况,就在他乘坐空行机紧急赶来时,正好看到了许显纯乘坐的那艘机动艇在太液池上突然凭空消失,又突然凭空出现。

如果不是自己眼花了的话,那袁大人所说的时空之门定然真的存在,而这场奇异的天灾也确实是场时空风暴了。只是,要解决这场亘古未有的巨灾,难道只有靠这个嘴上没毛的西洋少年吗?

尽管完全没有表露,姚平道的内心其实已将近绝望。只是他知道,自己绝望也无济于事,更会打击旁人的信心,使得事态更加恶化。

现在,即使命中注定世界将要毁灭,也得咬牙撑到最后了。姚平道默默地想着。

天启

第十五章
甘充下走至尊聆阃令　堪抵中流少女作强援

方子野将柚拖泥带水地从太液池里拖上岸时，柚不由自主地打了个寒战，喃喃道："好冷啊。仲谋兄，我们怎么办？"

方子野抬头看了看四周。刚过端午，天气其实很热，可现在这个世界已是午夜，被浸得透湿终是又冷又难受。柚不像自己自幼习武，根本耐不得这等湿冷。他小声道："先看看吧，豹房那边不能去了。"

与他们那个时空里近乎废弃的豹房不同，这里西南边的豹房一带透出相当明亮的灯光来，看来有不少人。幸好离那儿有好几十丈远，这边又是深夜，他与柚两人在水里也没扑腾几下，并没被人发现。

方才太液池上的一番格斗，尽管击倒了许显纯，但方子野只来得及将那艘机动艇推回时空之门去，结果自己和柚都被震得落入水中，被丢在了这个时空。幸好，探测仪在百忙中被自己抓着，不然真个毫无办法了。

方子野提起一边的探测仪看了看。射线探测仪并不防水，幸好他的水性很好，探测仪上只是外表溅上了几滴水珠，并无大碍。他小声道："在这儿等着。"

在穿过时空之门前，方子野已看到了那台飞近的空行机。帝都只有武功院有一台特许使用的空行机，一定是姚大人接到袁可立大人的通知赶过来了。可惜姚大人还是来得慢了一步，但既然有托里切利在，姚大人定然马上就能知道这件事的前因后果，并很快制定出一个切实有效的应对措施来。而自己要做的，就是守在这儿，不要错过时空之门再次开启的时机。

"在这儿等？"

柚打了个哆嗦。倒不是害怕，而是他那身看似寻常，其实昂贵的衣服浸透了水后，让他冷得受不了。他向左右看了看，说道："那边一定有衣服,我还是去弄两套过来凑合着换上。"

太液池东岸边,是一带平房。黑夜里,那片黄墙在天空中一轮满月的照射下,显得异样的明亮。方子野问道:"你怎么知道?"

"这儿的布置和那边几乎一模一样,应该也是御用监,都是太监宿舍。"柚说着伸手在身上抹了一把,将衣服里吸饱了的湖水抹掉些,"仲谋兄,你稍等一下,我马上就来。"

虽然觉得这样有点问题,但一身湿衣服实在太难受了,何况他背后被割了一刀,湿了的衣服搭在伤口处越发难受。好在现在天热,穿得并不多,就算时空之门真的重新开启了,两分十七秒的时间也足够将衣服脱光,这样就不会将这边的东西带到那里去。方子野点了点头道:"好吧,小心点。"

"没事,这儿是我家吗。"柚还真个跟在家里一样,穿过树丛沿着岸边的石板路向那边的御用监走去。

方子野将探测仪擦了擦,放在路边的一块平整石块上。这里正对着方才时空之门出现的位置,离岸直线距离应该不超过两丈,一定可以感应到。只是时空之门如果真个开启,却是在水中的,看来还得游过去才行。方子野自己有这个信心在两分十七秒里游过去,但柚肯定没这本事。

看来还得想个别的办法才行。如果有艘船在湖中停着,甚至一根竹篙浮在水面,也能当成个跳板跳过去了,这样从岸边过去连两秒都用不了。只是放眼看去,这一带的湖面空空荡荡,什么也没有。

方子野正想着,却听得一旁的灌木丛发出了一阵窸窸窣窣的声音,扭头看去,却见柚钻了出来。

柚已经换上了一身干衣服了,将左手的两件单衣递给他道:"拿来了,换上吧。"

柚还真能办成点什么事。方子野心底对柚也有些佩服,他接过衣服来道:"这么快?"

"这是我家嘛,布置还真一模一样。"

柚的右手中抓着的是换下来的湿衣服。他将那湿衣服挂在树枝上晾着,看来这回是知道不能将不属于这个世界的东西留在这儿了。方子野默默地脱掉了湿衣服,换上了柚带来的干衣。

这身衣服还算合体,但这是身太监的制服。方子野穿好了才发现柚换上的也是套太监制服,不过想来也正常,御用监有的当然都是太监的换洗衣服了。

太监就太监吧。方子野暗暗地苦笑,也将自己的衣服挂了起来,说道:"柚兄,这儿附近有船吗?"

"船?那边蕉园边上的钓鱼台肯定有。"

柚指的是北边。北边不远处有一块向着太液池中的突出地块,定然就是柚说的蕉园了。方子野还记得在中渭网上看到过那些小太监说起这个地方,现在倒是亲眼看到了。他道:"好,我去弄艘船过来,你在这儿等着。"

蕉园的左边上,离岸丈许修着一个石亭,只有一条栈道与岸相连。在石亭边上,果然停了一艘七八尺长的小船,船里还有两把桨,应该是给负责打扫的太监清理湖面的漂浮杂物所用。方子野解开了缆绳,抓起两把桨划动,小船立刻贴着水皮滑向了南边。

幸好这两个时空有时差,否则一落水,就会被发现了吧。这个时空的那伙小太监若是发现出现了两个陛下,不知该怎么慌乱,但肯定不会说分身术,因为这是用格物致知说不通的。

方子野想着,突然有点想笑。这个世界的人,除了碧眼儿,再没人会理解两个时空这种概念了……不,还有一个。

那个已经潜入这时空的人。那个世界的时空风暴都是此人引发的，但这个世界却风平浪静，似乎什么事都不曾发生过。那个惹出这场大祸的人自己都不会意识到自己将会毁灭原先那个世界。不过假如我和柚一直回不去的话，时空风暴肯定会越发猛烈，而这个世界的时空风暴也会提前来临了吧。

小船快而无声地在水面上滑行，很快就到了先前时空之门出现过的位置，柚就在一丈来远的岸上。方子野停下小船，抓住缆绳的一头一跃而起。他的身法很是高明，要跳过一丈多远的距离轻而易举，落到岸上时也无声无息。

一跳上岸，柚马上过来道："仲谋兄，你这武功好厉害！"

"武功院里比我厉害的大有人在。"

柚睁大了眼。他虽然是那个大明名义上的国家元首，但心思倒与寻常人没什么两样。他看着方子野将缆绳绑到岸边的树上，小声道："那仲谋兄，怎么样才能练到和你差不多？"

方子野差一点要笑出声来。在这一代的武功院弟子中，他是名列四天王之一的顶尖好手了，便是罗大人的"龙虎狗"三弟子中最厉害的"狗"，也不见得能胜过他，柚想练到他这地步，这辈子都是痴心梦想。但方子野实不忍让柚绝望，便道："坚持不懈地练习。"

柚有点失望，喃喃道："只有苦练吗？"

"除此无他。"

方子野刚说完，耳边突然传来了咯一声响动。

是探测仪发出的声音！

方子野倒是如同被虫子咬了一口一般，猛地转过头去。那边探测仪还好好地放在一旁的石块上，但现在上面那块黑色指示片正在慢慢地转动，又发出咯一声。

时空之门打开了！

方子野一阵愕然。但他分明记得探测仪探测到时空之门时，指示片会风车似的转动，可这回的转动却似有气无力，相当缓慢。

是探测仪溅到一点水后灵敏度变低了吗？方子野皱起了眉。如果真是开启了时空之门，现在就得争分夺秒，在两分十七秒内整理好一切，以防将这个世界的东西带回去。只是这么一来，自己和柚岂不是又得扒光了不可？

也就是在这一犹豫的当口，方子野从怀里摸出了小灯筒。

托里切利说过，时空之门出现的地方，空气的折射率会发生变化，有光束射进去的话能看到光的折射。方子野实在不想为了一个误会就将自己扒个精光，赤条条抓了件湿衣服冲过去，反正确认一下花不了几秒钟，小船已经摆好了位置，花不了半分钟就能过去。

小灯筒拧亮了，一道细细的光柱射向湖面。

小灯筒能照射到的距离并不远，但两丈的距离还是绰绰有余。然而光柱到处，仍是直直射去，根本没有折射现象。方子野还只道可能没找准位置，又扫射了一下，仍然没发现有什么异样。一旁柚却低低叫道："水面上漂了个什么东西！"

借着小灯筒的光，看得出水面上漂浮着一块小木板。这块手掌大的木板散发出一点荧光，在黑暗中特别显眼，隐隐约约看得出上面写了一些字。

方子野可以确信，方才他划船过来时，水面上根本没有这东西。他将身一纵，已然又跃回了小船上。这般一跃丈许，身形极轻，小船几乎没有晃动。而此时那片木板随着微微起伏的水波漂到了小船边，方子野弯下腰，一下将木板抄了起来。

天色太暗了，根本看不清上面写了些什么，但拿到手上，方子野就能确认上面确实是用铁笔写了些字。

当方子野跃回岸上时，柚迎了上来道："仲谋兄，你可真厉害！"

方子野将小灯筒的光拧小了些，照了照。目光一触，便见当头写着"碧眼儿"三字。待他看下去，却是倒吸了口凉气。

柚在一边根本看不清木片上的字，见方子野呆呆地站着，他越发好奇，问道："写的是什么？"

方子野将木片递给他道："你自己看吧。"

木板上的字并不多，柚才看了一眼，便惊叫道："是魏公公！"

"是魏公公……"方子野有点无力地回答。

木片是姚平道大人写来的，写了三件事。第一，那个潜入异时空引发时空风暴的，是新任司礼太监魏忠贤公公。第二，场物质转换仪出现故障，紧急维修后，出现的时空门只有拳头大小，根本无法让人类穿过，正在紧急抢修，预计修好至少需要十二个时辰，届时每隔一个时辰都会开启一次转换仪，方子野必须在此之前将魏公公与陛下带回来，并且不能遗留何东西在那个世界里。

"我也是要被带回去的……"

柚嘟囔了一句。在柚心底，他把自己当成了同样能解决事件的人，但姚大人眼中，柚仅是个必须带回来的"物体"。不过他总还算有自知之明，仅仅抱怨了这一句便道："仲谋兄，我们接下来怎么办？"

竟然是魏公公！方子野心里还在震惊中。作为负责京城治安的名义领导人的魏公公，知名度相当高。当然，这知名度更多来自他是乾天罗骑马布的代言人。既有权势，又有资产，怎么看魏公公都是个成功人士，方子野实在想不到这个人竟然会起这等心思。要在十二个时辰里找到魏公公，并带他回自己的时空，简直是一场噩梦。

这个世界,还有救吗?方子野闭上了眼,强忍着呻吟的冲动。

碧眼儿方子野,武功院后起之秀的四天王之一,向来泰山崩于前而不变色,大有乃师之风。但方子野知道自己其实根本没有风传的那么了得,自己很多时候都会茫然无助。上一次碧眼儿误入自己的时空,惹出了一番风波,若不是得到了师兄他们的全力协助,单凭自己根本无法解决。现在,却是要全凭自己去解决艰难万倍的问题,如果有谁能依靠,也只有这个不甚靠谱的柚了。

"喂,你们两个在这儿做什么?"

一个声音突然从灌木丛后边响了起来。柚下意识地往方子野身后一缩,却见十余步外有个提着灯笼的宫女正站在那边。

"你们是哪个宫里的……"

这宫女年纪不大,口气倒甚是严厉。方子野也不禁一慌,本来以他的本领,旁人接近他丈许,他绝对能察觉出来。但此时他被这片木板上短短几行字惊呆了,竟然全无察觉。他正在想着该如何敷衍过去,柚却从他身后探出头来道:"绣嫦!你怎么在这里?"

这个叫绣嫦的宫女吃了一惊,提起灯笼来照了照柚探出的脑袋,脸上忽地显出惊恐之色,扑通一下跪倒叫道:"陛下,奴婢该死!"

她的神情是真正的惊慌失措,连灯笼搁在一边的地上都顾不得了,头都不敢抬,嘴里还在嘟囔道:"是娘娘见这儿有亮光,让奴婢过来看看。奴婢不知陛下在此,冒犯了陛下,还请陛下恕奴婢死罪。"

柚这时已镇定了许多。他定然想起了自己乃是陛下,虽然在"那边"不太有人将他这陛下当回事,这儿却显然完全不一样。他伸手到嘴边,轻咳了一声道:"不知者不为罪,你回去吧。我带着……小方子在湖边走走,自会回去的。"

绣嫦诚惶诚恐地道:"是。"说罢抬起头又道,"陛下,娘娘今晚拜月祈福,陛下不过去跟娘娘说句话吗?"

柚微微打了个寒战,干笑道:"这个……好吧,你先回去,我这就过来。"

绣嫦道:"是,奴婢马上去回复娘娘。"说罢提起灯笼行了一礼,转身循着来路回去。

待这宫女一走,方子野轻声道:"柚兄,你怎么答应她了?"

柚苦笑道:"绣嫦是哕鸾宫李选侍的答应宫女,我若不去,李选侍会闹翻天的。"他轻叹了一声,又道:"真想不通,李选侍一个老太太了,还学人拜什么月。今天十五了?"

方子野其实已经快忘了今天是什么日子。但算起来,碧眼儿误穿时空之门的时候是五月初三,十多天过去了,应该也是十五。拜月本是女子祈福之礼,一般都在八月十五,不过也并不一定,唐代还有拜新月之俗,当时有点名望的诗人李端便有《拜新月》诗。李选侍闲着没事干,又没人管,便是五月十五也要来拜一下子了。

一想到李选侍,方子野便也打了个寒战。其实李选侍还不能称为老太太,但她前几年关闭乾清宫,想要霸王硬上弓当太后的事,至今还有人谈论。虽然她处在深宫,但风评便是一个泼妇。所以柚虽然自小由李选侍抚养,却也很有点怕她。一旦柚不去的话,李选侍说不准会撒泼打滚地说陛下看不起她了之类,事情一闹大就不可收拾。

还是去敷衍一下吧。方子野想着,小声道:"那说几句便告辞出来。"

"当然,我也不想多说。"柚嘟囔了一句,却向四周又看了看,似是生怕被别人听到。见没人,他这才嘻嘻一笑道:"跟我来吧,小方子。"

穿过灌木丛，沿着一条小道走过。这儿是紫禁城西苑门外了，作为紫禁城的外围，很是僻静，难怪柚方才进御用监偷了两套太监制服都没人发现。

虽然穿着太监制服，柚走得倒是挺胸叠肚，越来越坦然，反是方子野有点不安。

如果和这儿的天启帝撞个正着，同时出现两个陛下，必会惹发一场轩然大波吧。但显然这里的天启帝不太会在这般深夜出现，柚也许能蒙混过去。

前面的空地里已有几个太监宫女站立着，当柚进来时，他们纷纷跪倒。

这儿的礼节要重得多了。方子野想着。在自己那个世界，虽然书院网上时不时有人提出宫中使用太监很不人道，应该废除，但作为一种传承已久的传统职业，便是那些太监自己都习以为常，反驳说那是自己的选择，由不得他人置喙。但看到此地这些一见柚就连正眼都不敢瞧一下的太监宫女，方子野还是有些异样。

"陛下。"

一个娇脆的声音打断了方子野的胡思乱想。方子野怔了怔，心道："李选侍的声音这般年轻好听？"

李选侍是个泼妇。这是大明上下的共识，实在很难相信她有如此优雅的声音。虽然知道有点不礼貌，方子野还是在柚身后偷偷抬眼看了看。只是与他预想的那种尖酸刻薄的中年妇女不同，站在对面的却是个十分年轻的少女。虽然衣着看上去也并不如何华贵，但穿在这少女身上却有种说不出的光鲜之气，站在几个宫女中便显得气质大为不同。

李选侍保养得这么好吗？方子野不禁诧异。在他的世界，女子保养是头等大事，虽然理学派儒士总是痛心疾首地强调，"女为悦己者容"是唐代以前这些古代人的过时观念,现在应该遵循程子周子之论,重德不重容,但那些女子根本不吃这一套,所以号称"容颜不老、男女通吃"的名伶柳卫才会如此红极一时,往脸上敷泥敷药敷各种稀奇古怪东西的保养手段层出不穷,而八大财团中的金马记便是以生产各种胭脂水粉起家的。只是在这个与自己的时空格物之学相差了五百多年的大明,女子保养已先进到了这等程度,实是有点难以置信。宫中女子都是选上来的,容貌固然都不会差,可是这李选侍的模样,现在去竞选个"大明小姐"也毫不为过。

他不禁看了看身前的柚。

尽管只是个侧脸,但也看得到柚的惊诧之色。

不对,这不是李选侍!

一刹那,方子野已得出了这个结论。现在他最担心的便是柚说出些一下子就露馅的话,不待柚开口,便抢上一步说道:"娘娘,小方子有礼。"

"大胆!小方子,为什么见了娘娘不下跪!"

在那少女身边的一个拿着拂尘的太监,尖着嗓子突然呵斥了一句。

这太监定然是惯会狐假虎威,这一声呵斥甚是严厉。方子野还没来得及说话,柚已然抢道:"小方子刚进宫不久,不要责怪他。"

这时那个少女说道:"小博子,你们先退下吧,我和陛下要说几句话。"

那太监对方子野一副颐指气使的模样,但少女一开口,他马上点头哈腰地道:"是,娘娘。"他退下时见方子野仍站立不动,甩了甩拂尘,没好气地道:"小方子,你新来的,真一点规矩都不懂吗?"

这女子究竟是谁？方子野定了定神，跟着那小博子退下。

他们退得也不是很远，但已然听不到柚和那少女说话的声音了。不过看得出柚站在那儿，跟个被老师训斥的生徒一样站得笔直。方子野心中一动，轻声道："博公公，小方子刚入宫，不懂规矩，多谢博公公关照。"

大概因为这两句软话，博公公的脸色好看了点，说道："我说是呢，我们在宫里当差的，时时都得小心着，别因为张娘娘性子好就没尊卑上下了。"

"张娘娘？"

"当然。当今陛下正宫，母仪天下的张后娘娘。我说小方子，你不会连这都不知道吧？"

是柚在这个时空的妻子？方子野只觉背后冒出了一阵冷汗。柚从没说过已经结婚了，看来两个时空毕竟不太一样。如果是旁人，柚大概还能蒙混过去，可要蒙混自己的妻子，只怕柚实在没这本事。一旦穿帮的话……

方子野只觉眼前一阵发黑，不敢再往下想了。

如果张后真个看出破绽，把宫中卫士叫来，那该怎么办？方子野越发茫然。十二个时辰之内必须解决问题，现在看来越发不可能……

"陛下！"

博公公突然诚惶诚恐地跪了下来。方子野却仍没跪下，抬头看去，却见柚正急急地向自己小跑过来。

柚脸上居然似乎有点喜色，一到跟前，也不理跪在地上的博公公，说道："小方子，娘娘叫你过去！"

这话太不像一个一国之君说的了。博公公虽然很惶恐，却也站了起来。柚忙道："那个谁……娘娘让你仍留在这儿。"

博公公一下又跪了下来，嘴里道："是！是！"

方子野诧异得快要忍耐不住了。但在这儿和柚太过熟络地交谈，会让这些宫女太监越发想不通。他强忍着跟随柚走去。

这条树林中的小道修整得甚是平整，但走过的人一定不多。拐了个弯，便回到先前那地方了，那个少女仍然站在那里。柚快步上前，小声道："娘娘，我把仲谋兄带来了。"

柚居然把网名都告诉这张后了？方子野一怔，但他无暇细想，马上上前，想学着博公公的样子跪下，可腿稍屈了屈，终是没跪下来，只是轻声道："娘娘。"

"你和柚，便是从另一个大明来的？"

少女的声音很轻柔，但有着一种异乎寻常的睿智。方子野实在没想到柚居然已经把这件事都说了。而更让他吃惊的，是这个世界竟然除了碧眼儿之外，还有人能够用这种平静的语气来说两个时空的事。

他不由抬起了头。

一抬头，看到的是一对明亮的眼睛。张后的年纪也就与柚差不多，但即使柚来自比这个大明先进五百多年的另一个时空，眼前这少女的眼神却似乎比柚更加坦诚和睿智。看着这仿佛能穿透自己内心的目光，方子野只觉心头似乎卸下了一副重担，轻声道："是，娘娘。"

"柚说你身边有那种能发光的东西？"

一定是柚为了让张后相信而说出来的。让这个世界的人接触另一个世界的东西到底好不好，实在令方子野担忧，可即使心里有这样的顾虑，在张后面前，方子野却并没有犹豫。他从怀里摸出了那个小灯筒，捧在手中正待递过去，柚却一把抢过来说道："娘娘，你瞧，这个叫灯筒，这个世界是绝对没有了，大概要五百年后才会发明。"

张后接过了灯筒，放在面前看了看。柚指点着道："喏，娘娘，你拧一下就亮了，再回拧一下就会灭。"

两根春葱也似的手指轻轻将灯筒拧了一下，一道光柱顿时射了出来。方才方子野正是用这灯筒在太液池上搜寻时被张后发现了的。

看到手中这个半段笔管似的小东西放射出远较灯笼明亮的光柱来，张后那张清秀绝伦的脸上也露出了一丝掩饰不住的惊诧。但她马上将灯筒拧灭了，递还给柚道："陛下一直最喜欢这类奇技淫巧，但他做出来的虽精，却也没有这等异物。你说得应该不假……柚。"

柚露出一副受宠若惊的模样，道："当然不假，我怎会骗娘娘呢？娘娘，那你能不能帮帮我们？"

天启

第十六章

禁苑徙囚徒莫名其妙　高墙逢处子无可奈何

为什么要在半夜出发？

虽然心中有点不解，但方子野并没有多嘴，不过心里终究在嘀咕。

昨天近黄昏时，罗辟邪大人突然下达了一条命令，要他与陈琥紧急护送刘朝公公前往南海子就任提督一职。

南海子这等猎场，平时都极少有人去那儿，南海子提督也向来是个闲职。而他与陈琥两人现在正在追踪潜入京师的白莲教妖人，如今顺藤摸瓜，正准备今晚趁夜去一探究竟，应该就能揪出白莲教在京师的这个窝点了，结果却收到了这条命令，那今天的准备就完全落空了。何况，护送刘朝公公就任这种事，一般都应该是锦衣卫的事，武功院固然也属锦衣卫的分支，但实际上独立于一般的锦衣卫，本不该接受这种不打紧的任务。而且也不知刘朝公公到底吃错了什么药，居然要连夜出发，难道去南海子就职这事，急到连天亮都等不及了？

这多半是因为罗辟邪大人与北镇抚司许显纯大人交好，所以才会接到这等额外的刁钻任务吧。方子野也知道作为一个刚出师生徒的自己，一切照做就是，问得多了，反会惹祸，所以闭上了嘴。

刘朝公公听说本是哕鸾宫服侍李选侍的太监，现在刚升任南海子提督。就算这提督是个闲职，可好歹也算是升职，因此排场不小，杂七杂八的东西带了好几车，简直是要去南海子安家的架势了。大概是因为东西多，白天太过引人注目，所以才要趁夜深人静出发吧。不过假如刘朝公公奉承得法，过两年肯定还会调回宫中，到时又该大包小包地带上好几车浩浩荡荡地回来了。

但那时候，就多半不会让我与陈琥护送了。方子野暗暗想着，嘴角也浮起了一丝苦笑。此时他想到的，却是那个惊鸿一瞥的另一个大明。

尽管造访的时间很短，根本没什么了解，可那边的一切还是给他留下了极深的印象。那个大明远远比这里先进，不要说各种闻所未闻、见所未见的器物，单是那儿的太监们，也全然没有这儿的嚣张气焰。

也许，要过一千年，这儿的世界才能与那边差不多？如果不是因为另一个自己说过，这两个世界不能多接触，否则会发生不可预料的灾变，方子野还真希望能生活在另一个大明里。

马蹄嘚嘚，车队行驶在大道上，比平时要快得多。夜深人静，早已禁夜，这条白天熙熙攘攘的大街，现在空荡荡的，根本看不到一个人影，这一队人走得十分顺畅。随着渐近南门，住户渐少，待出了城门，城外就更少见人踪，这近五十里路不到两个时辰便走完了。

赶到南海子时，正是天色熹微。刘朝公公却是架子十足，让贴身小太监扶着他下了车，又亲自指挥着将带来的几辆车接进去。也不知他带来的这几辆车上装着些什么奇珍异宝，刘朝公公架子虽大，但在指挥拉车时却极是小心，不时斥骂旁人不当心。

平安送达，方子野与陈琥的任务也已完成了。待刘朝公公骂骂咧咧地将几辆车都拉进了南海子提督衙门，方子野与陈琥上前告辞。

方子野和陈琥并不是刘朝公公属下的小太监，可刘公公还是对两人正眼都不看一眼。看他的样子，便是和两人多说一句话也是白费力气，所以只是摆了摆手，让亲随太监拿几分碎银子打发了两人。

"这死太监，真把我们当叫花子了。"

平心而论，这碎银子也有五六分重，够去饭馆叫两三个菜和一壶米酒了。对于打发脚夫来说，这已不算菲薄，不过在家境豪富的陈琥眼中，实在有似侮辱。当时他便顺手扔给了拿给他们银子的那个小太监了，说是请他喝杯茶，倒是让那小太监乐开了花。不过陈琥心头这点气还不曾消，一走出提督衙门便嘀咕了一句。

方子野只是淡淡一笑，低声道："陈琥兄，别往心里去，反正只是多走一趟而已。"

陈琥叹了口气道："但这回那白莲教妖人搞不好早就跑了。唉，老师就是这点不好，太肯听北镇抚司的央求了。"

陈琥是罗辟邪"龙虎狗"三大弟子中的第二个。不过就武功来说，他在三大弟子中只能敬陪末座，在老师跟前也不及师兄秦泽沆得宠，所以背地里对老师也未免会有点微词。只是他这话一出口，也觉得有点失言，忙道："只是师命自不可违，也就当是命该如此吧。"

陈琥善抱怨，在武功院也是有点小名气的。方子野心知不让他过足嘴瘾，今天一天都过不好。现在，还是该想想如何亡羊补牢，再接上白莲教徒那条线，希望没走漏风声，仍能揪出那个窝点来。

他正想着，却听得陈琥突然低低惊呼道："那是什么？"

方子野抬起头，顺着陈琥的视线看过去，却只见到一片在晨光中迎风招展的大树。南海子这边乃是猎场，树种得并不算密，但若离得远了，看上去也是郁郁葱葱一大片。他问道："是什么？"

"方才，似乎有个人从树梢上一跃而过……"

方子野心头忽地一动。一个人要从树梢上一跃而过，当然也不是不可能，他自己勉强也能做到，但绝非易事，一定是个轻功极为高明的人。现在京师之中，能有这等身法的，连自己算上，顶多不超过十个人，陈琥却不在其内，而能排到第一的，自然便是以身法高得出奇著称的飞燕子了……

一想到阿绢，方子野不禁有点心虚，说道："陈兄，你看差了吧？别把映着晨光的飞鸟看成是个人了。"

陈琥的脸一沉，"我肯定没看错！那身法，很可能便是飞燕子！"

听得陈琥如此肯定，方子野又有点心虚，说道："飞燕子来南海子做什么？她不是专偷金珠异宝的吗？南海子有什么好偷的？"

陈琥道："嗐！你没见刘公公连夜出京城，还带了这几辆大车吗？定然早被飞燕子看在眼里了！"他说着，跺了跺脚，低低道："这死太监！若真被偷了，准会怪到我们头上！"

这句话方子野倒也认同。以刘朝公公那吃相，真被偷了什么金银珠宝，定然会怪东怪西，不过要怪到自己和陈琥头上倒是未必，毕竟自己二人已经将他安全送达，刘公公也赏银子将他们打发了。只是他也知道陈琥说这话的真正用意，飞燕子一直都是武功院三大谜之一，能揭开此谜，在武功院的地位一定能大大提升。陈琥自然也渴望能有这一天，当发现这儿出现飞燕子的影踪，就算拿棒赶他都不会走了。

方子野不禁有点忐忑。论身法，两个陈琥捆一块都比不过阿绢，但论武功，名列武功院四天王的陈琥却是远过于阿绢了。而且阿绢未必知道有这么一个高手盯上了她，该不会阴沟里翻船，真被陈琥拿住吧？

方子野不再犹豫，小声道："陈兄，你往西，我往东，两头包抄，先别让刘公公的人发现。"

陈琥点了点头道："不错，这帮大太监小太监，尽是些成事不足，败事有余的东西。"

陈琥的身法固然比不上自己和阿绢，但要瞒过南海子这些太监的耳目,却是轻而易举。方子野见他答应了,心里一块石头便落了地,心想阿绢未必就真会翻在陈琥手里,何况就算被阿琥发现,有自己暗中回护,一定能让阿绢安全脱身的。

只是,这真是阿绢吗?尽管陈琥说得斩钉截铁,但方子野还是有点怀疑。

整个京城,最了解阿绢的,莫过于自己了。那是在几年前,他还是个生徒时,一次随老师出城东办事,偶然中发现了飞燕子的影踪。

飞燕子之谜,在武功院挂了有十年了。十年里破不了一个谜,这对于武功院来说,简直是奇耻大辱,所以姚大人才会把这个原本算不得什么的飞燕子,与白莲教、建奴的自在堂这两个大明心腹之患并列为三大谜。

当时方子野是在潮白河的渡口看到飞燕子的。当他看到一个人影竟然踩着水面的芦苇枝从隐藏在离岸数丈远的小舟里跳上岸时,便知道那定然是轻功独步天下的飞燕子了,心中也和陈琥一样激动万分,因此马上跟踪了上去。

而那个时候,方子野的武功虽然尚未大成,却也已经登堂入室,飞燕子根本没想到自己已被人发现,因此全无防备。眼见飞燕子走进一间破旧的农屋时,方子野很是诧异,心想大盗飞燕子居然拿这等破屋当巢穴,果然让人难以想象。可是在他暗中靠近窥视时,却发现飞燕子是给这家农户生病的女主人送银子和药来的。

按照武功院生徒的身份,方子野自是应当破门而入,擒住这个在武功院挂了号的大盗。但他当时迟疑了,并没有动手,而是在飞燕子离开那户农家时,他装着在渡口偶遇,不经意间一口叫破了阿绢的身份。

那时阿绢全然不似一个在武功院挂名七八年的大盗,竟是大为慌乱，居然向方子野动了手。只是一动手之下，方子野才知道这飞燕子身法虽然高强，武功却并不出色。当被方子野一掌击落了阿绢的头巾，一头长发飘散开来，映着潮白渡口的夕阳，几可鉴人，方子野却在稳操胜券之时停下了手。当阿绢趁着他一怔忡的工夫闪身逃走时，方子野也没有追击。

飞燕子竟然是个少女，而且并没有传说中那样神乎其神，这大大出乎方子野意料之外。他很早就发过誓，自己不会向妇孺出手，这次在不知情的情况下破了戒，自是应当亡羊补牢。

方子野跟谁都没提这件事。那时他觉得飞燕子这个谜也许并非真是个谜，或许几年前老师他们也曾有过自己的经历，也与自己做了一样的选择。别人他不知道，但老师，方子野知道一定也会。只是在回到住处时，却发现案上有一封无头信笺，里面用娟秀的小字写着让他来轻粉楼一趟，但不能让任何人知道。

方子野虽然没去过，但轻粉楼是什么所在，他当然知道。这封无头信笺让他着实好奇难耐，便偷偷去了。

虽然在轻粉楼前他差点被吓退了，但还是鼓足勇气上了楼，在房中看到迎接他的正是阿绢时，方子野便知道自己永远不可能揭开飞燕子之谜了。阿绢将一切都坦承给了自己，他当然也不可能拿阿绢去做投名状。

一直到现在，方子野仍不知自己与阿绢到底是什么关系。情人？敌人？路人？似乎全都沾得上边，又全都没有说破。他会每隔一段时间就去轻粉楼，因为去得太多，有一回老师都有点惋惜地规劝他说"花街柳巷只宜逢场作戏"，意思是别去那么多次。不过方子野虽然常去轻粉楼，却显然从不误事，所以老师后来也没多说了。至于武功院的同期师兄弟们，对他则只有艳羡，自是羡慕以方子野这点薪水居然能经常光顾轻粉楼，肯定里面有个贴补他的相好了……这让那些血气方刚的年轻人大为羡慕，一些妒忌心强的还酸溜溜地说碧眼儿就是这一双鬼眼长得好。然而对方子野来说，去轻粉楼与阿绢相对而坐，清谈一阵，听她奏上一曲，便是人生至乐，让连身世都不清不楚的他终于感到了自己并不是孑然一身。

一想到孑然一身，方子野又想到了那另一个自己。当第一次面对面碰到时，他都惊得快要失态叫出来了，而那个自己定然也一样，尽管直到现在他仍是完全不明白那些人说的"平行时空""时空风暴"之类的词是什么意思。

不知道另一个自己现在怎样了，他一定不认识他那个世界的阿绢，所以第一次知道阿绢就是飞燕子时惊讶成那模样。这么想来，自己也不必太羡慕那个世界的富足与先进，这里也有这里的因缘，同样也会令另一个世界的自己羡慕。

南海子的侍卫们显然完全没有意识到有人潜入，但还是一派煞有介事的模样，看似守卫，不断四处巡逻。只是以他们的本领，当方子野到了最中心的提督府后院时，也完全没引起一点注意。

这还是一大早呢。如果我是刺客，刘朝公公有十个脑袋都不够丢的。方子野有点苦笑地想着。

南海子占地很大，提督府占地相应亦是不小。南海子是猎场，但那人潜入进来，自不是为了偷猎几个猎物，所以他的目标肯定是在提督府这一带。只是看后院这寂静无人的模样，实在没什么值得注意的。

提督府这种冷清衙门，那些侍卫却是如临大敌的模样，难道刘朝公公还真那么重要？方子野不禁有点诧异。刘朝，此人怎么看都仅是个狐假虎威的太监。固然大明宦官势力一直很大，武功院所属的锦衣卫就一直被列入宦官的势力范围，不过因为地位超然，所以在武功院内部，除了罗辟邪大人那一系以外，并不怎么看得起那些阉人,方子野自觉也多少有点这类偏见。只是现在这位刘朝公公似乎异乎寻常的重要,这大大出乎他的意料。

正在方子野诧异的时候,后院的门响了起来。

有人在开门!方子野手掌一贴墙壁,将身一纵,便悄无声息地翻上了墙头,没入树冠中。

院墙又高又厚,这棵大树很是高大,两人都合抱不过来,也只探出一个树冠。但对于方子野来说,这样的院墙与一个小台阶没什么两样。

正值盛夏,树叶生得茂密至极,便是一个树杈,都足以将方子野整个人都遮住。而从树叶的缝隙间,可以看到后院门外的情形。此时院门口有一队人,当先的正是那个架子十足的刘朝公公,在他身后则是六七个执械的侍卫,还抬着一个囚笼。

原来是囚犯!方子野登时有点明白为什么刘朝要半夜出发了,而且带了好几辆大车,原来并不都是他弄来的财帛,其中一辆应该正是这囚车。然而如果是个重要囚犯,为什么不关到诏狱去?南海子虽然偏僻,毕竟不是关人的所在。

后院的门开了。那些人抬着囚笼进来,放到了院中。这囚笼很密,外面根本看不清里面的情况。但因为离得近,已能听得出从中发出的喘息之声。

难道是想错了,刘公公其实是带了什么异兽来这儿养?

方子野更是诧异。今上天启帝不似当年的正德帝,对珍禽异兽不怎么上心,倒是对各类精巧的机关极有兴趣,听说在宫中还专门设了个工房,斧凿刀锯一应俱全,平时一有空就泡在里面。也许是嫌渐已废弃的豹房那一带养的异兽碍事,所以让刘朝带到南海子来了。如果仅是这样一件小事,那实在没什么可值得注意的了,很难相信白莲教或者建奴会对一只野兽这样在意,看来还是陈琥太多疑了点，说不定当时看到的真个只是飞鸟的影子。

方子野正在想着的时候，院子里的侍卫已打开了囚笼的门。

囚笼不大，但非常密，密得几乎没有缝隙。这种囚笼向来是押送最重要囚犯的，当然伤人的猛兽也是这一类。可那些侍卫毫不犹豫就打开了笼门，并不怕笼中的猛兽冲出来伤人，随即有个侍卫伸手进去，从中拉了一个人出来。

这人身形也并不如何高大，穿了一身长袍，而脑袋上，竟然套着一个铁制的头罩！

这头罩将那人的脑袋全都罩住了，仅在眼鼻口处开了几个口。而在嘴部，竟然穿着一个牛马嚼子一般的横销，自是防止那人出声的。

这人是谁？

方子野心头一沉。刘朝公公是从宫中直接出来的，那此人定然也是宫里的人，他知道自己可能发现了宫中的一个大秘密。只不过最近并没听说宫里出过什么惊天动地的大事，也没听说宫里突然少了什么人，似乎不太应该有这种异常人物要秘密押出宫来。

这时的刘朝全然没了方才面对方子野和陈琥时那种颐指气使的架子了，显得紧张万分，仿佛那个戴着铁头罩的是个凶险万恶的怪物，万一脱出掌握就会将这些人尽都咬死一般。其实那个人戴着铁头罩看似诡异，也在不住挣扎，力量却不大，很快就被几人拉进了屋里。

待那几个侍卫走了出来，刘朝这才松了口气。当先那侍卫向他行了一礼，小声道："刘公公，事已停当。"

刘朝点了点头，说道："此人是个失心疯，他说的一切你们都当不曾听到。另外，记着绝不能让他脱下头罩，也不能让人见到他的脸。谁若见了,"刘朝说到这儿,沉下脸,"立杀!"

那侍卫头心想这不知是个什么重要人物,要看守得如此严紧。但当差的要诀便在于只干不问,他也没问什么原因,只是道:"是。"顿了顿,又小声道:"那王公公那边,还要不要派人守着了?"

刘朝的眼里闪烁了一下:"我来南海子前,魏公公问了我一句话,说王安怎么还活着……"

侍卫头吓了一跳,忙点头道:"是,是。"心里却在想着:"原来刘公公来此,除押送这铁头人之外,还是来灭王公公口的。"

王安被贬为南海子净军后,每天就在南海子做些洒扫之事,虽然魏公公命令这些侍卫对他严加看管,却一直再没有什么别的举措。这侍卫头还在想着王安毕竟对魏公公有知遇之恩,魏公公现在如日中天,对王安仍有几分香火情,大概准备关他到寿终了。然而刘朝的这句话,却说明这支香火已然燃到了尽头,王安公公的性命已所剩无几。

真是翻脸无情啊。便是这侍卫头也不禁有些感慨。看来这个刚送来的铁头人,也不知会留他到什么时候。

后院的门关上了,院中又归于平静。其实并没发生什么大事,可躲在树杈后的方子野却有种惊心动魄之感。

这铁头人到底是谁,如果趁现在去看个究竟,自然可以明白,但肯定会惹出无穷无尽的麻烦。现在最好的办法,便是把这个意外的发现彻底忘掉,趁着没被刘朝公公发现,找到陈琥赶紧回去。

他看了看周围,见已无他人,正待跃下树去。哪知刚转过头,却与一个人对了个正脸!

方子野做梦也想不到这人竟然已欺近到了他身边,自己居然不曾发现。他下意识地便要伸出手去按那人的颈窝。

颈窝里发力按下,便能将那人按得闭过气去。但他的手刚要按下,却一下定住了。

在他身后,几乎与他贴脸打了个照面的,竟然是阿绢!

极快地打量了一下四周,确认没被人发现,方子野才对阿绢打了个眼色,从树上一跃而下。避开巡逻的侍卫到了个安全的地方,方子野再忍不住,小声道:"果然是你!你来这里做什么?你知不知道你被陈琥发现了,他正在到处搜你呢!"

"我当然知道,所以我已将那只老虎引开了,谁知你这傻瓜居然还真个跑到衙门里来了,害我也只能再追进来。"阿绢的嘴角原本带着点笑意,但被方子野埋怨了一句后,她有点委屈地又道:"人家是被你央求着来找你,你还要怪人家。"

方子野差点气为之结,但马上回过神来,问道:"谁央求你的?"

阿绢抬起头,抿了抿嘴怒道:"是你!武功院碧眼儿,方子野方大人!就是你方大人央求我的!"

尽管很熟了,阿娟平时都很温婉,但两人有时总会有点口角。每当这时候阿绢只消一发怒,方子野就跟见了猫的老鼠般再不敢造次。而这回阿绢说的话拗口费解,方子野更是连回嘴都不敢,怔了怔道:"是我?"

"当然是你!"阿绢有点恼怒地指了指方子野的鼻子,"上回跟你一块儿来麻烦我的另一个你!"

天启

第十七章

薄言往愬头颅罩顽铁 细节推究祸首实巨珰

"你怎么把阿绢扯进这事来了？"

碧眼儿小声抱怨了一句。因为生怕被林子外为他们望风的阿绢听到，他把声音压得很低。

方子野苦笑了笑，也低声道："除了你，我在这儿只认得她，我又找不到你……"

碧眼儿没有再说什么。他当然知道方子野在这个世界的那种无助，就和当初他误闯到那边时一样。顿了顿，碧眼儿这才正色道："你怎么又过来了？不是说若是来得多了，会引发那个什么风暴？"

"是的，我的那个世界已经发生时空风暴了。"

方子野将这一趟过来的情形约略说了，说到碧眼儿见过的柚也一同被困在这儿，而引发这次时空风暴的，是十几天前就来到这里的魏公公时，碧眼儿有点坐不住了。

"是魏公公啊……"

看着对面的这个自己那副吃惊的样子，方子野点了点头。

在这个大明，魏公公的权力比叶向高首辅还要大，所以碧眼儿会如此吃惊。假如他知道自己见过的柚就是天启帝的话，只怕不知会吃惊成什么样了。

碧眼儿倒并没有多问什么，只是问道："如果……如果你们那儿毁灭了，这里也一样会毁灭吗？"

方子野点了点头："是。"

"就在方才，我还在想你们那个大明何等富强，不知我们这个世界何年何月能与你们一样呢。"碧眼儿说到这里，苦笑了一下，接着低声道："看来马上就要一样了。"

他说得很是感慨，方子野也一阵黯然。的确，从另一个自己的嘴里知道自己向往的世界原来已面临了灭顶之灾，而且会使得这儿的大明也相应毁灭，这等话谁听了都不会信……除了碧眼儿自己。毕竟，碧眼儿是亲身到过那个世界，并且面对过另一个自己的人。碧眼儿从不说谎，任何一个时空里都应该如此。

"只有将你们那个魏公公带回去，才能逃过这场大劫吗？"

碧眼儿有点字斟句酌地说着，方子野苦笑着又点了点头。与自己说话就是有这点好处，尽管碧眼儿并不清楚两个时空的概念，这件事本身也相当拗，但碧眼儿还是能一下子就抓住关键，说出来的话也毫无歧义。

"那你们那个魏公公来这儿后，现在在哪里？"

方子野犹豫了一下，说道："不知道。"

碧眼儿挑了挑眉："不知道？"

"是。算起来，他已经到这里足足有十多天了。但就算宫中的人，也都不曾说到出现过两个魏公公。"

上一回碧眼儿误闯过来，幸亏方子野仅是个武功院刚出师的生徒，在刘文礼的策划下顺利瞒过去了。但这里如果出现了两个魏公公的话，一定会引起一场轩然大波。只是这十多天来，不论宫里还是宫外，都是平静如常，根本没听到有什么异样。

碧眼儿听方子野说宫中的人都没说过有两个魏公公，眼中闪烁了一下，说道："你去过宫中了？宫里的人等级森严，小太监不知道上面发生的事，很正常，不能证明什么。"

方子野嗯了一声，说道："因为时空风暴，我们把转换仪转移了，现在时空门开在了太液池上。而且，说这话的，可不是小太监。"

"是谁？"

"张后。"

碧眼儿那一双碧蓝的眼睛一下又睁大了许多，"你们见过了张后？她凭什么相信你们？"

"就凭柚。"

碧眼儿怔了怔:"就凭挺多嘴的那个？他有这么大面子？"

在碧眼儿心目中，柚就是这么个印象。方子野苦笑了笑:"是的，在你们这世界里，他的面子比任何人都要大。"

如果说碧眼儿能够处变不惊，但此时他真个有点吃惊了，小声道:"他到底是什么身份？难道……难道他就是……"

当在方子野的眼神中看到了肯定的答复，碧眼儿倒吸了一口凉气，半晌才叹道:"在你们那世界，陛下就这么不值钱吗？"

这一次前来，方子野还是头一次忍不住露出笑容:"也不能说不值钱，反正在我们那里，他与你我没什么两样。"

碧眼儿点了点头:"其实也应是如此。只是，从你们那儿来的魏公公，现在到底在哪里？"

以魏公公在这儿的身份，如果突然出现了一对儿，定然会引起一场轩然大波。可是尽管他已经来了十多天了，这里却完全没听到一点风声，实是让人百思不得其解。碧眼儿显然也想不通这一点，顿了顿，却又叹道:"不管怎么说，张后真是个非同寻常的女子。"

这句话方子野倒是十分同意。他也完全没有想到那个长处深宫的年轻女子竟然能如此聪慧与明智。对于一般人来说，一旦发现出现了第二个天启帝，早就吓得六神无主，只会惊声尖叫了。但张后却非常镇定，一口答应会在十二个时辰里庇护柚，并且为方子野和柚在十二个时辰后回去提供帮助。

怪不得柚也已对张后入了迷，甘心在宫里做个"小太监"了。其实即使是柚，都完全配不上这个世界里他的妻子，更不消说这里不理朝政的天启帝了。

方子野轻叹了一声，说道："听张后说，这些天完全没有什么异样，倒是魏公公最近向陛下又进献了一个什么玩物，陛下已然魂不守舍，天天都泡在工房里不出来了。"

碧眼儿皱了皱眉："陛下一直是这么个人，以前也召集过武功院的工匠。"他忽地抬起头，低声道，"但这一次，陛下史无前例地将武功院顶尖工匠都抽调一空。"

方子野的心里也是一动。昨晚在宫中，他听张后说起此事时，首先想到的便是此事颇为奇怪。他问道："这事可疑吗？"

"自然。"碧眼儿的眼中闪烁了一下，"你们那里的武功院，也有工匠吧？陛下虽然贪玩，但从来不曾这样不识轻重过。"

武功院是万历年间张江陵一手主持建立起来的。即使万历帝在张江陵死后对他恨之入骨，将他家都抄了，可对武功院，非但不曾有什么加罪之辞，甚至还追加了经费，使之实力更增。现在的天启帝，因为酷爱各类机关制作，对拥有大量能工巧匠的武功院自然也相当看重，以前亦曾为了做几个大型器具抽调了几个工匠入宫，却从来没像现在这样大张旗鼓过。特别是现在正值白莲教与建奴最为猖獗之时，研制新武器的武功院人手极为吃紧，现在这当口抽调工匠，确实有点不识轻重了。

方子野的眼里也闪烁了一下，喃喃道："你是说……"

尽管并没有说出口，但碧眼儿其实是不同时空的自己，两个人的思路高度一致，方子野也已经隐约猜到碧眼儿想说什么了。但一瞬间，他也被这个想法惊呆了，甚至没有勇气说出来。

"两个魏公公，一定碰过面了！"

头顶，一只乌鸦凑趣一般哇的一声飞过，却让方子野心头仿佛有一阵阴风吹过。他道："这可能吗？"

以魏公公的身份，假如两人联合起来，再想将另一个魏公公带回去就是绝无可能之事了。但碧眼儿嘴角露出了一丝高深莫测的笑意："一定是。但两个魏公公显然不能并存。"

在听了碧眼儿说昨夜刘朝公公深夜赶赴这里，身边还秘密带着那个神秘的铁头人时，方子野沉思了片刻，喃喃道："还要确认一下。"

尽管嘴上这么说，但方子野已经可以确定，情况八成就是如此。现在可以勾勒出魏公公引发这场时空风暴的大致情形了：在他那个时空，当柚让刘朝公公为他启动转换仪，偷偷来了一次后，作为魏公公的好友，刘朝将这一次都透露给了魏公公知晓。而魏公公趁着柚回来后潜心为仲家傀儡戏班制作仙山砌末的时候，偷偷又启动了一次转换仪，跑到这边来了。而在过来之前，他又交代许显纯，让他以脑波扫描的方式抹去了刘朝的这一段记忆。而魏公公来到这里后，很快就与这里的魏忠贤牵上了线。

来的时候，魏公公应该带着某样精巧玩具的设计图，搞不好就是柚设计的那件精巧绝伦的仙山砌末。而这个时空的天启帝与柚一样，也是个狂热的手工制作爱好者，以这种方式投其所好，魏公公希望能够在这个时空享受一番独揽大权的愿望。然而他低估了另一个自己的权势之欲，或者说对自己没有了解透彻。此地魏忠贤手中已有的权力远不是自己那边作为京城治安负责人的魏公公所能比拟的。在引起了天启帝的兴趣之后，魏忠贤给魏公公戴上了铁头面具，让刘朝将他带到了偏僻的南海子去了。

"还有多久你们能回去？"

方子野道："大约，就是明天凌晨的丑时一刻吧。"

姚平道大人利用尚未修复的转换仪发过来的那片竹片上，写着是十二个时辰后修复开启。姑且认为他能够做到，那么就是明天凌晨丑时一刻左右。

听到了这个答复,碧眼儿喉咙深处轻轻咕噜了一下,似乎呻吟了一声。现在已经快要到卯时了,天光也已大亮,距离丑时不过九个时辰。对一般人来说,九个时辰自是一段足够长的时间,但要完成这件事,却是短如白驹过隙。

沉吟了片刻,碧眼儿小声道:"先去确认铁头人是不是你们那个魏公公。如果是的话……"

魏公公偷跑到这里来,自是想尝尝在这儿独揽大权的滋味,但他全然没想到这里的魏忠贤绝不会容忍他这么做。如果那铁头人真是魏公公,他并不知道时空风暴的事,一定求之不得地想回去。可如果铁头人不是魏公公也就罢了,如果是,那该如何带他回去?

方子野正有点迟疑,身后突然响起了阿绢的声音:"碧眼儿,你们那只老虎回来了。"

老虎?方子野顿了顿才明白过来阿绢说的是陈琥。陈琥虽然在罗辟邪大人的三弟子中敬陪末座,却也不是个易与之辈。先前阿绢说将陈琥引得远远的了,但他肯定已经发现扑空,所以掉头回来了。

碧眼儿喃喃道:"陈师兄回来了?好快。"

阿绢白了他一眼道:"快什么!你嫌我没把这老虎引远吗?"

见阿绢有点愠意,碧眼儿忙道:"不是的,阿绢,我不是说你不好。"他说着,见阿绢还有点余怒未消,伸手挠了挠头皮,讪讪道:"真不是的,都怪我说错话了。"

看着碧眼儿的神情,方子野既有点好笑,同时又有点羡慕。好在碧眼儿挠了两下头皮,马上道:"阿绢,你们不能被陈师兄看到,先回城吧,我确认了那个铁头人身份后就来与你们碰头。"

阿绢见他要独力承担,有点担心地道:"碧眼儿,你这样行吗?"

"陈师兄胆大，又是个贪功之人，我用言语激他，他一定会与我一同行动的。"

方子野心想碧眼儿说的，与上一回他误闯过来后刘师兄想的脱身之计如出一辙。那一次利用爱抢功的许显纯与崔应元，把出现了两个自己的不解之谜掩饰过去了，而现在碧眼儿袭用的正是刘师兄的故技。就算陈琥发现有两个魏公公，也可以说宫里那个是白莲教的奸细，魏公公是受了陷害，而他们救魏公公于危难，他一定会奋勇争先的。但方子野还是有点担心，说道："但这事只能瞒得过一时，如果陈师兄知道了真相，你又怎么解释？"

碧眼儿小声道："火烧眉毛，且顾眼下，到时再想办法应付吧。"

阿绢道："可是，你让他在哪儿等你？轻粉楼吗？"

"轻粉楼来去的人太多了，会惹人注意，还是去文昌殿吧。"

阿绢看了看方子野，叹道："碧眼儿，我真是前世欠了你的。"

这句抱怨中，有着柔情无限，却让方子野尴尬不已。明明并不是对自己说的，可又是针对自己。

碧眼儿也有点尴尬。如果是旁人，还可以说"有外人在"，但方子野明明也是自己。他道："阿绢，这回是我欠了你的吧。"

阿绢这时也意识到边上还有方子野在。她没再说什么，只是道："方……方公子，我们走吧。"

就在阿绢与方子野离开的当口，阿绢口中的那只老虎正急匆匆地往回赶。

身为武功院后起四天王之一，罗大人的"龙虎狗"三弟子中的"虎"，陈琥向来自视颇高。而他的本领，也足以让他有这般自信。这一次也是他发现了那个人影，可是在追踪着那人影而去时，越走越偏，本来还影影绰绰地跟着的那个身影却一下消失不见，陈琥才发现自己是被甩了。

真要被碧眼儿笑话了。陈琥心中大是懊恼。这一次是他发现了那个可疑的人影，并且也是他坚持要去追踪了，结果自己却被摆了一道，跟丢了人不说，还被弄到了那么远的地方。假如真是什么白莲教或建奴的人潜入南海子，那自己就是中了调虎离山之计，这脸也丢得太大了。

正是怀着这等心思，陈琥已是心急如焚。前面便已是南海子提督衙门了，他又加快了脚步。要躲开提督衙门那些守卫倒是容易，但碧眼儿若是在这里，多半会被他取笑吧。

心里想着，陈琥打量着周围，却不见有方子野的身影。他暗暗松了口气，正待稍稍歇一下，身后忽地响起了一个轻轻的声音："陈师兄。"

仿佛被蛇咬了一口，陈琥忽地转过身，却见方子野正急匆匆地从一边快步跑过来。

方子野的身法很是高明，在武功院四天王中向来认为排名第一，但此时的碧眼儿却似狂奔了十七八里路一般，已是满头大汗，极是狼狈。相比较而言，陈琥虽然也跑得有点气喘，但较诸碧眼儿却是要好得多了。

一见方子野这狼狈模样，陈琥方才的沮丧已然减少了大半，迎上前小声道："碧眼儿，你去哪儿了？让我好找。"

方子野满面羞惭地道："陈师兄，真是汗颜。你说得对，确是有可疑之人，而且这人的身法极高，我本想追上他，可追了十多里也追不上，还让他甩了。"

原来碧眼儿与我一样啊。见到方子野也被人牵着鼻子走了，陈琥心里多少有点幸灾乐祸，更多的则是同仇敌忾，说道："我也差不多。看来南海子里真有什么让这些可疑之人感兴趣的东西。"

方子野皱了皱眉道："陈师兄，你是说……我们是被调虎离山了？"

这句话，其实正是陈琥要说的，却被方子野抢先了。陈琥也皱了皱眉，说道："可南海子有什么值得这些人关注的？难道是王公公？"

"王公公？"

陈琥叹了口气，把本来就很低的声音又压低了些："碧眼儿，有些事你大概不清楚。南海子里关押的，最要紧的一个人就是以前的司礼监秉笔太监王公公……算了，这也是快有两年的事了，应该不会是他。"

王安公公曾是朝中权势最大的太监，但随着魏忠贤公公的得势，王安公公被革除了秉笔太监之职，被发配到南海子来当一个专事洒扫的净军。说是净军，其实却是关押起来。

这件事，罗辟邪因为与魏忠贤公公走得很近，跟自己这三个得意弟子闲聊时说起过。陈琥当时听得便有点毛骨悚然，心想朝中权势之争，原来如此凶险，一不当心便会身首异处。而这等秘事，只有与魏公公走得很近的师父才能听到，若是场面上看来，无非是"宦官王安，因有不法之举，故革职查办，贬为南海子净军"之类，谁也想不到背后还有这等血淋淋的纷争。他心想方子野的老师王景湘本来就与魏公公甚是疏远，方子野当然也听不到这等秘辛，倒也不必对他说得太细。

方子野犹豫着道："那么说来，一定还有别的事了。为稳妥起见，陈师兄，你说我们要不要去暗中查看一下？但就怕刘朝公公他……"

南海子提督衙门虽然不是什么军机重地，但看新上任的刘朝公公这模样，肯定不是个好相与的，若是被发现的话，搞不好会闹出点事来。可正如碧眼儿说的，南海子肯定有另外的秘密，如真被人盯上了，以刘朝公公这种狐假虎威的手段，肯定对付不了，自己若是能够一手力阻这阴谋，那不仅在武功院，便是锦衣卫，甚至魏公公面前，也会扬眉吐气一回了。

一念至此，陈琥哪里还有犹豫，斩钉截铁地道："不要被那些守卫发现就是了。碧眼儿，以你我的本事，难道还用担心这个？"

"一切听从陈师兄安排。"

虽然说得坚决，陈琥还是多少有点担心。要在南海子不被守卫发现，其实甚是容易，但提督衙门纵然占地不小，终是有不少人住着，想要瞒天过海，陈琥一个人还真有点没把握。不过现在与方子野一同行动，陈琥这才放下了心。

碧眼儿的身法，似乎比老师还好！

虽然知道方子野身法极佳，可真个见到方子野闪转腾挪，陈琥才叹为观止。他的老师向来不服方子野的老师，可有一点无论如何也得承认，王景湘大人的武功的确较老师稍胜一筹，即使老师不承认也没辙。

陈琥的身法虽然没方子野高明，但有了方子野引领，此时也能悄无声息地潜入。现在也正在吃早点的时候了，那些守卫和太监都聚在了一处吃着东西，倒是给他们的行动更增便利。只是绕着提督府衙门看了一圈，并没发现有什么可疑的。

不论是建奴还是白莲教，都不会对南海子的太监与守卫的伙食有兴趣吧。陈琥正有点失望，却听得方子野小声道："陈师兄，你看。"

从那边看过去，只见有个太监提了个食盒子正沿着一条过道向里走去。陈琥正待说送个饭没什么奇怪的，突然心头一凛。

在宫中，这样的行为自是一定不奇怪，但这儿是在南海子。那小太监提的食盒不大，显然只有一人份。南海子里除了新上任的提督，大概没有谁有这面子需要送饭，而刘朝公公的提督府却是在前面。陈琥也登时来了劲头，小声道："跟上他。"

这小太监自是做梦都没想到有人会暗中跟着自己，仍是不紧不慢地在廊下走着。待走到一个院落，那小太监掏出钥匙来开了门，走进去时还将门反着闩上了。

见此情景，陈琥更是诧异。这个小院与别处完全不通，而且院墙极高，看上去便是个关人的所在。

这小院子里，肯定有个非常重要的人。但南海子并不是关人的所在，如果这人极其重要，自有地方比南海子更重要，为什么要将这人关到这里来？

此时那小太监已进了院子，只过了片刻，便提着食盒走了出来，定然已将食物放下了。看着那小太监又小心翼翼地锁上门，陈琥已是按捺不住好奇，小声道："碧眼儿，我先去看个究竟。"

"陈师兄小心。"

陈琥看了看四周，见再无旁人，便从墙上一跃而下。

这墙很高，陈琥生怕会出声，所以跃下时先将一手搭在墙头，待身体挂下了，这才一松手。如此一来，一丈多高的墙头，相当于只需跳下六七尺，只发出了嚓一声轻响，比一片落叶落到地上的声音大不了多少。

他刚落地，却觉身后忽地落下一团黑影。这黑影便如烟气一般，竟是一点声音都没有，陈琥吓了一跳，定睛看时，却是方子野。

碧眼儿的身法果然高明。陈琥想着，见方子野已闪身到了窗前，他连忙也凑了过去。

从窗隙往里看去，可以看到屋里陈设非常简单，就只有一张北地居民家常见的炕，以及一张小炕桌。小炕桌上只放着一碗粥和几张饼，亦是家常食物。只是，坐在炕上吃东西的，却是一个头上罩着个铁皮罩子的人。

这罩子将此人的头罩得严严实实，只露出了口鼻眼睛。因为有这个头罩，那人吃东西也有点费力，将饼撕碎了泡在粥里，然后拿一个小勺子往嘴里送。

这情景有种说不出的诡异，大大出乎陈琥意料之外。他因为惊诧，不经意间将头轻轻磕在了窗框上。

虽然陈琥的脑袋上没有铁头罩，但这样一磕，也发出了砰一声轻响。他吓了一跳，屋里那铁头人亦是吃了一惊，轻声叫道："是谁？"

天启

第十八章

麈柄已削媚骨谋权柄 欲心未死甘辞隐祸心

文昌殿就在紫禁城西南边，离太液池更近。在方子野那个时空里，文昌殿是沈氏财团投资的文昌出版公司的总部所在地。他去过一次，当时见到在巍峨的梓潼帝君像下，一字排开了六十多台印刷机，许多印刷工人干得热火朝天，让他颇为吃惊。那个时候，短短几个月里，万历帝归天、新继位的泰昌帝即位，不到一个月泰昌帝也归天，随后柚这个天启帝继位。这么短的时间里接连发生了这么多大事，因此帝都各大报纸全都在赶印号外，文昌出版公司在那个时候全线开动，日夜加班，据说等柚继位后，文昌出版公司的八十台印刷机印坏了五十台，但那个东家也因此赚了一大笔，乐得合不拢嘴。

然而在这个时空，文昌殿却是冷冷清清。这里的人没有经历过唐代开元、天宝时的思想大爆炸，也没经历过宋代熙宁时的工业大革命，直到现在仍怀有很重的迷信思想，文昌殿里并没有文昌出版公司，仅仅是那些士子在赶考前来求个吉利的所在。现在因为还没到考期，所以文昌殿里人都没有，管理文昌殿的是个年纪很大的庙祝，见到这时候居然有人前来烧这冷灶，连忙过来献茶。等阿绢给了他几个铜钱后，这老庙祝连连感谢，便退了下去，让这两个难得的香客在楼上休息。

方子野看了这庙祝两眼，看得那庙祝心里有点发毛，心想是不是自己在不知不觉中得罪了这位公子。其实方子野想到的，却是在他的时空里，这庙祝正是文昌出版公司的东家，很有几个钱，在大明富豪榜上也能排进前一千名去，平时说话都趾高气扬，与这畏畏缩缩的老庙祝完全是截然不同的两个形象。

紫禁城周围的房屋不许超过紫禁城城墙，这一点两个时空倒是一致。从文昌殿楼上望去，看得到远处的一道黄墙。一想到柚正在那儿受到张后的庇护，方子野便松了口气。

不管怎么说，在宫中有张后这样一个强援，这件事才有成功的希望。他也正觉得口渴，便端起茶来喝了一口。

北京城的水大多是苦水，这茶也不是什么好茶，但口干舌燥的时候喝一口，却也能让口舌生津。只是这口茶刚咽下去，方子野就觉肚子里一阵绞痛，不禁皱了皱眉。

"方公子，你怎么了？"

阿绢的声音十分温柔，与先前她与碧眼儿斗嘴时判若两人。方子野有点尴尬地笑了笑："我得去找点东西吃。"

自从回到自己的时空，发现时空风暴爆发了，随后转移转换仪，由杨寰领着去鹿野苑，路上杨寰叛变，再遇到袁可立大人，发现许显纯和崔应元他们挟持了柚想开启转移仪，再就是来到这个时空。虽然两个时空有一个时差，但对于他来说，当中经历了快六七个时辰的时间了。除了零星吃过点东西，便再没有东西下肚。把柚留在张后那边自己出来先找碧眼儿没找到，不得已找到阿绢，当中也就是在轻粉楼偷空吃了阿绢待客的两块点心，不然真个要前心贴后心了。

阿绢抿着嘴笑了笑："方公子，对不住，这都怪我。请稍候，我马上便过来。"

当先前方子野到了轻粉楼时，天还没亮，阿绢却是又惊又喜。她还以为过来的便是碧眼儿，而碧眼儿从来没有在这个钟点找过她，那时还幽怨地埋怨了两句，这才发现原来来的并不是碧眼儿。虽然碧眼儿对她向来彬彬有礼，她对碧眼儿自是从来都没客气过，自然也完全没想过要留方子野吃个早点再出来。到现在才算回过味，原来方子野已经饿了半天了，不由暗暗好笑。

阿绢刚说罢，身形一晃，人便不见了踪影。虽然方子野向来以身法自豪，但见到阿绢这等神乎其技的本领，也不禁叹为观止。

随着格致的发展，固然自己那个时空远较这个时空要先进，但同时有些东西却也退步了。像柚最热爱的手工艺制作，较这个时空就大为不如，而武功身法，更是因为有了光合车，很少有人会孜孜以求地修炼了。

也许正是如此，在得到的时候，也会失去。正是因为这样，所以各个时空才有其存在的价值吧。尽管现在只有这两个时空发生了交集，但在浩瀚无垠的宇宙之中，安知是不是还有更多的时空存在？在那个时空里，碧眼儿与飞燕子，也许会和这里的两人一样有这种微妙的关系，也许和自己一样毫无瓜葛，或者还有其他的状态。

方子野并不是个爱玄想的人，但此时却思落天外，想得出神。这些日子的经历，如果写下来，一定是本比《西游记》还要精彩的说部吧，只是贴到中涓网去后，又一定会被那些小太监喷得体无完肤——当然，那是要等信藤网络被修复后了。

"方公子，等急了吧。"

耳边突然又响起了阿绢的声音。方子野有点惊愕地看到阿绢不知什么时候又出现在自己面前了，手上还拿着个荷叶包。一打开这荷叶包，里面是一个热腾腾的白面馒头，里面夹了一大块卤肉。

"方公子，一时也找不到什么细点，好在这等粗食最能顶饿，委屈公子了。"

拿过馒头，方子野心头便是一暖。他基本是在武功院长大的，以前除了武功院的唐师姐，就几乎见不到一个女子。再后来出师，更是难得有与一个女子单独相处的时候了。即使明明知道阿绢便是在武功院挂号的大盗飞燕子，可听着她温柔的声音，终是让他有点局促。加上肚子也真是饿了，他拿起馒头就咬了一大口。

虽然明知道不应该带走这个世界的东西，但方子野现在实在需要吃点东西。何况柚第一次来的时候，也是在这边吃过东西的，应该对两个时空的影响不大。这口馒头一咬下，肉香与面香顿时充溢在口腔中，便是大脑也仿佛瞬间变得清醒了。

"方公子，你们那个世界，和我们这里有什么不一样？"

方子野的嘴里塞满了食物，但阿绢问了，又不能不答，只能费劲地说道："很多都相去无几，但又似是而非。比方说这文昌殿外面，我们那里有一长排都是书肆，这儿却只有很少几家。而文昌殿的这个庙祝，在我们那儿可是个腰缠万贯的富豪……"

阿绢突然噗地笑出了声，马上又用手掩住了嘴。方子野有点尴尬，不知自己这句话有什么好笑，但阿绢又立刻正色道："那在方公子的世界里，也有个我吗？"

方子野点了点头："嗯。"

阿绢的双眼亮了起来，问道："方公子和那个我认识吗？"

方子野摇了摇头道："以前，我真不知道阿绢姑娘你便是……便是那个人。我还参加过几次搜捕，结果全都劳而无功。"

在自己那个时空的飞燕子，只要身法与阿绢一样神出鬼没，那真的几乎无法捉住她了，难怪会在武功院挂上号。

这话让阿绢有点得意，她又掩住口笑了笑，说道："对了，方公子，你现在知道了我的身份，那你回去的话，能请你放那个世界的我一马吗？"

方子野将嘴里的食物咽了下去，叹道："阿绢姑娘，碧眼儿已经这样要求过我了。便是不认得阿绢姑娘你，我也要答应。"

"是吗？"

阿绢的嘴角浮起了一丝笑意，眼神也多了一分温柔。这让方子野多少有点嫉妒，他知道阿绢定然想到了碧眼儿，而不是眼前这个外表一模一样的自己。

他没再多说,只顾大口大口地吃着那夹肉馒头。馒头很香,却也很干,但如此一来,这杯不太好喝的茶水却也显得味道很不错了。而阿绢对方子野那个世界十分好奇,不住地问着问题,衣食住行,样样都想知道,方子野说的每一样都让她惊叹不已。

"真想去你们那儿看看啊!"

在听了方子野说,他们那边的瓦舍勾栏演出最多的是一种投影在白色幕布上的影戏,比真人演的传奇杂剧还要精彩时,阿绢发出了由衷的赞叹。与武功院开发的尖端格致技术相比,这些热闹精彩的娱乐业更容易触动市井百姓。阿绢虽然身为名声赫赫的大盗飞燕子,这一点上却也和寻常的市民没什么两样。方子野苦笑道:"如果这件事解决不了,那两个世界都将彻底毁灭。"

阿绢有点失望地哦了一下。现在两个人之间又陷入了沉默。方子野埋头啃着那个夹肉大馒头,待吃完了,这才觉得肚子好受了许多。

看来两个世界不是绝对不能接触,这儿的馒头与那边的馒头便是一模一样。方子野想着,如此看来,将来也许会出现让两个世界有接触而不引发时空风暴的办法吧。当然,这个幻想实在太遥远了,即使让武功院与鹿野苑全力合作,终其一世都未必能够成功。

宇宙如此广袤,知识如此浩瀚,难怪古人会说"吾生也有涯,而知也无涯。以有涯随无涯,殆矣。",方子野有点失落地想着。他在武功院生徒中完成了全套的格致教育,远远超过了一般人,已经能够参与到武功院组织的各项攻关事项中去了,但还是随时会遇到自己全然不懂的领域,这一点上,比托里切利也大大不如。

一想到托里切利,方子野又有点不安。姚大人在那信息上说转换仪出问题了，正在抢修中。而现在能够有这维修能力的，唯有跟随徐光启大人的托里切利了。却不知托里切利能不能顺利修复转换仪，假如他失败的话，又该怎么办……

方子野不敢再往下想了。世界毁灭，这种事以前只有在那些格虚说部中才能看到，他一向认为那都是些闭门造车的荒诞不经之语，却没想到原来离自己如此之近。

阿绢突然站了起来，小声道："碧眼儿来了。"

他来了，方子野也站了起来，心里不知是喜是忧。碧眼儿既然回来了，那就说明他已经确认过那铁头人到底是不是魏公公了。如果是的话，难道已经带回来了？

要瞒过南海子提督衙门这许多人带一个大活人回来，方子野真想不出有什么办法。但至少碧眼儿已经回来了。

此时那庙祝也已看到又有个年轻人过来，心想今天真是流年大吉，接连有香客登门，上前迎道："公子，您是来给文昌帝君进香吗？"待看清那人的相貌，居然与方才登楼的那个年轻公子一般无二。如果不是衣着不同，简直以为是同一个人，心道："原来是位双胞胎公子。唉，有福无福，真是命里注定，人家儿子一生就是一双，我这辈子却只有看大门睡草毡的命了。"

看着碧眼儿上楼，没等他坐下，方子野已忍耐不住，低声道："如何？"

碧眼儿低低道："那人是个叫小德子的太监。"

这名字方子野还是第一次听到，根本不知是何许人也。他登时感到了一阵失望，但碧眼儿马上又低声道："这小德子是魏公公的贴身太监。"

魏公公的贴身太监！这句话让方子野嗅到了不同寻常的气息。他急问道："难道这小德子知道些什么吗？"

碧眼儿抬起头："他说起了另一件小事……"

小德子是魏公公身边的使唤太监，一向很是得宠。碧眼儿虽不认得他，但陈琥随老师去谒见魏公公时，曾见过这小太监。当发现铁头人竟然是小德子时，向来胆大的陈琥也不禁心里发毛，也不说话，伸手轻轻捅了捅碧眼儿。

快走吧。定然是小德子得罪了魏公公，所以才被如此处置。

陈琥是这样想的。不小心趟进了这浑水中，该马上便走才是，绝不要让小德子知道自己两人是谁，免得惹祸上身。但碧眼儿仍不死心，轻声道："小德子，我们是奉公公之命前来，问你可想起了那天的事没有。"

这是句模棱两可的话。如果小德子是因为得罪了魏公公，这句话可以理解成魏公公的威胁；而小德子假如是因为有什么知道的事没说出来，更可以认为自己两人乃是魏公公派来审问的。

在碧眼儿心中，这句话只是为了堵住小德子的嘴，省得他过后乱说，传到刘朝公公耳中惹出不必要的麻烦来。但他没想到自己这句话一问出，却听得小德子在屋里面顿时抽泣起来，说道："大人，我也不知道是怎么回事！"

小德子是个相当嘴碎的人，定然是把窗外这两人真当成魏公公派来讯问自己的人，立时一把眼泪一把鼻涕地说自己也不知是怎么回事，那天他奉魏公公之命去为客巴巴送粽子，客巴巴留他吃了晚饭后才回来。

作为陛下的乳母，客巴巴在宫中的地位也相当高，能被客巴巴赏饭，对小德子这种小太监来说实是莫大的荣幸。而客巴巴居然还屈尊要小德子在魏公公面前提提自己，因为魏公公好些天都没过来了。

客巴巴乃是陛下乳母，相当有权势，当初魏公公还曾与介绍他入宫的把兄弟魏朝公公闹了个不欢而散，因为那时客巴巴是与魏朝对食的，但魏朝因为要侍奉王安公公与当时的皇太孙——现在的陛下，一直没空搭理客巴巴，结果被魏公公乘虚而入。此事被魏朝发现后，两位魏公公还曾大打出手了一番，是王安公公逼着魏朝将客巴巴让给了魏公公才算了事。

当时魏公公为了客巴巴还曾干出这等事来，可现在客巴巴居然要自己传话说情，小德子登时觉得自己原来如此了得，便在客巴巴那里多待了一阵，还难得喝了几小杯。

待出来的时候，天也已经晚了。不过对于太监来说，在后宫可以通行无碍，小德子也没往心里去，一路上只在想着该如何恰到好处地向魏公公进上一言，讲述一下客巴巴对他的思念之情，请魏公公念在伉俪之情上多去看望。

也就是因为一路想着心事，他忘了魏公公不让他进后院的禁令，直接进了魏公公居处的后院去了，然后，一见魏公公站在那儿，他马上过去跪下磕头，说了客巴巴要自己来传的话。

刚说罢，他突然惊愕地发现，魏公公怒冲冲地从另一侧走来，而自己正在对之磕头的那人却不知何时闪到了一边。随后，便是魏公公马上将刘朝公公叫来，当晚就将自己送到了南海子。

"两位大人，小的就是认错了个人，可那人长得真个与公公太像了，而且别个什么都没说。"

小德子说得极是委屈。在他看来，自己进了宫后，就几乎见不到外人了，成天就围着魏公公转。那位公公衣着虽然与魏公公不太一样，但长得如此相像，自己认错人也是难免的。

碧眼儿的复述十分平静，也很是简洁，但方子野不由自主地低低呻吟了一声。

"能有办法吗？"

这里的魏公公权势熏天,要从他手上将自己那个时空来的魏公公带回去,方子野已然感到了绝望。但碧眼儿的眼珠子却异样的明亮,小声道:"办法是人想的。"

碧眼儿的镇定,让方子野有一丝羞愧。他咽了口唾沫,又小声道:"陈琥师兄呢?他没起疑?"

碧眼儿笑了:"没有。陈师兄觉得,那就是两个太监在争风吃醋。这些阉人,吃起醋来比常人厉害得多,所以他自认晦气,让我快点走,他根本不想再牵涉到此事中。"

方子野也笑了。在他那个时空,太监这个群体也一样让人既好奇,又好笑,而太监吃醋,同样是个笑话中常见的题材,至少书院网上经常能见到,虽然中涓网的管理员见到后会立刻删除。他顿了顿,说道:"那你想到什么办法没有?"

碧眼儿的笑意消失了,嘴角却微微抽了抽。这表情有点高深莫测,方子野却是太熟悉不过了,因为那正是自己有了什么主意,却又吃不准时的习惯表情。还是个武功院生徒时,师姐唐文雅就常取笑他把什么都写在了脸上,而这另一个世界的自己原来也是一样。他将手指在桌上轻轻敲了敲,小声道:"没多少时间了,想到什么主意不妨都说出来听听。"

碧眼儿有点吞吞吐吐地说道:"主意倒有一个,只是……"

"只是什么?"

碧眼儿摇了摇头,叹道:"这主意实在太离谱,而且极可能会惹出一场泼天大祸,可是……"

可是什么,碧眼儿却没再说。但方子野已经隐隐猜到了一点什么,面前这个人,可以说就是自己。即使彼此身处两个世界,但他觉得碧眼儿的想法几乎能与自己同步。他小声道:"你难道是说……"

方子野也没有说下去，但碧眼儿那一双蓝眼珠却是闪烁了一下。这一瞬，他就已经知道自己所料不错，而碧眼儿也分明知道自己猜中了他的心思。

不可能！方子野差一点马上就要叫出声来。碧眼儿这想法，太胆大包天了。他有点心虚地看了看四周，好在文昌殿现在根本没人，那老庙祝拿到了赏钱，已经喝了两口回屋睡觉去了，现在再无旁人进来，只有树上的知了正在声嘶力竭地聒噪个不停，他们便是说话再响一点也没人听得到，更何况还有阿绢在为他们望风。

"这样能行吗？"方子野有点犹豫。他在武功院长大，自幼就接受了系统的教育，"法度"二字几乎刻在了他的骨骼上，他实在想不到碧眼儿会有这等无法无天的想法。

"先斩后奏，本来就是锦衣卫的作风。你们那边不这样吗？"

方子野叹了一口气，却有点想苦笑。在这里，皇权至高无上，直属于皇帝陛下的锦衣卫自然也可以超越法律，但在自己那边，因为有《弘治宪章》约束，这些都是不可想象的。自己因为先入为主，所以根本没往这儿想。但回过头想想，要在宫中将魏公公带到深夜的太液池边，也许真的只有这一条可行之道了。他沉吟了一下，说道："你说得没错，只是要如何才能执行？"

碧眼儿仿佛看穿了他的心事，小声道："我记得你说起过，这些日子魏公公常和陛下泡在工房里流连忘返，是吧？"

方子野点了点头："这是张后所言，不会有错。"

"那就有一线机会了……"

几乎在这两个碧眼儿密谋的同时，此时的宫中，当今的大明至尊，天启帝朱由校正如碧眼儿说的那样，在工房里流连忘返。

一个皇帝居然在宫中设一个工房，成天沉浸在制作各类器具中而乐此不疲,也算亘古以来第一人。此时的天启帝正在仔细察看着刚呈送上来的一个东西。

如果是木质结构,天启帝向来都是自己动手。但这是个形状有点奇怪的金属零件,就算是陛下,也不能在宫中设个熔炉来烧炭打铁,所以专门征召了武功院的工匠,将需要做的零件交给他们来制作。

武功院的工匠,堪称天下少有的绝顶工匠,这个铜质零件打磨得非常光滑,尺寸也极为精密。就算天启帝本身便是个非常挑剔的工匠,也挑不出什么毛病来。

"大伴,这东西组装起来,真能夺造化之秘吗?"

"大伴"本是天启帝的爷爷万历帝对当时的司礼监秉笔太监冯保的称谓。虽然冯保最终也因为张居正的过世而失势,但也是从那个时候起,对司礼监秉笔太监的这个称谓便传了下来。在天启帝眼里,比起前一任的王安公公,眼前这位无微不至地照顾自己、带自己玩乐的魏忠贤公公,才是真正的大伴。

魏公公深深地打了个躬道:"是啊,这也是陛下您洪福齐天,方才有这仙器传世。"

天启帝将那零件放在了架子上。他又看了一眼已经做好了的一些零件,无一不是精巧绝伦,简直非这个世界所能有,不禁叹道:"是啊,这些玩意儿也真个精致得紧,我都没想过还能有这等东西。大伴,你到底是从哪里弄来的这图纸?"

"陛下,那是上天见奴婢对陛下的一片忠爱之心,这才自天而降的。"

魏公公用一种虽然谄媚,但也不失分寸的态度说着。天启帝说着,看了看壁上挂着的一幅图。这幅图也画得极为精致,每个零件的形状、尺寸都标得清清楚楚。他叹道:"看来真是仙人所传,朕想这世上也没人能设计出这等仙器来。"

天启帝没读过什么书，因此很是相信鬼神。前一阵子，他一直都想着做这么一个东西，但实在太精巧了，完全漫无头绪。所以当他看到魏公公献上的这图纸时，几乎要叫出声来。

这不正是朕要做的东西吗？这句话天启帝差一点就出了口。几乎与他正在心中构想的一模一样，甚至，一些本来想不通的地方，这图纸上也画得清清楚楚了。所以当魏公公说什么此图乃是天降仙人所授，天启帝虽然觉得离谱了点，心中却也信了八分。

朕为天子，富有四海，仙人也来助我一臂之力吧。天启帝想着，又摸了摸几个零件，说道："大伴，你传令下去，让他们把剩下的几个零件早点做好了。"他顿了顿，又道："都要做得这么好，到时候朕重重有赏！"

"遵旨。"

天启帝并不是个很敏感的人，而且魏公公也正躬着身，自然不会发现魏公公此时眼中闪过的一丝得意之色。

天启

第十九章

聚大匠珍玩奇技淫巧　烹小鲜治国阳奉阴违

陈琥回到武功院时，肚里实是没什么好气。

这趟差事，先受了刘朝公公的气不说，随后便是没来由地卷进了一场莫名其妙的纠纷中去了。虽然他从没进过宫，但用脚想也知道魏公公定然又在和哪个大太监争风吃醋，结果小德子还忙中出错，禀报错了人，让魏公公恼羞成怒。

不管怎么看，这种太监之间的风月之事，实在等同笑话，可小德子得了这般一个下场，还是让陈琥有点心寒。魏公公的辣手他早有耳闻，当年魏朝引荐他入宫，随后在王安公公门下听差，但现在，魏朝早已被贬出宫去，王安公公也已被贬往南海子做一个净军。以前他听老师说起，王安公公一直在南海子苟延残喘，可见魏公公多少有点香火之情，但现在他将那个与王安公公有仇的刘朝公公派去做南海子提督，自然便是要结果王公公性命的意思了。

不做则已，做就要做绝。即使是武功强绝一时的老师也对魏公公的果断颇为赞赏，可陈琥总是感到了心寒。特别是看到贴身服侍魏公公的小德子仅仅说错了一句话，竟然被罩个铁头套送去了南海子，陈琥更是有些心惊胆战。

魏公公翻脸无情，假如有一天他要对武功院下手……

虽然在武功院的地位不算高，陈琥也已听到了魏公公想将武功院收归锦衣卫直辖的传闻。现在的武功院虽然名义上是锦衣卫分支，其实却完全独立，即使是炙手可热的锦衣卫北镇抚司，也只能向武功院发请求而非下命令。而且武功院向来与东林一脉关系密切，东林却与魏公公乃是死敌，现在幸亏他老师罗辟邪与北镇抚司许显纯大人关系密切，魏公公也没有什么必要非得取消武功院的独立性，但将来，却是说不定。如果真有那么一天的话，被套上铁头套，送往南海子等死的，是自己也未必不可能。

陈琥打了个寒战。能在武功院出师，并且名列四天王之中，陈琥并不是胆小之人，至少不比秦师兄与徐师弟弱，可一想到魏公公的权势与手段，他还是不禁胆寒。

前面已是地组的总部厚德堂了。这次护送，虽然碧眼儿也参与了，但因为是地组接来的任务，所以由他去复命。陈琥整了整衣服，看看没什么失礼之处，这才向门口走去。

与天组的王景湘指挥使不同，罗辟邪十分注重这些生徒弟子的礼节，甚至近乎吹毛求疵。作揖时双手举起的高度，拱手的时间，都有非常明确的规定，如果出错，会被老师严厉责骂，因此陈琥相当注重这些细节。

然而出乎陈琥意料之外，厚德堂却是空无一人。虽然现在武功院的工匠被陛下抽调一空，一下子变得冷冷清清，但地组竟然一个人都不在，总让人有点奇怪。只是总得复命，陈琥便在厚德堂里找了个位置坐了下来，等着有谁会回来。

本以为等一阵总会有人来，但一直等了大半个时辰，居然还不见人影。眼见日将正午，肚里也有点饥饿了，陈琥再等不及，心道老师只怕有什么事耽搁了，自己索性吃了饭再来等。

他刚走出厚德堂，迎面有个人急匆匆地跑了进来，与他正打了个照面。那人一见陈琥，亦是吃了一惊，叫道："阿琥！你回来了啊！"

那正是陈琥的师兄秦泽泷。

罗辟邪门下这龙、虎、狗三弟子，武功以"狗"徐行师最强。徐行师是魏国公府世子，地位崇高，不与他人等同，武功更是强悍，几与碧眼儿并驾齐驱，但最得罗辟邪宠信的，还是大师兄秦泽泷。

秦泽泷此时脸上却是写满了慌张，不待陈琥说话，马上道："阿琥，你等等我，我拿了刀便走，你随我一同去！"

见秦泽泷说得火急火燎，陈琥怔了怔。待秦泽泷从里面出来，身上已佩好了刀，他问道："师兄，到底出什么事了？"

秦泽泷抬起头，小声道："老师被魏公公叫去骂了一顿。"他顿了顿，又道："就为了那个机械的事，现在老师还不知能不能应付过去。"

秦泽泷说的"那个机械"，是前些天许显纯大人带来交给老师的，让老师派靠得住的人巡逻，说那机械能探测到妖人，一旦有响动，便会有妖人出没。虽然这种事武功院完全可以拒绝，但为了讨好许大人，老师还是亲自接了下来，前一阵一直带着秦泽泷拿着那机械巡逻。陈琥也见过那个机械，虽然觉得做得很精致，但要说能探测到妖人，他是死也不信。前一阵子老师还专门把他叫去，问了那天碧眼儿是不是与自己在一处，因为果然发现了一个极似碧眼儿的妖人。

老师与天组的王指挥使不甚相能，所以对王指挥使这个得意弟子也有偏见，陈琥自是一清二楚。不过那天他正与碧眼儿在搜捕一个不用那机械就发现了的白莲教妖人，而那个妖人的本领好生了得，在他与碧眼儿合力之下方才遭擒，因此他可以打包票说碧眼儿与自己一直不曾分开过，老师这才叹息一声，没再说什么。听得秦泽泷又提起那个机械，他小声道："师兄，虽然碧眼儿是天组，我们是地组，但凭良心说，碧眼儿绝不会是奸细。"

"唉，当然没说碧眼儿是奸细，"秦泽泷说着，又向周围张望了一下，"你还不知道，那机械被偷了，魏公公极为震怒。"

被偷了！

陈琥这回才是真正吓了一跳。老师是何等高人！身怀"出将入相"的名臣杨一清公嫡传枪术，以枪术论，绝对是天下无双。也许正是自恃这等武功，老师有点大意了，再加上他心里只怕也没真个将那个古怪机械当回事,结果便是八十老娘倒绷孩儿,搞出了这么大一个乱子。

"老师能应付过去吗?"陈琥有点担心地问道。

秦泽泷抹了抹额上的冷汗,轻声道:"火烧眉毛,且顾眼下。魏公公将巡逻的事交给了许大人的北镇抚司,我们则被叫去替换北镇之责,接下来得日夜巡逻,绝不能再出乱子。"

"巡逻哪里?"

秦泽泷又看了看四周,似乎担心被隐藏在黑暗中的什么人听到,压低声音说:"豹房!"

豹房!那可是位于紫禁城里的所在。虽然锦衣卫负责紫禁城巡逻,但武功院并无此职权。陈琥一下睁大了眼:"师兄,这是要进紫禁城啊!"

"当然是紫禁城。"秦泽泷有点没好气了,"所以北镇一走,就只能由我们顶上了,总不能让骆大人去巡逻吧。"

秦泽泷说的"骆大人",便是锦衣卫现任指挥使骆思恭。骆思恭执掌锦衣卫已经有四十年了,正因为资格极老,所以一直不买魏公公的账,魏公公既调不动他,也不会相信他,所以就算将罗辟邪臭骂了一通,还是得对罗辟邪委以重任。

秦泽泷的武功平平,但口才却很好,说得言简意赅,从厚德堂走到武功院大门口,已然将前因后果说了个七七八八。正在说着,他突然闭上了口,说道:"碧眼儿也来了啊。"

陈琥看向大门,却见方子野正急急地向这边走来。

方子野在武功院的后起之秀中,向来以镇定见称,但此时陈琥已觉察到碧眼儿的眼中分明也有一丝惶惑,多半同样是因为方才小德子那破事。方子野却也发现了他们,快步上前来行了一礼:"秦师兄,陈师兄。"

秦泽泷嗯了一声，说道："碧眼儿，你来了，正好随我们一起去吧。"

方子野一怔道："请问秦师兄，要去哪里？"

"禁宫豹房巡逻，带你去开开眼。"

武功院的天组与地组并无统属关系，不过现在正值王指挥使外出，天组自然也归罗辟邪暂时节制。老师被魏公公骂了个狗血喷头，这回的事就越发不能再出乱子了。武功院能出外勤的人手本来就不是很多，这回更是要十二个时辰不能脱班，罗辟邪本来就已将天组的人也都叫了去。现在碧眼儿既然送上门来，自然逃不了这份苦差事。

听得要去禁宫豹房，方子野显然有些发愣。陈琥小声道："碧眼儿，走吧，你难道还想违命不成？"

本来陈琥可以休息一天，但因为要复命，结果被师兄撞了个正着，拉了壮丁。刚才还在想着碧眼儿运气好，能逃过一劫，没想到他也跑来了，陈琥这话已多少有点幸灾乐祸。但方子野倒是浑若无事，说道："遵命。"

豹房便是武功院的工匠暂时抽入宫中后的居所。这地方废弃已久，也好些年没人住了，又僻处禁宫西南隅，现在因要被辟为工房，正在日夜赶工，而原本天启帝的工房却是在后宫里。

方子野看了看周围。现在工房里一个人都没有，静得跟死了一般。自然，这儿是天启帝日常消磨时间的所在，但天启帝纵然再酷爱木工，也不能无时无刻都在工房里。现在正是用膳的时候，天启帝无疑正在寝宫用着晚膳，这里没人才是正常的。

"进来吧，里面没人。"

方子野向门外轻轻说了一句，柚闻声探出了头，看里面真没人,这才走了出来。

探头出来的时候,柚还有点畏畏缩缩,但一看到工房里的情景,他一下睁大了眼,轻声叫道:"哇!这边的我太享福了!"

"享福?"

"是啊。我申请过好几回,也想在宫里建这么个工房,可每回都被叶首辅驳了回来,说没钱!"

柚的口气中带着些愤愤不平。虽然是大明元首,但这个名义其实并没给他带来什么实质性的好处。皇室基金要养这么多宫女太监便不容易了,修缮皇宫更是一笔庞大的资金,方子野已经好几次看到书院网上披露的皇室基金年报上出现赤字,有些激进的书院生甚至提出要取消皇帝,理由就是养着这么一大群人,靡费国库公帑。而柚如此喜欢木工,也是因为从小便在宫里修补那些破了的桌椅条凳。他看到这么宽敞、这么豪华的工房,无怪乎会惊叹。对柚来说,在这样的工房里锯凿砍削一番,便是享无上之福。

方子野却没心思附和柚的感慨,小声道:"快点查查!有没有从那儿带来的东西!"

魏公公现在和天启帝一直泡在工房里,天启帝又召集了大批能工巧匠,不用猜便知道,定是魏公公投其所好,搞来了什么奇巧玩意儿,这东西很可能来自另一个时空,才会让天启帝如此着迷。

必须将不属于这个世界的东西都拿回去,一件不留,否则迟早还会出事。方子野一边想着,一边不由看了看门外。

相比较而言,将那边的魏公公弄回去,虽然困难重重,但相比之下,清理他可能带到这边来的东西,难度只怕更大。如果没有张后的协助,别想完成,但不能因此连累了张后。他见柚一件件地看过去,每一件都看得很仔细,心中便是一沉,小声道:"有这么多吗?"

柚放下了手中正在查看的零件，说道："啊，不是，这是他们自己做的，只是做得竟然比我还要精致得多。"

听得出柚的声音里有些嫉妒。方子野暗暗好笑，心想这些零件都是天启帝召集了武功院的工匠集思广益做出来的，与柚单枪匹马在后宫又锯又刨不可同日而语。他道："不是你做的，你还看那么仔细！"

柚有点委屈，说道："可看着都很眼熟啊，像是……像是我那个八仙过海的仙山砌末！"

方子野还记得，在柳泉居看仲家傀儡班时，柚得意之极地向自己炫耀台上那仙山砌末是自己做的时那模样。他心头一动，抬起了头来，喃喃道："原来是这个！"

柚见方子野看向一边的墙上，也抬头看去。刚一抬头，他便张大嘴啊了一声。刚叫出声，马上省悟这地方不能声张，忙伸手捂住嘴道："仲谋兄，他……他们偷了我的设计图！"

墙上挂的，正是一幅蓬壶仙山砌末的设计图。这图自是柚画的，方子野也没想到，这个有点不学无术的大明名义元首，居然还能画出一手好画。尽管是幅设计图，但每个部件都画得十分清晰准确，还仔细标出了尺寸。

"怎么可以这样！我可是在礼部做过版权登记的，他们这样完全是侵犯版权！"

柚愤愤不平地说着，伸手便想去摘下墙上这幅设计图，但他刚要伸手，却又缩了回来，低声道："啊，原来他们录了个副本！"

这设计图是柚费尽心思做的，因为有机关想不通，还专门来这儿看欢喜佛，他自然很熟稔。乍一看，只觉这图正是自己所绘，但凑近了，才发现与自己的原图多少有点差异。正在迟疑，这时门外突然传来了张后低低的声音："陛下过来了！"

柚和方子野一身的小太监打扮，是以张后贴身太监的名义陪同她来工房，这样才能顺利进来。有张后庇护，自是谁也不阻拦。然而就算是张后，也无法解释为什么带着两个小太监来陛下最为珍重的工房里翻检东西。因此张后这一声轻呼，让柚和方子野都吓了一跳，柚更是嘴唇都有点哆嗦。

是这个时空的柚来了吗？方子野倒没有柚那么慌张，无声地指了指门口，示意他马上出去。

此时向工房走过来的，正是带着一个小太监过来的天启帝。

按理这个时候天启帝刚用罢了晚膳，已是歇息的时候了。但得到了魏公公献上的这座蓬壶仙山设计图，天启帝便已心痒难耐，只盼着能早一天完工。他也知道武功院乃是守护大明的关键，自己将武功院的工匠全部抽调来制作这蓬壶仙山，实是有点不识轻重，所以也想着早点完工为好。

在心里揣摩着完工后那蓬壶仙山的模样，天启帝将手背在身后，低着头慢慢走来。

虽然大字不识几个，但天启帝却着实有工匠的天赋，便是宫中那些宫女太监，也全都毫不违心地赞美陛下手制的木器精美绝伦。然而看到魏公公带来的那幅设计图时，天启帝却真个有点妒忌。

天下竟然能有人设计出这等器物！

不过既然是仙授，那就说得通了，毕竟天子虽富有天下，却仍非仙人。

而能把这个仙人所设计的器物做出来，亦是舍朕其谁。

这样一想，天启帝的心里已是好受多了。也就在快要到工房门前时，耳畔传来了一声轻柔的声音："陛下。"

这一声唤让天启帝也微微吃了一惊。他抬起头，看到面前的张后，两个小太监则远远地站在后面。

天启帝并不是一个称职的皇帝。在后世的史书中，有明诸帝，天启帝的排名非常靠后，但正如泥淖中也会开出白莲，天启帝却是个相当称职的丈夫。对自己这个聪慧美丽的年轻妻子，因为他有着一分难以启齿的自卑，所以更加体贴。这些天由于都在工房忙着造仙器，已有一阵没去坤宁宫看望妻子了，现在见到她，更是有些内疚地说道："阿嫣，你怎么来了？"

"陛下，妾身听闻陛下久在工房，担心陛下身体劳损，故前来探望。"

听着妻子温柔的声音，天启帝的脸上露出了一丝笑意。也只有这个时候，这个大明朝的至尊才真正像个正常人。

"阿嫣，没事了，朕忙过这一阵便来陪你。"天启帝说着，挽起了张后的手，"来，我带你看看我在做的这东西。"

仿佛小孩子得到了什么好玩的东西便想炫耀，天启帝拉着张后进了工房。一到里面，他拿起了案上的两个零件，说道："阿嫣，你瞧，这个做完了，便是个蓬壶山，浇上水，山上各种花鸟仙人还会动起来。"

天启帝一边说着，一边将两个零件拼在了一起。这两个武功院的顶级工匠制成的构件非常精密，拼起来后竟是严丝合缝，一点空隙都没有。天启帝赞道："武功院的人果然厉害！"

天启帝一试上了，便放不下手。那些零件大大小小，已做了不下数十个。一边试着，天启帝一边对照着壁上那幅设计图。张后见他一下子换了个人一般，注意力已尽在这些零件上了，仿佛彻底忘了自己还在他身边，便忍不住小声问道："陛下，这蓬壶仙山有什么用吗？"

天启帝怔了怔，说道："什么用？玩啊。"他马上又笑了笑道："阿嫣，你是喜欢读书的，可也别信书上说的什么玩物丧志，圣人说的话有时也不作数。朕外有叶阁老,内有魏公公,大明江山稳着呢。朕玩物,可不丧志。"

天启帝与张后在工房里说话,他带来的那个小太监恭恭敬敬地站在门外等候。门的另一边则是方子野与柚,因为也是小太监打扮,自然只能侍立门外。只是柚哪里肯安安生生地低眉顺眼站着,听得里面天启帝在说什么自己玩物而不丧志,不禁大有感触,喉咙里低低地咕哝了一句,也不知说了些什么。边上那小太监却吓了一大跳,心道这家伙大概是倚仗娘娘恩宠,都不知自己骨头几两重了,皇上与娘娘在里面说体己话,他居然在外面出声,若是屋里的皇上听了生起气来,搞不好不分青红皂白连自己也要一股脑儿打一顿板子。

就在这小太监心中三分诧异,七分害怕的时候,工房外又传来了一阵急急的脚步声。他抬头看去,却见快步走来的正是司礼秉笔太监魏忠贤公公。

魏公公的手里捧着两个刚做出来的铜制构件,打磨得极其精细,便是这等黄昏时分也灿然生光。他急匆匆地走到工房门口,也不理侍立在门口的这三个小太监,跪下道:"陛下,奴婢魏忠贤求见。"

天启帝在里面听得魏公公的声音,马上应道:"大伴,快进来,是又做出新的东西来了?"

魏公公站起身趋步而入,到了里面见张后也在,却只向天启帝行了一礼道:"陛下,这是刚做得的,奴婢让他们刚打磨好就立马送来了。"

这两个构件正是一个核心部位的最后两块。天启帝正在拿已做好的几个构件拼来拼去,一见魏公公带来的这两个,不由喜出望外,马上接过来拼在一起。

待拼成一处后,已成了一个能灵活转动的部件,天启帝更是欢喜,说道:"阿嫣,你来瞧瞧,我说得用铜铸的才行,果然如此。这仙山要加水才能动,若全用木头的,浸了水后会胀起来,便转不动了。"

他只顾向着张后炫耀,一边魏公公却从怀里摸出个奏折道:"陛下,这儿还有两件奏折,反贼安邦彦围贵阳未解,急求援兵,还有前任兵部尚书田乐之孙田尔耕升迁一事……"

天启帝的心思已尽在这个精密之极的部件上了,哪里还顾得其他,摇了摇手道:"没见朕在忙吗?这等小事,大伴你看着办吧,反正你是秉笔太监了。"

魏公公恭恭敬敬地行了一礼,说道:"奴婢遵旨。"正待要走,张后忽道:"陛下,妾身新近读了本书,有些不解,不知陛下能否教我。"

妻子发话,天启帝总算把目光从那部件上收了回来,笑道:"阿嫣,你这不是为难我吗?你知道我没读过什么书,哪能教你?"

"妾身读的是《赵高传》。"

一瞬间,魏公公眼里闪过了一丝寒光,但天启帝仍是浑若不解,说道:"赵高?这是什么人?没听说过前朝有这样一位大匠[1]。"

张后暗暗叹了口气。这个身为至尊的丈夫,因为当初他的父亲泰昌帝为太子时不得万历帝喜欢,自然也顾不上这位不得宠的皇太孙了,因而他从小便没读过什么书。即位后好容易识了几个字,却又一门心思放在了木工上,连朝政都不想理。方才见魏公公带来的这两份奏折,田尔耕升迁尚属小事,而安邦彦围贵阳,那是

---

1. 古时对手艺技术高超的工匠的称呼,也指古时专管工艺营造等机构中的高级工匠。

何等大事。便是身处深宫,张后也听得奢崇明、安邦彦在西南反叛一事。安邦彦尤其嚣张,麾兵围困贵阳,致贵阳城中人相食,惨不忍睹。现在贵阳又来告急,这等大事天启帝居然不闻不问,就让魏公公随手签发了,而自己旁敲侧击的进谏,他更是听都听不懂。只是这话终如骨鲠在喉,不吐不快,柔声道:"陛下,赵高乃是秦始皇帝时的太监。"

天启帝哈哈一笑,看了看魏公公道:"那便是秦始皇帝的大伴啊,朕过两天叫人念给我听听。"

这时魏公公又是深深行了一礼道:"陛下,娘娘,那奴婢先行告退了。"

"走吧。对了,大伴,你到豹房那边叫他们加紧点做,朕要三天里把这仙山做出来。"

"遵旨。"

魏公公来得急,走得更急。他连门边这三个小太监都不曾注意到,而柚却已是有点哆嗦。

"大伴"。

这也是他对自己那个世界的魏公公的称呼。在柚看来,魏公公确是个好人,一直陪着自己玩,还想方设法从内阁帮自己要钱,更能弄点乾天罗骑马布的代言费回来花。可就是这个魏公公偷偷溜到这里来,这才惹出这么大的祸事。

"陛下,那妾身告退,还请陛下早点安歇。"

工房里传出来张后的声音,温柔,却又带着点无奈,随即是天启帝心不在焉的声音:"好的好的,阿嫣,你走路小心点。"

张后走出了工房,方子野与柚连忙低头跟着她走去。

此时的方子野心中却也如波涛起伏,既是震惊,又是惶惑。

魏公公在这个世界如此弄权,难怪自己那边的魏公公会不顾一切过来。

　　只是，离丑时一刻已经不到五个时辰了，这五个时辰里要将已经尝到权势在手滋味的魏公公带回去，更要清除掉他留在这里的一切痕迹，还不能被这里的魏公公阻挠，这一切，有可能做到吗？

天启

第二十章

蛛丝余迹生铁终有隙　虎口拔牙诸事不留痕

"原来，两个魏公公联手了。"

听了方子野的简述后，张后的双眉微微一蹙。看着她的模样，一旁的柚心里突然没来由地一疼，也顾不得欣赏那尊塑得极其精美的真武大像了，小声道："娘娘，那魏公公还把我的仙山设计图给偷来了。"

"便是陛下正在做的那个？"

柚重重点了点头："是。那可是我想出来的。"

这句话才是柚真正想说的。方才听得天启帝在工房里向张后炫耀这仙山如何巧妙，他越听越不是滋味，心想这可都是自己的心血，无论如何都要向张后澄清。

但张后似乎对设计图是不是柚想出来的并没有什么兴趣，她想了想，向方子野道："方先生，你有什么办法将你们那魏公公带回去吗？"

方子野沉吟了一下，说道："禀娘娘，我与几个朋友商议过，觉得最好的办法，还是用强。"

这正是在文昌殿的阁楼上，碧眼儿提出的主意。闯过来的魏公公不是个通情理的人，如果知道自己来的世界正在爆发时空风暴，定然打死他都不肯回去，所以最好的办法，还是用强。

听得碧眼儿说出这主意时，方子野险些就要斥他异想天开。然而仔细想想，却又不得不承认，碧眼儿说的只怕是唯一可行的了。但也正如碧眼儿所说，万一出了乱子，就会惹出一场泼天大祸，将这边的世界也搅得沸沸扬扬，所以必须要计划完善，神不知鬼不觉地带走那个不属于这里的魏公公。好在魏公公多半不是个武功高手，用强也并非不可能，只消有张后的协助。

听得方子野说要用强，张后怔了怔，但迟疑了一下后，她道："确实，也只有这个办法了。"

与一个天启帝、一个大明皇后一同商议，如何绑票大明最有权势的太监，这等经历实在有若梦寐。方子野突然有点自嘲地想着。

　　好在，此时他们是在紫禁城最北面后苑的钦安殿里。钦安殿是供真武的地方，因为当初嘉靖帝笃信道教，常在此设斋打醮，贡献青词。不过后来的隆庆、万历诸帝都不怎么信奉道教，当今的天启帝更是沉溺于木工制作，钦安殿已相当冷清，也就是每月初一、十五依例进香时，才有太监宫女来打扫一番，平常都没人过来。张后以进香之名过来，说是要清静，只带了两个小太监入内，别个宫女太监都暂时回避，所以他们就算在商议绑票魏公公，只消不是大声疾呼，便不怕被人听到。

　　张后也沉吟了一下，说道："此事最关键的，还是要尽量神不知鬼不觉，不要惊动了陛下。方先生，您能做到吗？"

　　方子野还未开口，一旁柚已然抢道："娘娘你放心，仲谋兄的本事好大，简直与孙猴子一般。"

　　"孙猴子？"

　　柚道："娘娘没看过《西游记》吗？可好看了……"

　　见柚一副要说全本《西游记》的架势，方子野忙打断了他的话道："娘娘，小人尽量。只要看准时机，应该可以做到不惊动他人便将魏公公擒来。"

　　张后点了点头道："那样便好。到时我会再以拜月之名，将……将这位先生送到太液池边。"

　　方子野暗暗苦笑了一下。昨天十五，张后才去拜过月。但今天已是十六了，若是再拜一次月，多少会让人感到有点奇怪。不过作为一国之后，自不会有谁敢对张后说三道四。他躬身一礼道："多谢娘娘。"

张后淡淡道:"何足言谢,都是本分。"

即使真是本分,但作为这个世界的人,除了碧眼儿,张后竟然也能理解这种两个时空的概念,方子野真个没想到。眼前这个年轻的皇后,接受的也是这边中世纪式的女子教育。如果她生在自己那边,接受了武功院的尖端教育,以她这等才智,成就只怕会比唐师姐还要大。

方子野一边想着,眼角瞟去,却见柚不再说《西游记》了,倒是一边直勾勾地盯着张后的侧脸,眼神中满是崇敬,便是对徐光启大人都没这般过。他有点担心,柚这样猪八戒见人参果一般地盯着张后看,会让张后生气,便轻咳了一声道:"还有,柚兄你在工房见到那图纸,真不是正本吗?"

柚这时才感觉到了自己的失态,回过了神来,讪笑了笑道:"啊,是的,那是个副本。我画的正本用的是鸭嘴笔,那副本却是用软笔画的,而且我在一角上敲的礼部版权登记章也没了。"

天启帝尽数抽调了武功院的工匠过来,都安置在豹房这一带,工匠们做好的零件不断送过来,那图纸正本无疑就放在了豹房里。这正本同样是不属于这个世界的东西,必须带回去。但豹房里的工匠日夜开工,要在众目睽睽之下把图纸弄出来,只怕比将魏公公打晕了带回去还要麻烦。

可否让柚光明正大地去拿?这主意刚一浮上心头,方子野就马上否定了。固然柚以天启帝的身份去豹房的话,大摇大摆拿出来也没人敢说什么,但天启帝正不顾一切地要工匠赶工,这当口将图纸拿走,肯定会让人生疑。何况,以柚那种不靠谱的作风,方子野实在有点害怕他会成事不足,败事有余。

看来,只有自己去一趟了。方子野起身向张后行了一礼,轻身道:"娘娘,多谢您鼎力相助,那小人自去准备,我们两个世界,尽托娘娘之福得以保全了。"

张后点了点头,轻声道:"方先生,祝你顺利。"

方子野又行了一礼,整了整身上这套太监制服,走出了钦安殿。

在禁宫里穿行,固然不是件易事,但有坤宁宫配发的腰牌,自可通行无阻。方子野走出钦安殿时,不禁深深吁了一口气。

他最希望的,自是能有碧眼儿协助。只是方子野很清楚,碧眼儿再闯到宫里来的话实在太危险了。假如自己暴露了,闹出了什么轩然大波,还可以一走了事,碧眼儿却非成为众矢之的不可,搞不好会因此断送性命,因此执意没让他过来。只是在这个熟悉而又陌生的世界里,没有碧眼儿帮助自己,他就算再胆大狂妄,还是感到了一丝无助。万幸的事,张后竟能如此睿智,难怪柚简直要对她入迷了。

在自己那个世界,有魏公公和许显纯这等人。而这边这个古代社会里,同样有着碧眼儿与张后这样的人。所以不论哪个时空,无论什么人,总是有其存在的价值吧。

方子野想着,一直以来,尽管老师十分看重他,他也十分努力,但身为孤儿的自己,总是有种漂泊无依之感。而始料未及的是,在这个恍若梦寐的异时空里,一样有着值得信赖的同伴。即使这件事解决后,两个时空再没有交集的可能,但只要想到在另外一个世界上,同样有着能理解自己的人,方子野就踏实了许多。

不仅仅是为了自己那边,同样,也是为了这里,一定要制止这场浩劫!

也就在他暗暗发狠,不由自主地攥紧了拳头的时候,头顶突然传来了几声鸟鸣。

紫禁城占地甚广,但因为怕暗藏不法之徒,所以树木种得并不多,飞鸟也难得一过。但听到鸟鸣声,终是不足为奇。不过方子野却是精神一振,抬头望去。

这是先前在文昌殿与阿绢商量好的信号,但方子野也没想到阿绢居然在这时候出现。

真不愧是身法冠绝天下的飞燕子!方子野暗暗赞叹了一声。但他刚抬起头,却听得身后传来了一个声音:"方先生!"

方子野转过头,却见穿着一身夜行衣的阿绢站在自己身后。虽然现在已是黄昏将逝,天色也渐渐暗了下来了,但阿绢这样大模大样地出现在面前,终是让方子野吓了一跳。他小声道:"阿绢姑娘……"还不待说完,已然警惕地向四周看了看。

看到方子野这副如临大敌的模样,阿绢伸手掩住嘴角,轻轻地嗤笑了一下,轻声说:"方先生,你也真与碧眼儿一样。"

什么叫与碧眼儿一样!方子野心里暗叹了一声。自己明明也是碧眼儿,但在阿绢眼中,自己却一直只是个碧眼儿的副本,也许,永远都不是真正的碧眼儿。他道:"阿绢姑娘,你怎么来这儿了?万一被人发现就糟了。"

阿绢笑了笑:"紫禁城哪个地方我没去过?别说这后苑,便是乾清宫、东西六宫,我都到过。不用担心,我已经查看过了,而且十丈以内有人,我都能马上察觉到。"她说着,又带着点佩服道:"真没想到,张皇后居然肯帮你们。"

方子野讪笑了一下。阿绢的本事,他很清楚了。在他那个世界的飞燕子,便以行踪诡秘、飘忽不定而出名,姚平道大人为了对付飞燕子,要求武功院开发一套穿戴式外骨甲。据说一旦开发成功,可以使人的身法瞬间提高一倍,而内定的实验人员正是以身法出众闻名的方子野。方子野还记得那时自己既兴奋,又有点担心,只是这套外骨甲的开发遇到了瓶颈,一直未能有进展,让他也颇有点遗憾。也正因为如此,他知道阿绢说的不是谎话,她只怕真个在禁宫来去自如,如履平地。而且以她的身手,若有人靠近,她确实能马上觉察到。早上她在为自己与碧眼儿望风时,陈琥一回来,便被她发现了,根本逃不过她的眼睛。

想到这儿,他心头一动,说道:"阿绢姑娘,有件事,能不能麻烦你?"

"什么?"

"豹房有一份设计图,是从我那边的世界弄来的,阿绢姑娘能不能帮我拿回来?"

方子野说着,将那张设计图的模样说了。天启帝工房那张做得相当精致,与原件很接近,便是柚第一眼也看错了。听得工房有一张复制品,阿绢点了点头道:"好,有碧眼儿相助,弄这张图很容易。"

这话让方子野一怔,都不明白阿绢是什么意思。阿绢也马上意识到了,微笑道:"方先生,是那个碧眼儿。今天他被拖来,正在豹房巡逻。"

方子野诧道:"是怎么回事?武功院并无这等巡逻职责啊。"

"是魏公公的命令。北镇抚司的人今晚去巡逻广平库一带了。"

方子野恍然大悟,心想定是罗辟邪大人的主意了。碧眼儿说过,这里的罗大人相当接近魏公公这一脉,而魏公公看来也相当信任他,所以将这巡逻的事也交给了罗大人,碧眼儿则是被拉来凑人数的。他道:"那好,阿绢,多谢你了。"

阿绢又抿嘴笑了笑,小声道:"别忘了你答应我的事啊。"

方子野一怔,却马上想到阿绢要自己回去后,对自己那世界的飞燕子网开一面的事。虽然这事有点违背方子野的原则,但原则终是可以变通的,他点了点头道:"关于我那个世界的阿绢姑娘吧?请放心。"

见方子野又答应了一遍,阿绢才放下了心,说道:"好,方先生,等丑时我会将那图纸交给你。"

方子野心下一宽,向阿绢深深一躬。只是他还不曾将腰弯足了,却听得阿绢的声音响起:"方先生,这可担不起。"听声音,却已在数丈外了,而她的身影已全然看不到。

真是神乎其技啊!方子野在心底暗暗赞叹。虽然五行拳同样以身法著称,但方子野所学的身法是配合拳术使用的,与阿绢修习的这种进退都快若闪电的身法完全是两个路子。

以飞燕子的身手,加上碧眼儿照应,将那图纸弄回来应该不在话下。只是时机一定要抓准,一旦聚集在豹房的工匠发现那图纸不见了,定然会声张起来,所以阿绢要在最后一刻才动手盗图。

而这样一来,自己只要将魏公公弄来就行了。

虽然没有阿绢这等鬼魅般的身法,但以方子野的本领,要避开闲人耳目却是轻而易举。天启朝宫中的太监名义上有数万,其实却有不少空缺,因为那些太监头目好借空缺吞没一些俸银,实际总数最多只有八九千人。但一些太监宫女便是在宫中待到老死,都相互之间不认得,何况方子野还带着张后给的便宜行事的腰牌,他要做的只是低下头,以免被人看到自己的蓝眼珠而引起注意。这般一来,他就更似一个畏畏缩缩的小太监,虽然从钦安殿出来也曾碰上几个过路的太监,例行公事地互相行了一礼便擦肩而过,根本没人在意方子野这样一个小太监。

方子野这等小太监自是没人会注意,但魏公公这样的大人物,却是难匿行迹。刚走到养心殿西墙边,迎面有两个太监正交头接耳地走过来。这两人谈得火热,也没在意方子野,加上方子野让到了一边，他二人更是毫不在意，只顾着边走边说，连招呼也不打一个便走了过去。

"这家伙现在是抖了，全然忘了还叫李进忠的时候……"

说话的这太监声音不响，但口气显然有点愤愤不平。方子野在中渭网上看到过，乾天罗布社的广告中提起过几个代言人的资料，除了歌姬沈滴珠、女伶李冰兰这些女子，也有唯一的特别代言人魏公公的资料，提到魏公公本名李进忠。看说话那太监的服饰，品级应该不算低，可能当初不比魏公公差，甚至还在魏公公之上，但现在这个时空里，魏公公的地位甚至超越了叶向高首辅，难怪此人会如此不忿。

"真当自己得了陛下恩宠就能为所欲为了，难道陛下宠他还能宠过娘娘去吗！仗着献上奇器有功就这般差使我们，居然还把我们叫到他那边去训话，连门都不让进，真当御用监是他家的了！"

这太监应该是六宫直接听用的大太监了，魏公公地位纵高，本来也是管不到他们的，但现在竟然越俎代庖，还把这两个太监叫去训了一通，让两人大不服气，趁现在没人时说两句出口鸟气。

对这些太监之间的恩怨，方子野自是不会在意。但此人说魏公公训他们却连门都不让进，却让方子野心中一动。

魏公公的住处就离太液池不远，也在方子野和柚刚上岸时，柚去弄衣服的御用监一带。因为魏公公是宫中地位最高的太监，所以有单独一套宅院，甚至院中还有个小园，难怪那小德子会认错了人。而魏公公不让这两个太监进门，很可能也正是这个原因……

如果出现了两个魏公公，一定会引发议论的，天启帝若是知道了，必定会把魏公公叫去询问，那此事就瞒不住了，所以魏公公要将小德子套上铁头套，让刘朝趁夜神不知鬼不觉地送到南海子去。也就是说，那个多出来的魏公公一定还藏在屋里！

如果真是如此，那事情就好办多了。原来目标就在太液池不远处，到时候将那个不该在这里出现的魏公公捏闭了气穴，带回自己那个时空，这儿的魏公公即使权势再大，也不敢声张出来。

方子野暗暗松了口气。这件本来觉得完全不可能的事，现在居然一步步地成了现实，便是他也有点不敢相信。很快，自己就要回到自己的时空去了，即使那边还有正在肆虐的时空风暴，终是自己的世界。当一切各归其位，这场时空风暴应该能够结束吧？

他不禁抬头看了看天空。天色渐暗，暮色已临。在这个大明，一切还是如此安详。在这个庞大的世界里，除了两三个人，人们都不会知道他们其实面临着灭顶之灾。

御用监是宫中十二监之一，掌管宫中器物制造，以及武英殿承旨所写书画。对于酷爱木工的天启帝来说，御用监这个本来很普通的内廷机构成了十二监中最为重要的一处，还专门扩建了大片库房，以存放四处进献的紫檀、沉香一类材料。所以御用监的太监不是很多，地盘却是最大，现在存放的木料几乎够天启帝再修一座乾清宫了。

魏忠贤快步走出西华门时，几个走过的小太监远远地就垂首避让在一边。虽然现在的魏忠贤还远没有几年后那般几与陛下等同的权势，却也已经是宫中说一不二的人物了，这些小太监自不愿无意中得罪了这位大太监。只是看到魏公公居然一个人出行，他们也有点奇怪，心道："魏公公身边的小德子去哪里了？难道犯了事了？"

因为小德子很得魏公公宠信，那些小太监向来对他颇有点嫉妒之心。如果小德子真是忤了魏公公之意被贬了，他们只会幸灾乐祸。现在见小德子没跟着魏公公，几个胆大包天的甚至已在幻想自己是不是有可能取而代之，成为魏公公的亲随太监了。

魏公公完全没有理睬这些明显想要讨好自己的小太监，只是快步向自己的住处走去。

这套宅院曾经属于前任司礼监秉笔太监王安公公。虽然同样是太监，王安公公却是个相当有才学的人，因此就算是东林一脉的儒士也对王安公公相当尊重。王公公住在这里时，将这套宅院打理得颇为清雅，而且大门从来不关。不过魏公公接手之后，马上就将院门上了锁，别的太监便不能随意进来了。

正在开锁的当口，一个小太监从一边过来，先深深一礼道："魏公公。"

魏公公显然没想到有人会出来，马上将刚打开的锁用手掩住了，说道："什么事？"

"方才北镇抚司的许显纯大人遣人禀报，说已按公公吩咐在广平库安排妥当了。"

听得是这个事，魏公公松了口气，说道："我知道了，你走吧，过了子时再来领路。"

待这小太监离开，魏公公将门锁取了下来，又看了看周围。现在天已不早，外面偶尔有几个太监匆匆走过，也没人注意这儿。魏公公插上了门，这才向内室走去。

以前有小德子天天洒扫庭院，宅中甚是洁净，但他仅仅走了一天，院子就显得有点乱了。不过魏公公根本没在意那些有点蔫了的花草，便快步走了进去。

司礼监秉笔太监的品级，已是太监中的顶级，因此在宫中的居处甚至超过了那些不太得宠的妃子。魏公公这住处虽然不能与外间的深宅大院相比，却也重门叠户，足有三层之多。

魏公公走到最里层的内室。这儿是他的居室，自是极少有人能到这里来。现在小德子已被送到南海子去了,更是没人再来。但便是这间居室,居然也挂上了一把大锁。

开了锁,走进屋里,魏公公却又上了门闩。此时天色已昏,但他并不开窗,屋里也就更加昏暗,几乎不辨五指。魏公公走到墙边,拉开了壁橱的门。

作为司礼监首席的秉笔太监,魏公公有好几件礼服,做工精美,便是当朝一品的朝服也比不上。但他却将那几件做工华美的礼服推到了一边。

壁橱很大,里面足可并排站上四五个人。就算挂着几件礼服,仍然有着足够大的空间。在壁橱里的黑暗中,露出了一双惊恐之极的眼睛。

"饿了吧,给你带了点吃的。"

魏公公的口气却极是和蔼,仿佛面前不是一个被关在壁橱里、绑得结结实实的俘虏,而是个相知已久的老友。不过,就算是老友兼恩人如王安和魏朝,魏公公也是一样用最温和的话去置他们于死地的。

因为自恃隔着好几重门,在这里喊破喉咙外面也听不到,所以魏公公的声音并不轻,从壁橱里却传出了一道有气无力的声音:"你到底想做什么?"

这声音并不响,却让躲藏在外面梁上的方子野大吃一惊。

方子野是紧跟着魏公公进来的。尽管魏公公如此小心,可方子野纵然不如阿绢那样神乎其技,要瞒过魏公公的耳目却很容易。加上小德子也被送到了南海子,更是给了方子野莫大的方便。

在中涓网上,有一篇杆棒类说部,主角很别出心裁,是一个使用"天罗钳"的太监,到处行侠仗义。因为写得颇有想象力,特别是对于武功的描写相当细致,所以在中涓网上还算受欢迎。不仅仅是故事颇为有趣，更有趣的是这个主角，显然隐射了"乾天罗"骑马布代言人的魏公公。因为其中还写到了不少宫中的事，据说都有实际蓝本，所以一般都认为作者是个宫里的太监。也因为这本说部影响，各书院中一直有种传说，认为经常在存思机上载歌载舞推销"乾天罗"骑马布的魏公公，其实是个武功深藏不露的绝顶高手。然而方子野很清楚，这篇说部中的打斗描写虽然细致，却全然是闭门造车，纯属虚构，而从这个魏公公步履也可以看出他绝不是什么武功高手，甚至根本不会武功，自己跟随他进了宅中，魏公公也完全不曾察觉到有个梁上君子进来了。不料，从壁橱里又传出了另一个魏公公的声音，却是让方子野惊得差点从房梁上摔下来。

这两个魏公公闹翻了！虽然不知道他们是什么时候闹翻的，很可能便是小德子认错了人后发生的事。新来的魏公公不甘心成天做贼一样关在房里，但这里的魏公公又不让他出门，一言不合之下，两人终于走到了这一步。

这样的话，自己倒是省力许多了。方子野想着。知道了这儿的自己竟是如此心狠手辣，新来的这魏公公一定不会再对这个世界有什么留恋了，毕竟权势不能分享，即使他们两个都是魏公公。现在要带他回去，应该不用花什么口舌规劝，现在只要等这个魏公公离开，自己向被关在壁橱里的那个魏公公摊牌，他一定会求之不得地跟自己回去。

方子野正在想着，却听得外面那个魏公公淡淡道："你本想让小德子将我套上铁头套送到南海子去，却没想到被我先行一步了吧，魏公公。"他咂了下嘴，有点自鸣得意地接道："反正你已享了这么多年福，我便是你，这些福分接下来我替你享了，也是一样。"

天启

第二十一章

利箭在弦已开十分满　金瓯将碎欲保九州同

坐在豹房的一间空屋里,罗辟邪有种说不出的惶惑。

这几年,他有意通过北镇抚司的许显纯大人接近这位在宫里权势日益高涨的魏公公,而且已经初见成效,上一回见魏公公时,魏公公还给了自己一个巡逻广平库的任务。结果就是这件看似不起眼的任务,自己居然搞砸了,连许大人给的那台奇怪机器也不翼而飞,结果自己被魏公公臭骂了一顿。

难道自己的努力就此付诸东流了?看样子又不太像。虽然巡逻广平库的任务被北镇抚司接手了,自己却接到了守卫豹房的任务。罗辟邪也不知道魏公公为什么一口咬定妖人一定会出现在广平库一带,但既然他如此肯定,那多半不会有错。这一次看守豹房,自己便绝不能再出错了。虽然豹房位于紫禁城的外城,外面人根本进不来,看守起来要容易太多,功劳也一定相应小许多,应该是个小任务,但罗辟邪仍不敢大意,不仅将地组成员全叫来了,连同能叫得动的天组的人也都叫了来。

不过,万一又出了事的话……

罗辟邪不敢再坐下去了。他站起身,对一旁的秦泽泷说:"阿泷,我们去走一趟。"

天组和地组的人手加起来有十七个。本来单是地组就已经有九人了,不过因为守卫任务还要持续几天,所以必须采用轮班制,天组也不得不前来协力。但就算每天只轮到八九个人,罗辟邪也很清楚,这些武功院的精英绝非北镇抚司那些世袭的世家子所能比。只不过,他还是不敢大意。

现在住在豹房的尽是武功院的精英工匠。罗辟邪也不知道这么多大匠聚在一起如此忙,陛下到底在做个什么东西,其中有一间房更是魏公公专门吩咐过,任何人不得进入,但这些事不是自己应该关心的,自己要关心的便是不能出任何事。

秦泽泷一直跟随着老师，不过罗辟邪此时对这个弟子多少有点不放心。虽然秦泽泷殊非弱者，可论武功，他比不上陈琥，更远不是小弟子徐行师的对手。他能列入武功院四天王，仅仅因为他是自己的"龙虎狗"三弟子中的大弟子。

秦泽泷快步走到老师身边，两人走出了房间。

豹房过去是正德帝享乐的所在，屋宇建得也轩敞高大。但因为长久没人住，很多都年久失修了。这一次因为陛下紧急召集工匠，所以修缮了一排房子，现在这一排房屋已是灯火通明。

这里正是武功院工匠的工房。武功院的工匠无一不是从各地精挑细选而来的大匠，手艺之精，实非常人所能想象。只是现在这么多大匠却也一直在废寝忘食地赶工，自是陛下这一次颁下的任务极为复杂，使得这批高明工匠也为之挠头。

虽然天地两组的八个弟子分为四组，一直在循环巡逻，但罗辟邪仍不敢大意，先是在外面绕了一圈。迎面与几个巡逻过来的弟子打了个照面，这些弟子无不躬身行礼，便是不隶属他的天组弟子也是如此。

在绕过屋角时，与巡逻过来的碧眼儿照了个面，见碧眼儿行了一礼退下后，罗辟邪又回头看了一眼碧眼儿的背影。

"师父，阿琥说过，碧眼儿没什么可疑。"

虽然罗辟邪没说一个字，但一直跟随在师父身边的秦泽泷已明白了师父在想什么，小声说了一句。

罗辟邪转过头，也小声道："我知道。"

不必秦泽泷提醒，罗辟邪也知道在广平库外突然出现的神秘人绝不会是碧眼儿。陈琥纵然没有秦泽泷那样会讨自己欢心，可罗辟邪更相信这二弟子的能力。不过，那妖人的背影实在太像这碧眼儿了，不由得他不多想一下。

绕了一圈,一切平安无事。其实想来也是,豹房虽偏,却也在禁宫之内。国朝以来,私闯禁中的,仅仅发生过一次梃击案,而且这起梃击案也颇有内情,直到现在仍无定论。如果不算梃击案的话,那么两百多年来,其实从未有人能够私自闯入禁中。

魏公公未免也太小心了。罗辟邪想着。此时又回到了他们原先休息的地方了,见秦泽泷想要回屋,罗辟邪道:"阿泷,再去工房看看。"

工房里,那些工匠正在忙着做事,若是进去的话,说不定会打扰他们。但师父要看,秦泽泷自不敢有违,忙道:"遵命。"

工房里正忙得热火朝天。做模具的,熔金铁的,打磨的,无不在忙碌。这些工匠都是武功院成员,看到武功院第三指挥使罗大人与弟子进来巡视,工匠的头领忙放下手中活计,过来招呼道:"罗大人。"

罗辟邪拱手行了一礼道:"鲍先生,事情还顺利吗?"

这鲍先生是个非常出色的铁匠,却也有点难色地说:"回罗大人,陛下要的这些零件颇为特异,实在很难,进度很慢。"

壁上,挂着两幅大大的设计图。虽然罗辟邪也看惯了武功院的设计图,但这两幅都大为特异,竟是从来不曾见过的,那些构件更是精巧绝伦,几难相信能够铸造得出来。而其中一张图纸的角上,还盖了个圆形之章,上面有"大明礼部版权司"数字,更是见所未见。

这个礼部版权司,大概是陛下突发奇想,编出来的吧。罗辟邪想着。当年的正德帝,便是个常常会突发奇想的人,时不时有种种异想出来。今上虽然不是正德帝的嫡系子孙,但看来也有正德帝几分性子。

想到这儿,罗辟邪也没再多说什么,只是道:"没什么事吧?"

这间主工房一角，还临时隔出了一小间，却是关得严严实实，任何人都不许进，便是工房中的工匠，也只有鲍先生才可以进去。罗辟邪听鲍先生说是眼下一切按部就班，除了进度慢点没什么问题，他心想自己也不该再耽搁鲍先生的时间了，便拱拱手说了声"辛苦"，带着秦泽泷走了出去。

以现在武功院的守卫，豹房一带实可谓铁桶一般，绝不会再出什么乱子了。罗辟邪到此时才算多少安心了些，回到休息的房间里，自去坐下休息一阵。

天渐渐暗了下来。宫里不比外间，外面的市集在禁夜之前一直会开着，但宫里一到掌灯，太监宫女们一般便不能随意走动了，整座紫禁城仿佛一下子就陷入了昏睡之中。

不过这等禁令，自不能约束魏公公。当魏公公锁上门，快步出去后，方子野从房梁上无声无息地一跃而下。

魏公公多半是去豹房督工了。天启帝急着想早点制成这蓬壶仙山，魏公公为了奉承天启帝，看来已是不遗余力。再过一阵，张后会以拜月为名带着柚出来，待张后离开，柚便会带着射线探测仪等候在太液池边，接下来便只能赌一下姚大人的话能否实现。但不管怎样，现在已是救出另一个魏公公的时候了。

武功院的生徒也学过开锁。不过对于最先进的掌纹锁，便是武功院里也开不了，除非暴力拆除。好在魏公公房门上的大铜锁看着唬人，在方子野眼中实在不值一提，他只拿了一根细针拨动了两下，这铜锁就开了。

开着铜锁时，他露出了手上的缠腕时计。这是柚借给他的，现在方子野仍戴在腕上。此刻已过了戌时，离子时还有两个时辰。

轻轻拉开了壁橱的门。壁橱里除了魏公公在朝上穿的礼服，还挂着两件常衣，材质很类似绸缎，但方子野很清楚，那是江南曹氏织造公司出品的粘胶纤维衣服。

看来，过来的这位魏公公，是连衣服都被扒了关进去的。方子野探头进去，低低道："魏公公。"

壁橱里咚的一声，却是那魏公公想要站起来，但因为被绑着手脚，结果又一屁股坐下了。随即传来了魏公公哭也似的声音："要带咱家去南海子吗？咱家不去！"

方子野小声道："魏公公别担心，我是来救你的。"

他也不敢点灯，伸手进去摸到了魏公公的肩头，便是一提。对于一个太监来说，魏公公还算高大，分量也不轻，但方子野如提婴孩，将魏公公提了出来。见魏公公果然被捆得跟个粽子相仿，但身上还穿着小衣。方子野顺手轻轻一扯，便将魏公公身上的绳索扯断了。

魏公公睁大了眼，半响才道："猴崽子！你是哪个监的？真好手段！"

方子野小声道："魏公公，快跟我回去吧，这儿不是你待的地方……"

他还想说两句那边的时空风暴已经极其剧烈，很可能会毁灭整个世界的话来动之以情，但转念一想，魏公公定然不是个能动之以情的人，如果他知道那里已是危在旦夕，只怕宁可去南海子也不愿随自己回去了，因此马上闭上了嘴。

魏公公急道："回哪儿去？咱家不去惜薪司！咱家可已经是司礼监秉笔了。"

这话让方子野一怔，心头却也为之一凛。

这魏公公说的"惜薪司"，他也是方才在钦安殿听张后第一次提起。张后说魏公公是从惜薪司一下子升到司礼监的，当时袖也不懂，问惜薪司是什么，张后说是宫中专门供给薪炭的地方，柚才噢了一声，说自己那边难怪不设。

惜薪司是给宫中提供薪炭的，但在那边，禁宫里已用上中央式空调，根本不需要烧火取暖，便是御膳房也用的是能量炉，薪炭仅在烧肉时才有用，难怪不需要专设一个机构来负责提供了。这个魏公公一般不应该知道此词，即使知道了，也不会如此下意识地叫出来。

难道……

方子野的脸也有点发白。他的心里浮上了一个可怕的念头，已在暗暗叫苦，但魏公公显然不曾发现，还在那儿絮絮叨叨地说："猴崽子，你到底是哪一监的？快带咱家去见陛下，将那个假冒咱家的妖人斩了！"

听着魏公公的叫声，方子野心中更是生疑，难道魏公公是被这儿的这个关起来后发疯了？他小声道："乾天罗！"

魏公公听得这三字，更是惊慌，叫道："这是啥意思？你怎么也知道？那妖人有一回说起，我问他，他也不说！"

这不会是作伪了。方子野的脸一下变得煞白，小声道："魏公公，您千万镇定！那妖人已蛊惑了陛下，外面更全是他的人了，若是被发觉，我们都要被他干掉！"

虽然是要稳住这魏公公，但此话并不是虚言。魏公公的脸也变了，不再直着嗓子叫唤，也压低了声说道："猴崽子，你到底是奉谁的命过来救我的？"

"在下武功院方子野。"

魏公公眼中一亮，叫道："你……"刚说得一个字，马上省悟不能乱叫，又压低了声道："你是罗辟邪的手下了？那猴崽子倒还有点孝心。快把我救出去！"

罗辟邪大人在魏公公心目中，一样是个猴崽子，不知他知道了会怎么想。方子野实是哭笑不得，低声说道："公公，现在不能打草惊蛇。冒充您的乃是白莲教妖人，若不将他灭了口，会留下许多手尾。"

魏公公的脸有点异样。先前那个与他一模一样的人找上门来，说乃是另一个世界的自己，带了陛下最喜欢的东西过来。当时魏公公实不敢马上相信这等无稽之谈，但见到陛下看了图纸后爱若珍宝，对自己的宠幸也大为增长，他这才信之不疑。只是出现了两个魏公公总不是长久之计，他心里便动了将这另一个自己套上铁头套，神不知鬼不觉送去南海子的主意，如此这般，这件侍奉圣上的大功就由自己独享了。只是万没想到居然被那人抢了先，现在此人已替代了自己，若是反咬一口，说自己乃是冒充的妖人，确是无法解释。

想到这儿，魏公公这回反倒镇定了些，小声道："那你有什么主意？"心慌之下，连惯用的"猴崽子"三字都不说了。

"公公不要着急，小人即刻去禀报罗大人，安排人手来救您。"方子野说着，心想魏公公未必听得进，又说道："那妖人心狠手辣，一旦被他看出破绽，要对公公下毒手的！"

魏公公的脸又是一变，颤声道："小小子，那你可要快点来救我啊。"

"请公公放心，小人绝不会误事。"

嘴上这样说，方子野心中已是暗暗叫苦。自己全然想错了，两个魏公公确是一言不合，相互反目，但被关起来的不是过来的那个魏公公，而是这边这个正牌魏公公。怪不得那个魏公公要把武功院叫来巡逻豹房，真正目的并不是因为罗大人犯了错，而是北镇抚司与魏公公太接近，说不定会看出破绽。让以前极少见过魏公公的武功院前来看守豹房，才没有走漏消息之虞。

这个本以为只会代言乾天罗骑马布的魏公公，原来有着如此缜密的心思！方子野即是愕然，又有点心寒。

虽然暂时安抚了这个正版魏公公，但安知他能静多久，而另一个魏公公又什么时候才能回来，这一切都是个未知数。本来觉得将魏公公从家里神不知鬼不觉地捉出来不是件难事，可现在这场变故彻底打乱了计划，方子野亦是心乱如麻。就算他向来有泰山崩于前而不变色之称，可此刻终是额头冒出了冷汗。

手上的缠腕时计显示，已快到午夜子时。现在张后应该已经以拜月之名将柚带到了太液池边，而姚大人在那一边开启时空门的时间也快要到了，可这个本以为会很顺利的计划，却出了这么大的纰漏。这两个世界，还有救吗？

方子野仿佛听到了自己在心底发出了绝望的呼叫，但周围更是死寂一片。

方子野在茫然不知所措的时候，此时的罗辟邪正在豹房一带陪着魏公公视察，也有点心慌意乱。

魏公公是拿着个长条形布包突然来豹房的。当听得魏公公过来视察，罗辟邪心里便是一沉。

一朝被蛇咬，十年怕井绳。刚因为办砸了巡逻广平库一带的事挨了顿臭骂，现在魏公公过来，若再抓到什么错处，那以前挖空心思接近许显纯、讨好魏公公的努力，就真全都付诸东流了。因此罗辟邪顾不得有点困意，马上打起十分精神，抱着十二分的殷勤前来谒见，以示自己一直都在全心全意地守卫豹房。

只是今晚的魏公公似乎有点心神不宁，对罗辟邪指挥使的殷勤也有点视而不见，倒是对驻扎豹房的工匠首领鲍先生问了许多。罗辟邪甚是没趣，可又不敢离开，只能讪讪地在一旁等候。

待魏公公与鲍先生进了那小隔间好一阵，再出来时，那布包却是不见了。魏公公一边道："别忘了，丑时一刻，你要将那个按下，不可早，也不可迟了！"

"谨遵公公之命。"

鲍先生虽然是个工匠，却也是个八面玲珑之人。罗辟邪在一旁有点艳羡地想着，对自己想尽办法也不能如鲍先生一般与魏公公如此接近而懊恼。

"罗大人。"

魏公公突然向罗辟邪唤了一声。罗辟邪如聆天音，快步上前道："公公，小人在。"

"罗大人，你叫人守好这工房，现在起谁也不准进来，你也如此。"

罗辟邪微微一怔，正在想着公公这话是不是在责怪自己做错了什么事，但此时魏公公已然快步出去了。他连忙跟着出门，见魏公公也没再理自己，已向着蜈蚣桥走去，似乎并没怎么责怪自己，他这才松了口气。罗辟邪转身叫过了秦泽泷，让他传令下去，要天地两组减少换班时间，保证任何时候都不能有人脱岗，定要将豹房守得铁桶一般。

这样的话，肯定不会出乱子了吧。罗辟邪想着，心中却也有点沮丧。

武功院虽然名义上是锦衣卫的一支，却向来独立于锦衣卫之外，便是锦衣卫指挥使骆思恭大人，也无权指挥武功院。魏公公纵然节制厂卫，其实也一样无权命令自己。三指挥使中，姚平道与王景湘两人就算见了魏公公亦是不卑不亢，偏是自己，为了逢迎魏公公，总是不由自主屈下膝去。

也许，姚大人说我生有媚骨，这话并没错吧。罗辟邪有点自嘲地想着。他武功非凡，为人精明强干，现在做到了武功院第三指挥使，品级已然不低，可江山易改，本性难移，这个膜拜强权的性子已深入骨髓了，所以在魏公公面前，他无论如何都有种抬不起头的感觉。

这时，墙上的自鸣钟发出了轻轻一声响。罗辟邪抬头看去，那台自鸣钟显示正交子时。

自鸣钟是当初意大利天学士利玛窦带入大明的。当第一次敬献到万历帝驾前时，万历帝也大为惊叹此物的精巧。其实万历帝对这些奇巧之物并不太上心，如果是当朝的天启帝，一定会惊叹到废寝忘食了。而墙上这台是武功院拆解了利玛窦自鸣钟后改良复制的，声音更加圆润，走时也更加准确。

看到已至子时，罗辟邪不禁松了口气。虽然陛下要得很急，工匠也都已全力以赴，不过因为陛下要做的这些需要各个工序全力配合，并且每一道工序都必须竭尽全力，根本没有轮班的余力，所以每天辰时始，子时止，每日休息四个时辰，其余时候全在开工。现在子时了，也就是说今天的工作已告结束。虽然护卫任务仍得继续，但至少不必再如先前那样紧张了。

罗辟邪站了起来，向一边椅子上打着瞌睡的秦泽泷低声道："阿泷，起来了，我们去走一圈，让大家好歇息一下。"

不管怎么说，罗辟邪终是个体恤下属的上司。秦泽泷本来已在犯困，听得师父的声音，倒是精神一振，忽地一下站起来道："遵命！"随即却有点犹豫地道，"师父，我们明天要不要来了？"

"自然要来。"

听着师父不容置疑的声音，秦泽泷暗暗叹了口气。不过他也知道师父向来如此，做事一板一眼，言出必践，绝不会改。

因为魏公公说过，谁也不许再进工房，罗辟邪只在工房门口看了一眼。此时工匠多半已经去歇息了，只有鲍先生还在里面，趁着火炉中炭火未熄，拣了些茶叶准备煮上一壶。看来是因为魏公公额外派了他个任务，因此别人都能去歇息了，他却还得在工房待到过了丑时才能离开。

看来魏公公也是沾上了今上那种常常突发奇想的瘾了。罗辟邪想着。他实在想不通魏公公为什么非得过了丑时再做什么事，大概是要趁夜深人静吧。一边想着，罗辟邪带着秦泽泷向前走去。

已过午夜，秦泽泷虽然陪着师父在走，头却不住地往下垂。他正在年轻渴睡的时候，这个时候还要巡逻，自是有点吃不消。正在强打精神，却见罗辟邪忽地站定了，抬头看向天空。他怔了怔，快步上前道："师父。"

罗辟邪扫视了一眼空中。今晚却是个阴天，头顶无星无月。豹房所处的西苑向来很偏僻，当年也只有正德帝才会在这儿乐不思蜀。他沉声道："阿泷，你听到什么没有？"

现在天气甚热，但到了午夜倒是暑气全消，时有微风吹来，很是惬意。秦泽泷道："起夜风了，弟子别个就什么都没听到。"

罗辟邪道："不对！"他忽地转过身，向身后疾冲过去，一边道："阿泷，跟我来！"

秦泽泷虽然也名列武功院四天王之列，但在这四天王中武功只能敬陪末座，身法更是连师父的一半都没有。不过即使如此，秦泽泷的武功也不是寻常人可比。虽然罗辟邪身形极快，秦泽泷也是前脚后脚追了上去。

罗辟邪冲到的正是工房门前。便是到了这个时候，他仍然记着魏公公说的不许任何人再进工房的禁令，到了门口便站定了。而里面本来正在喝着茶闭目养神的鲍先生却是一下站起，指着面前的墙壁期期艾艾地叫道："这……这……"

壁上，原本挂着两幅很大的设计图。豹房的工匠一直在照着这设计图制作构件，然而现在壁上竟是空空如也。

果然有人！

罗辟邪只觉心底一阵恶寒袭来。上一次那台机器失踪，尚可说是自己大意了，根本没想到居然会有人偷这东西，但这一次却是在自己眼皮子底下发生的事，自己却仅仅听到了有一丝异样的风声而已。而以魏公公对这两幅设计图的看重，此番绝对不会和上次那样容易应付。

一瞬间的恐惧，让罗辟邪激凛凛打了个寒战。他忽地转过身，疾速退后，大喝道："阿泷，马上传令，让所有人立刻以箆阵搜查西苑一带！"

豹房是建在太液池西南岸的西苑一带。这一片也是紫禁城最为偏僻空旷的所在，为了避免躲藏刺客，这儿连高大的树木都不种一棵，尽是些灌木。自己赶得及时，而且并不曾发现有人离开，也就是说，这个偷取了两幅设计图的高手，应该仍然还在西苑，不曾离开。

秦泽泷其实还不明白到底发生了什么事，但见师父这等如临大敌的模样，知道必定出了大事。此时他哪还有什么困意，说道："遵命！"转身便向后面冲去，心道："诸天神佛保佑，师父定然捉到那贼人！"只是一想到万一捉不到的话，那这一趟前来守护豹房的武功院天地二组精英只怕要被一网打尽，尽数加罪，他的小腿都不由自主地发起颤来。

天启

第二十二章

神枪起处波翻御池水 轻舸穿梭如瞥镜中人

作为大明最尖端的武器研究机构，武功院的成员必须能够使用各种武器，不论是火器还是刀剑。因此，只消是武功院出师的生徒，如果行走江湖的话，就绝对堪称高手。

尽管与军队联系极为紧密，但武功院并不是军队。不过与大明军队一般，武功院也相当重视阵势的操练。因为武功院成员不是江湖上的侠客，不必讲什么江湖道义，一旦外出与人发生冲突，目标只有一个，就是取得胜利，所以阵势对武功院来说相当重要。

篦阵就是武功院的阵势之一。不过这种阵势有点特殊，因为用途是搜查。以最短的时间，将需要搜查的区域划分为许多小块，每人负责一块，同时又保证任何人都不会落单，这样只消有一人发现了敌人，其他人马上就会过来增援。就如同网罗犹有空隙，篦梳却能将发际的灰尘都清出来，故取名为篦阵。

罗辟邪此时的心头极为忐忑不安。他也真个不曾想到，居然在这个地方，这个当口，真出了这么大的乱子。

一之为甚，岂可再乎！自己已经出了一次纰漏了，再出一次，魏公公还会饶过我吗？罗辟邪纵然心雄万夫，此时也只觉得自己已经如临深渊。

今晚负责巡逻的天地两组的八人已然以最快的速度开始穿插搜索。这些年轻弟子都是武功院历年来出师的精英，其中最为强悍的四天王更是三人齐聚，加上自己，罗辟邪都不敢相信还有谁竟然敢在这时候来捋虎须。

可事实上，就是有人来了。

会是飞燕子吗？

罗辟邪想着。身法天下第一的飞燕子，是与白莲教、建奴手下的自在堂并列的武功院三大未解之谜。不过现在白莲教已经起事，这个谜也已经不存在了，而建奴的自在堂也已经与武功院有过几次交手，不再是全然不了解。唯独这个神出鬼没的飞燕子，来去无踪，至今未能擒获。不过这个谜尚未解开的主要原因，还在于飞燕子只不过是个制造了几起窃案的小偷，在武功院的大案录中仅被归为丙等。与之相比，武功院有着更多更紧急的事要办，不可能集中力量去解决这等没什么要紧的事，这才让飞燕子一直成谜。但这次如果飞燕子真办下这等巨案，那就要被提升为甲等要案，接下来会集中力量对付这个大盗了。

只是，飞燕子为什么会来偷盗陛下的设计图？按设计图制造出来的东西虽然精巧绝伦，终究只是陛下突发奇想的玩物而已。

虽然有这疑惑，但现在最重要的还是揪出这个下手之人。罗辟邪的手已按在了腰上。

此时罗辟邪等的，便是武功院天地二组子弟将那个盗取了设计图的人逼出来。此人能在眨眼间就将两幅设计图都取走，而且身法高明到连自己都差点觉察不到，罗辟邪实不敢有丝毫大意。

狮子搏兔，犹用全力，何况盗图人有如此高强的身法，一定是个极难对付的人。罗辟邪将劲力运转全身，死死盯着豹房这一带。

对武功院的弟子们，罗辟邪有着绝对的信心。不论是天组还是地组，这些年轻人同样经过他的精心调教，每一个都非等闲之辈。自己虽然没能在第一时间发觉出事，但也及时封住了那贼人的退路。而那贼人一旦被逼得现身，就定要让他吃自己一枪。

必杀的一枪。

如果仅论枪术，罗辟邪堪称天下无双。他的枪法已至出神入化之境，不论是马上所用的点钢枪，马步皆可用的藤柄枪，还是仅步战用的任公子枪，都不做第二人想。现在因为是在紫禁城中担任护卫，点钢枪与藤柄枪都是长兵，不能带进来，他随身只带着一柄任公子枪，而此时他已握住了枪头。

任公子以黑色巨绳挽上大钩，用五十头牛为鱼饵，从会稽山将钩投向东海，以一年时间钓起了一条如山一般大的巨鱼，这是先秦时庄周所说的寓言。罗辟邪以此寓言为自己这支枪命名，便是因为任公子枪乃是一支长达五丈的绳枪。

绳枪被称为枪中之贼，便是因为这已不是寻常的长枪了。藤柄枪的枪杆也有韧性，但终究还是有硬度，绳枪的枪杆却完全没有硬度可言。任公子枪更是以一根天蚕线来连接枪头，以罗辟邪的本领，劲力到处，束湿成棍，真个已到随心所欲的境界。就算那人真是身法天下无双的飞燕子，同样难逃这一支天下无双的任公子枪。

天地二组的篦阵运转极快，眨眼已穿插搜检了大半个豹房。也就在这时，从西首第三房上，忽然有一个黑影冲天而起。

那黑影个头并不大，身形之速，直若流星，更因为穿着一身黑衣，便仿佛溶入了暮色中，眼神不太好的人只怕连看都看不到，即使正在以篦阵搜检的天地二组成员，大概也多半不曾察觉有人竟然一跃而起。

出来了！

罗辟邪心头一凛。他等的便是这一刻，就如一张拉到了十分满的强弓，罗辟邪已是奋力一跃，任公子枪向着那个跃起的黑衣人激射而去。

不论身法有多么高强，一旦跃在空中，全无着力之时，就没办法改变方向。

罗辟邪等的也正是这一刻。他的真力之纯，天下亦是屈指可数，任公子枪便如强弓硬弩发出的一般，那人身法如飞星，任公子枪就如逐星的闪电。

罗辟邪这一式已再不留手。盗图这人如此了得，与其想要生擒，不如一击必杀。不管他是不是那个神秘的飞燕子，抑或是自在堂或白莲教的人，罗辟邪都不想在意他的死活了。只要一枪刺中，不管他是死是活，定然就要落到自己手中。

这一枪是罗辟邪谋定而后动，十拿九稳的一击。然而几乎就在任公子枪发出的同时，又有一个人一跃而起。

这人的身法同样高强之极，跃起之时竟是如同旗花火箭，迎向了正在飞遁的那个黑影。

是碧眼儿！

也几乎是同一刻，罗辟邪就能断定这人定是碧眼儿了。在武功院，王景湘的身法堪称第一，而王景湘这个得意弟子，身法甚至已有青出于蓝之势。有时罗辟邪都有点嫉妒，因为就算他最得意的弟子徐行师，身法也仍是远远及不上这碧眼儿。

碧眼儿一定也发现了那盗图之人。能在如此短的时间里就追击，真不愧为武功院后起的四天王之首。只不过，罗辟邪心里也在暗暗叫苦，碧眼儿出现得太不是时候了，他虽然在追击那盗贼，可同时也挡住了任公子枪的去路。而罗辟邪发出任公子枪已用了全力，便是自己也不可能说收就收。

难道这一枪反要将碧眼儿刺死吗？罗辟邪心头闪过了一丝极少有的痛悔，他能做的便是奋力收住任公子枪，只是任公子枪全长达到了五丈，这样的长度亦使得这支绳枪易发难收，罗辟邪必须要将系住枪头的天蚕线缠在手上才能收回枪势。可是这一击实在电光石火之间，要在眨眼间收住枪，哪有这个可能！

暮色中，碧眼儿与那人的身形一下交错，与此同时，任公子枪已到。就在碧眼儿与那黑衣人双掌即将相交之际，任公子枪刺中了碧眼儿的右后肩。几乎也就在同一时刻，碧眼儿如一块石头般直直坠下,而黑衣人却借力在空中一个盘旋,鸿飞缈缈,一下没入了太液池上的黑暗之中。

当碧眼儿中枪坠下时,罗辟邪已然跃到他身边,伸手一把扶住了碧眼儿,轻轻落地。

这时秦泽泷已跑了过来,小声道:"师父,那家伙跑了!"

罗辟邪伸手在碧眼儿后肩取下任公子枪的枪头,说道:"阿泷,你照顾一下碧眼儿。"

碧眼儿是王景湘的徒弟,却被自己误伤了,罗辟邪心中不无愧疚。不过现在也不是愧疚的时候,那大盗偷了两幅设计图后逃走,必须马上追击。罗辟邪只说了这一句话,便已冲向了东边的蜈蚣桥方向。他的身法也极是了得,全力施为之下,几乎脚不点地,有若飘风。秦泽泷虽然是跟随罗辟邪最久的弟子,见到师父本领一高至此,也不禁有点咋舌。不过他也知道这一行人中能够追得上师父的,只可能是碧眼儿了,二师弟陈琥也不行,所以也索性不去追了,扶着碧眼儿坐下,说道:"方兄,你要不要紧?"

碧眼儿苦笑道:"秦师兄,我没大碍,只是反而误了罗大人的事了。"

秦泽泷听得碧眼儿还要自责,大为感动,小声道:"方兄,你也别怪自己,都是那飞贼太厉害了。来,我给你上药。"

碧眼儿后肩的伤倒不算重,秦泽泷给他上了药后便马上止了血。只是秦泽泷在上药时见碧眼儿若有所思地看着罗辟邪消失的方向,一副心事重重的模样,心想碧眼儿受了师父误伤,别要怪罪师父才好,忙道:"方兄,你别怪我师父,他也没想到你的本领如此之高……"

碧眼儿道:"秦兄,岂敢怪罗大人,只是我学艺不精罢了。"

秦泽泷见碧眼儿丝毫没有责怪师父的意思,心中不禁感佩,心中忖道:"不管怎么说,王大人师徒两人,可比我师父要大度多了。"便又安慰了两句。

碧眼儿听着秦泽泷的安慰,心中却在默默地转着念。

这次来豹房担任守卫,亦是临时方知。因为一直与同伴在一起,他也没想到阿绢居然会再次出现。虽然不清楚阿绢干了什么,但她一定有她的原因。当一见到阿绢被逼得现身时,碧眼儿便知不妙。

在武功院为生徒时,罗辟邪教过他们枪术。自然,他们并非罗辟邪亲传弟子,学的也不过是普通枪法,但罗辟邪展示他的任公子枪,五丈之内取物,百不失一,让碧眼儿为之惊叹不已。

绳枪练到这等程度,以之偷袭,目标几无逃脱之理。碧眼儿也很清楚阿绢身法虽然高绝,但武功并不高超,而且她并不知道罗大人有这等远距离攻击的利器,因此见到阿绢一跃而起时,碧眼儿的心也登时凉透了。

罗大人的攻击转瞬即至,阿绢已似箭矢瞄准下的小鸟。想要救下阿绢,唯一的办法就是挡下罗大人的攻击。而武功院里能超越罗大人出手速度的,可能就是老师与自己两人了。

那一刻,碧眼儿根本没再多想。当如意料一样,他的右后肩中枪之时,碧眼儿只有欣慰,还借着最后的力量推了阿绢一把,让她借着自己的力量跃走。只是罗大人又前去追击了,不知阿绢还能否脱出罗大人的追踪。

"阿绢,祝你好运。"带着一丝茫然,碧眼儿在心底这般念叨着。

也就在碧眼儿飞身跃起的同时,方子野一个箭步闪出,将刚进门来的那个魏公公点倒在地。

当发现魏公公被顶替了的时候,方子野也有一丝慌乱。但他马上镇定下来,心知这个顶替者一定还会回来,因为先前这个魏公公曾要那个前来禀报的小太监过了子时再来领路。

这顶替者生怕会走漏风声,严令不许旁人进他的宅第,却给了方子野一个绝好的机会。只是设法安抚魏公公本尊,倒是花了不少力气,最后也只能以"假冒公公的妖人党羽极多,一旦他们铤而走险,就会对公公不利"这样的理由,让那本尊闭上了嘴。

现在,终于抓住了这最后一线生机。方子野没等魏公公本尊来向这冒牌货发威,就急着将这冒充者身上的衣服都扒净了,把橱里找出的那两件粘胶纤维衣服给他胡乱套上,小声对魏公公本尊说道:"公公,这妖人党羽还在,等一下有人会来请公公出门,公公千万要沉住气,将他斥退便是了,小人即刻去搬取救兵,定要保得公公安然无恙。"

看到这个冒充自己的人被方子野如提婴孩般拎在手中,魏公公倒是镇定得多了,点点头道:"猴崽子,干得真不错,那你可要快点回来。"

"请公公放心,小人对公公的忠心可鉴日月。"

说着如此肉麻的话,方子野只觉实在恶心,但他知道这边的这个魏公公就爱听这一套。他又行了一礼,提着手里那魏公公走出了宅院。

马上就要到丑时了,距离约定的丑时一刻已没多少时间。可现在无暇再顾及这些细枝末节,唯有赌一下了。可万一托里切利未能修复转换仪的话……

虽然冒出了这个不吉利的念头,方子野反倒笑了笑。如果回不去,自己和这个代言乾天罗骑马布的魏公公都要被加以"妖人"的罪名拿下处斩吧。不过这样一来,整个世界都要分崩离析,自己能不能活下去也算不得什么了。

魏公公这套宅第在宫中相当僻静，现在又是过了午夜，周围更是一片死寂。提着一个不算矮小的魏公公，方子野仍是健步如飞，走得更是毫无声息。

前面已是太液池了，吹来的夜风中也已带着点潮湿。平时这一带总会有禁中卫士巡逻，但今天却是寂寂无人，通行无阻，自是张后安排妥当了。

也许，真的会成功吧。方子野想着。此时已经快要走到先前他和柚上岸的地方了，上一次便是被一个张后宫中的小宫女发现了，但这一次这里只有一个有点坐立不安的柚，坐在停泊在岸边的一艘小舟上。

见到方子野提着个人过来，柚已是等不及了，从船上站起来道："仲谋兄，办妥了？"

方子野将手中的魏公公放进了小舟里，低声道："还差你那张设计图，阿绢姑娘应该来了。"

"姑娘？"

即使相当惊慌，柚还是掩饰不住好奇。方子野顺手摸出了那根灯筒递给柚道："你别管这些，丑时一刻很快就要到了，随时看好时空门的方位。"

柚接过了灯筒，说道："行，仲谋兄，放心吧。"

现在应该已经到丑时了吧，已是新一天的凌晨，却也是一天中最黑暗的时候。今天无星无月，就算近在咫尺的柚都不能看清五官，隔个五六尺就什么都看不见了。如果能顺利回去，那这边的东西一样都不能带走。

好在现在正是盛暑，衣服穿得不多。穿来的那件外套早已干了，方子野换下了那套小太监的制服，和柚换下来的制服一起放到了岸边。等天亮了，说不定会有太监发现后疑神疑鬼，以为有两个小太监跳太液池寻死了。不过这些事他自是永远都不会知道,也不必再去多管。

刚换好衣服,身侧突然一阵微风飘过,一个人出现在他们面前。

看到这个身法,方子野便知定然是阿绢。他松了口气,柚却是惊得啊了一下,马上想到不能大呼小叫,忙伸手捂住了嘴。方子野也顾不得向柚解释,小声道:"阿绢姑娘,拿到了吗?"

阿绢从背后取下了一个卷成筒状的纸卷递过来,但让方子野吃惊的是阿绢眼中竟然带有泪痕。在方子野心目中,高来高去,来去无影的飞燕子简直不是人间凡人,却没想到她也会流泪。他顿时一惊,低声道:"阿娟姑娘,出什么事了?"

阿娟的脸上还蒙着黑纱,却也看得到她瘪了瘪嘴,小声道:"碧眼儿他……他受伤了!"

方子野吃了一惊,他也不知到底发生了什么事,急问道:"要不要紧?"

"应该不太要紧……"

方子野松了口气。碧眼儿是这个时空的自己,他自是比谁都更了解自己。碧眼儿一定是为了掩护阿绢才受的伤,而受伤多半是为了掩人耳目,他肯定自有分寸。方子野道:"阿绢姑娘,你别担心,请你马上找机会告诉碧眼儿,真正的魏公公便在他家里,正等人去救援。"

阿绢点了点头,说道:"好……"突然却是脸色一变,惊道:"来了!"而几乎同时,坐在船头的柚也惊道:"来了!仲谋兄,来了!"

柚手中正托着那个探测仪,此时探测仪上的那黑白小片开始转动起来。其实,现在离丑时一刻还有些时候,也不知那边姚大人为什么提前启动了。但不管怎么说，时空之门终于开启了。

方子野欣喜万分，也顾不得阿绢说些什么，飞身一跃跳上了船，正待向阿绢道一声别，黑暗中突然传来了一声厉喝："妖人！"

罗大人！

方子野其实相当熟悉这声音，说话的正是武功院第三指挥使罗辟邪。在他的时空里，罗大人虽然与他老师不甚相能，但罗大人做事严谨到几乎严酷，方子野终生难忘。

这儿的罗大人应该也是这般的人。对于罗大人来说，肯定不能理解两个时空的概念，只会认为自己是易容成碧眼儿的妖人。好在时空之门已经开启，只要及时离开，这里的罗大人纵然本领通天，也奈何不了自己。方子野也不再多说，抓起了船桨往岸上奋力一撑。

方子野虽然生得也不是五大三粗，力量却是不小。这小船乘了三个人，但在他奋力一推之下，利箭一般离岸而去，只一瞬间便有丈许了。现在已经再看不清岸上，岸上也定然看不清自己，那么便是罗辟邪大人，也摸不清自己的方位。只消耽搁不到两分十七秒，自己就能永远离开这个时空了……

还不待心宽，黑暗中一道厉风忽地破空而来。

那正是罗辟邪的任公子枪。虽然没有得到传授，但在武功院做生徒时，方子野见识过罗辟邪这路神妙枪术。但见这一枪不偏不倚正射向自己，方子野心头一寒，刹那间也已恍然大悟。

正是柚手中捧着的探测仪发出响声引来了罗大人。固然这声音其实十分轻微，但罗辟邪的听音辨位之能几可洞察入微，即使看不清水面情形，可是听到这声音，不啻目睹。

罗辟邪听到过探测仪的声音。虽然他直到现在也不清楚这东西到底是怎么起作用的，但一听得这种咯咯声，便知正是先前许显纯交给自己，后来又不翼而飞的那台机器。

果然是这些妖人！

罗辟邪其实已经颇为心悸。这些妖人太神通广大了，能在广平库一带突然出现，又能盗走自己的机器，而且还能在自己眼皮底下将两张设计图都偷了去。虽然不知道他们到底在打什么主意，但一定有一个极大的阴谋，很可能便是针对陛下的。

即使拼上性命，也定要阻止这场阴谋！

此时罗辟邪的心头，已如烈火在熊熊燃烧。他现在已没有了邀功请赏之心，只有与这些神通广大的妖人一决胜负的念头。任公子枪头忽地一坠，竟是直直刺向了船尾。

当发现罗辟邪向自己发出任公子枪时，方子野一下便抢到了船尾。

罗大人的本领，方子野自是一清二楚，他也知觉自己不可能是罗大人的对手，好在此时也不需要与罗大人大战三百回合，只要以五行拳的水形拳力挡住这一枪便足够了。罗大人纵然能够听声辨位，可他人在岸上，他的任公子枪最长只能到五丈远，而且一枪不中，再发枪时绝对已失时机，那时自己带着柚与魏公公已穿过了时空门，就算罗大人能搞到一艘小船追过来，也只能看到水面这一艘空船罢了。正因为如此，方子野并不惊慌，然而任公子枪却突然向下刺去，大大出乎他的意料之外，本待出手格挡，已是挡了个空，枪尖笃一声刺在了船尾的船板上。

罗辟邪知道自己身在岸上，虽然能听声辨位，以任公子枪攻向这艘小船，但因为看不清对方，这一击很可能被对手挡开，不过刺在船体上却是要容易得多。故此时枪头一刺入船身，罗辟邪便马上感受到了天蚕线上传来的力道，人顺势一跃而起，便向小船扑去。

这才是罗辟邪的真正用意。尽管枪尖扎在船板上并不能吃住太大的力，但罗辟邪武功非凡，就算一点微力便有了腾挪的余地，小船离岸才两三丈远，但罗辟邪就如一只巨大的风筝，靠着这根天蚕线的牵引，一下飞到了小船上。

这一下真个有若天神行法，只一眨眼就到了小舟上空。罗辟邪此时已能看到这小舟船头船尾各站了一个人，船舱里还躺着一个人，隐约是魏公公模样。他又气又急，心道："这些妖人绑架了魏公公！"

绑了魏公公，跑到太液池上来又要做什么？一时间罗辟邪实在想不出原因。但见到魏公公在这两个妖人手上，他更是惊惧，眼见船尾那人摆出了对敌的架势，他一掌便向那人拍去。

罗辟邪虽然以枪术出名，其实他的拳法同样极为高明，也仅仅在王景湘的五行拳下略略输过一筹。此时出手，他已全无保留，将十二分力量都用了出来。眼见船尾那人也挥掌相迎，刚打了个照面，罗辟邪不禁又是一惊。

这人不折不扣便是碧眼儿！

罗辟邪虽然也并不常常见到碧眼儿，但这个少年生具异相，让人过目难忘。此时船尾这人看长相，便与碧眼儿一般无二，一双眼珠更是碧蓝如水，绝不会错认。

也就在这一怔忡的当口，船头那人忽地扭过头，叫道："仲谋兄，开了……"

那人也是个少年，方才一直在全神贯注地看着前方，手中也不知拿了个什么，放出了一道笔直的光来。而这人转过头来时，也与正在和船尾之人对掌的罗辟邪打了个照面，却见有个人不知什么时候竟然飞到了这么近的地方，船头那人失声啊地叫了起来。

啪一声，方子野与罗辟邪已对了一掌。这一掌拍下，小船的船尾忽地一沉，船头立时翘了起来。柚本来就在失声惊叫，这一下更是啊啊了好几声，一下蹲倒，生怕被摔出去。而如此一来，小船的速度也一下子快了好几倍，箭矢一般疾射而出。

糟了！

方子野心底已在惨叫。他也没想到罗辟邪阴魂不散地追得如此之快，这个速度，定然要整艘船都冲过时空门了。时空门能存在的时间应该已经不到一分钟，这下要连同这个罗辟邪大人也带回去了。

还有办法吗？方子野绝望得目眦欲裂，眼前却忽地一亮，小船已经穿过了时空门。

两个时空，大概有六到七个时辰的时差。刚才的丑时，这边却已是未时左右了。罗辟邪这一掌拍下，将这个貌似碧眼儿的妖人打得身体一沉，正想着再飞起一掌结果了这妖人，眼前却忽地明亮之极。

对罗辟邪来说，瞬间由极暗到极亮，只有一种可能，便是发生了爆炸。虽然并没听到爆炸声，他还是一惊，本来要拍下的第二掌也立时缓了。他定了定神，正想看看清楚，耳边突然听到了一个声音——

"看枪！"

这声音如此熟悉，罗辟邪更是一怔。也就是这时，他眼前已隐约能够视物了，再看过去，只见那个酷似碧眼儿的妖人一手提着魏公公，一手提着那个酷似陛下的少年，正在跃向太液池中，而就在船头处，有一辆形状奇怪无比的车子浮在空中，有个人手持藤柄枪，却是刺向了船头。

那正是藤柄枪。而这个用藤柄枪刺向船头，口中呵斥的，正是活脱脱的另一个自己！

罗辟邪惊得呆了。这一切仿佛是个噩梦,不,就算最怪的噩梦,也不至于如此怪法。碧眼儿与陛下绑了魏公公,有另一个自己拿着自己的独门兵器阻住去路,这一切实在难以让人相信都是真的。

罗辟邪站在小船上,已是惊得目瞪口呆。此时那个自己若是一枪刺来,他纵然枪术天下无双,也是绝对躲不过的。然而藤柄枪只是在船头一磕,随即被崩成一张弯弓样,然后小船便如箭矢般倒射回去。也就在倒飞回去的一瞬,周围一下子又变得漆黑一片。

当罗辟邪再回过神来,已是站在空荡荡的太液池上。无星无月,湖波微漾,越发显得静谧。罗辟邪仍是心神激荡,实不敢相信自己到底看到了什么。他伸手向前试探了两下,也是什么都没有,一瞬前的那些妖人与魏公公,以及能浮在空中的怪车,还有怪车上使藤柄枪的自己,现在统统都不复存在,犹如经历了一场幻梦。

那边岸上亮起了几点火把光,传来了秦泽泷的声音:"师父!水里有什么吗?"

罗辟邪心想要真有什么,哪还有这般容易,只是若说自己乃是追赶妖人到了湖上,又让人完全难以置信。他从船首拔出了任公子枪束回腰间,抓起船舱中的船桨划到岸边,说道:"阿泷,你们看到什么没?"

秦泽泷还没说什么,边上传来了一个声音道:"猴崽子,干得不坏啊。"

这声音险些让罗辟邪惊讶得失声叫起来。他看向一边那个仍有点衣冠不整的魏公公,实不敢相信自己的眼睛。

但魏公公显然心情大好,啧啧了两下道:"妖人被你们赶跑了吧?武功院还真个管用。"

听得魏公公的夸赞,罗辟邪福至心灵,上前深深一礼道:"公公,恕辟邪无能,未能将妖人擒获。"

魏公公叹道:"这些妖人,都有白莲教妖术的,能千变万化,没捉住也不算意外。"他说着,又看了一眼周围诸人,说道:"罗辟邪,你手下那个碧眼儿可能干得紧啊,不错不错。"

罗辟邪又是一怔,他也不知魏公公为什么对碧眼儿观感如此之好,但魏公公能夸奖武功院终不是坏事。他正待躬身行礼,又觉这样还是不恭,索性跪下道:"多谢公公奖掖。"心里却在想道:"看来我一定是中了幻术,划着船在湖中心瞎折腾了一圈,但愿别被人看破了。"

尾 声

"你醒了。"

方子野睁开眼时,却见面前柚和托里切利正关切地看着自己。他忽地坐起,却觉身上一阵酸痛,不由皱了皱眉,说道:"我回来了?"

其实这话也是多问了。他抬眼便看见墙上挂着一台最新型的快响应显示屏,这里绝不可能是那个大明。

意识到回来了,方子野下意识地看向窗外。托里切利仿佛猜到了他的心思,说道:"碧眼儿,你放心吧,时空风暴已经结束了。虽然还有点微小余震,但已不足以造成破坏,现在各处都在恢复中。"

得救了!方子野只觉一阵说不出的欣喜。阻止这场时空风暴,本来他都觉得全无可能,但最终竟然奇迹般地做到了。

门外响起了脚步声,其中夹杂着笃笃的拄杖声音,随即传来了姚平道大人的声音:"碧眼儿,你醒了吗?"

听得是姚大人声音,方子野不顾身上的酸痛,翻身下了病床,整了整衣服道:"卑职方子野,见过姚大人……罗大人。"

跟随姚平道进来的,还有罗辟邪。罗辟邪的神情甚是严肃,姚平道倒是显得颇为和蔼,微笑道:"碧眼儿,辛苦你了。"说着向一旁的罗辟邪微微一笑道:"那另一个你可是下了狠手啊,差点将碧眼儿的浑身筋脉都震断了。"

方子野此时已想起那最后一刻的情景了。当时另一个罗辟邪紧追不放,眼看就要一掌打向他头顶,那时他已是不顾一切,抓起了魏公公与柚两人便向湖中跳去，而罗大人正从空行机上出枪，将那艘小船崩了回去。也亏得罗大人来得正是时候，否则真要骑虎难下，在这儿搞出两个罗大人来了。他说道："多谢姚大人及时开启时空门，职等才能顺利回来。"

这时托里切利再也忍不住，插嘴道："碧眼儿，其实……其实我一直没能修复转换仪。"

"没有？！"

方子野看向了一旁的姚平道，姚平道叹道："碧眼儿，想知道为什么吗？"

他走到墙边，开启了一旁的存思机，在键盘上按了几下。那台快响应屏幕上显出了一些模糊影像，却是一个小房间，当中放着一台尚未完工的转换仪。

方子野看得有点莫名其妙，诧道："姚大人，这是什么？"

"这是给你带回来的魏忠贤公公做脑波检测后得到的资料。"姚平道叹了口气，"而你带回来的，不仅有陛下的那张仙山设计图，还有一张正是鹿野苑失踪的转换仪设计图。"

方子野失声道："是魏公公带过去的？"

姚平道点了点头："这阉人志向不小，他是想在那边也建造一台转换仪，然后开启时空门，将许显纯、崔应元这些亲信全都陆续带过去，逐步替换掉那边的人。"

竟然有这等计划！虽然一切已经结束，方子野还是心头一寒。如果魏公公真个办成了，那这场时空风暴多半就再不能阻止，两个世界都要无可避免地滑向毁灭的深渊。他问道："魏公公为什么要这么干？"

姚平道淡淡道："自是权力。当年弘治帝就鉴于权力若无制约，必会造成无法弥补的恶果，因此才制订《弘治宪章》，采取了虚君制。而在那个世界里，陛下有着至高无上的权力，自是想干什么都可以……陛下，微臣不是说您。"

姚平道说着，向柚行了一礼。柚倒不以为意，说道："姚大人言重了，我也觉得现在这样才好。那边那个我，真个配不上。"

姚平道怔了怔，也不知柚说的配不上是什么意思。方子野却知道他说的定是张后，忙道："姚大人，那图纸放好了吗？"

姚平道叹道："徐大人真是当世格致学天才，但也有点太不知轻重了。这台转换仪若再落入魏公公这等野心勃发之人手中，真不知要弄出什么大祸来，因此我已下令毁去了。"

毁了！方子野心头不禁一痛。转换仪是徐光启大人殚精竭虑才发明的，实是心血结晶，但姚大人这样做也并不为错，一旦再有这等事，只怕真会不可收拾。

这时姚平道将手杖在地上拄了拄，说道："碧眼儿，你的内伤尚未痊愈，就再歇息几天吧。放心，魏忠贤、许显纯之流的余党，在脑波检测仪下都难以藏身，会一个个全挖出来的。"

脑波检测仪会损伤脑部，但在姚平道大人眼中，这些险些毁掉了这个世界的人已没资格再保留完整的脑部了，就算将他们都变成白痴也在所不惜。方子野在心底暗暗叹息着，嘴上也只能道："是。"

待姚平道与罗辟邪一走，柚和托里切利这才不那么拘束了。柚虽然和方子野同时回来，但他除了在太液池吃了几口水便再没什么事了，回来后也没晕，现在倒是精神十足。闲聊了一阵，他突然说道："对了，仲谋兄，我明天就要去一趟祥符，不能再来陪你。"

祥符离北京的确有些距离。听他说要去祥符，方子野一怔，诧道："怎么，你去那儿有事？"

柚嘿嘿一笑道："当然有事，我要去求亲。祥符县张国纪，应该挺好找的。"

方子野一时也想不通这个张国纪是何许人也，心想大概是柚的什么亲戚吧，也没在意，说道："那祝你一路顺风。"

"当然，过一阵请你吃喜酒，嘿嘿。"

柚一走，托里切利也站了起来，说道："碧眼儿，我也不打扰你休息了。"

托里切利正待要走，方子野突然想到了什么，叫道："对了，托里切利，你说你一直没能修复转换仪，那我们回来的时空门，就是魏公公在那边造的转换仪制造出来的？"

"是，只有这样一个解释，从魏公公的脑波检测中也证明了。"

方子野倒吸了一口凉气："可是，别的都可以在那边制造，但能量匣呢？"

转换仪的构件，都能在那边的武功院工匠手中制造出来，但是驱动这台机器的能量匣却是根本不可能造出来的。托里切利点点头道："是的，那一定是魏公公带过去的。"

方子野只觉周身越来越冷。他想的已经够周到了，凡是这边的东西全部带了回来，连上次姚大人发来的那竹片他都带了回来，以防遗落在那里，然而最终竟然还有一件如此重要的东西落下了。他小心翼翼地道："这样，不会再造成一次时空风暴吗？"

托里切利皱了皱眉，叹道："根据伽利略夫子的理论，要引发时空风暴，必定会有一个持续的破坏，直到打破平衡。但能量匣因为是消耗品，消耗后应该没有太大的影响，就和你们在那边食用的食物一样。"

尽管托里切利在努力解释，但方子野看得出托里切利自己都有点没底。不过当前这儿的时空风暴已经停止了终是事实，现在设计图已被毁去，成品也不能修复了，不可能再冒险过去将那个用空了的能量匣带回来。他叹道："希望没事吧。"

托里切利却皱了皱眉道："碧眼儿，其实也不能说完全没事，影响终是有一点，依我计算，应该达不到时空风暴的程度，发生的时间嘛，大约是四年后吧。"

方子野道："也就是说，那边四年后的五六月间，会出现一次大祸？"

"是的。"

方子野暗暗叹了口气。现在也只有相信托里切利的计算了。

我们都在自己的世界里拼搏奋斗，碧眼儿，阿绢，你们一定能够成功挺过四年后的这场大劫。

方子野想着，忽然啊了一声。托里切利不知出了什么事，却听得方子野道："张国纪！一定是她！"

柚临走时还炫耀着说什么要请自己吃喜酒，又要千里迢迢地去祥符找一个叫张国纪的人，此时方子野才恍然大悟，他一定是去找这儿的张后了！

想到这儿，方子野一下起身，从橱里取出了自己的换洗衣服。托里切利见他似乎要换衣出门，诧道："碧眼儿，你要出去吗？"

"去一趟轻粉楼。"

托里切利一怔。他是来大明留学的天学士，从未去过花街柳巷，自然不知道轻粉楼到底是个什么所在。但看方子野方才知道那边四年后可能发生大灾，便忧心忡忡，转眼又是如此兴奋，真不知是怎么回事。

他越想越有点忐忑，而此时方子野却是换好衣服兴冲冲地出来了。看着方子野这样子，托里切利有些不安，问道："碧眼儿，你

339

真没事吗?"

　　方子野见托里切利一副莫名其妙的样子,忍不住笑了笑,说道:"事情每天都会有,托里切利兄,但我们还有明天。"

　　他说着,却笑了起来,笑得从未如此爽朗过。

后 记

三十年前，读韩国李宽淑先生的《中国基督教史略》，对于明代中后期耶稣会教士在中国的活动十分感兴趣。不仅"圣教三杰"中有两位是我国桑梓先贤，而且我对明代后期中国的历史人物中，竟然出现了那么多基督徒大为震惊。在这样的背景下，明末成为中国历史中与欧洲关系最密切的一个时期，其中，南明永历朝更是以基督教为国教，当时的后妃太子与太监大批受洗入教，永历帝自己虽然因为多妻而不能受洗，却日日不释《圣经》，以太监庞天寿（教名亚基楼）为统领的勇卫军更是在旗帜上写上了拉丁文"荣耀归主"……

对于永历帝而言，来自西方的基督教只是一根能将他从国破家亡的惨境中拯救出来的稻草，所以在清军铁骑的不断征讨之下，风雨飘摇的小朝廷病急乱投医，永历帝竟让王太后（教名烈纳）向教皇写信求援。

与不太切实际的永历帝相比，徐光启、瞿式耜这些教徒官员就要实际得多。这个中国历史上前所未有的知识分子群体对于借助西方的力量来救国的热诚与对宗教的信仰一样坚定，而且因为有着远高于一般人的文化水准，他们对西方科技的认识也远非常人可比。在这样的背景下，徐光启让学生孙元化在登州练兵，便是一次打造中国本土第一支欧式军队的尝试。

徐光启与孙元化的努力，随着一场登州兵变化为泡影。假如成功了，后来臭名昭著的汉奸孔有德说不定会成为一个挽救大明危亡的民族英雄。每次读到这一段时，总忍不住感慨历史没有假设，也因此幻想，假如当时除了徐光启这些儒士，还有很多人也在努力，那又会是一个什么样的故事？也就在那时，武功院，这个作为锦衣卫分支、明代高科技研究所的设定，在我的幻想中渐渐成形。

武功院，以第一指挥使姚平道为最高首脑，下辖天、地二组。天组以第二指挥使王景湘为首，成员主要是教徒；地组则以第三指挥使罗辟邪为首。武功院日常开发各类新型武器，同时承担谍报、暗杀等任务，而主角定为王景湘的弟子方子野。方子野是一个破落传教士的私生子，因为混血，生就了一对蓝眼睛，因此有个"碧眼儿"的外号。这个设定，其实受弗莱明的"007系列"与柴田炼三郎的"眠狂四郎系列"影响很大，但关于武功院的故事我想写成比较正统的科幻小说，同时融合间谍、推理、武侠内容。

大约二十年前，怀着这个想法，开始动笔了。然而在写下几个很拙劣的段落后，我不得不承认以自己当时的笔力，实在无法驾驭这样一个将狂野的幻想与严谨的历史结合起来的故事，所以当时只写出了几个废稿。直到过了七八年，在选用王恭厂大爆炸与万户火箭的传说为背景后，才算完成了两个比较成熟的故事。而《天启》的故事，也就在那时初具雏形，但真正完成，却又花了十多年。

十多年的人生，现实中不过弹指一挥间。但要花费这么长时间才完成"武功院"系列的第一个长篇，实不免感到沮丧。只是人生总会有太多意外，与结果相比，坚持与努力的过程也许更加重要。至少，武功院碧眼儿的世界，并不会随着我的虚度年华而老朽。就如现实中的大明，徐光启与孙元化虽然最终没能成为恺撒这样的一世之雄，但来过，见过，也努力过，即使功亏一篑，仍是让我们这些后世子孙景仰的英雄。

燕垒生
二〇二二年三月

图书在版编目（CIP）数据

天启 / 燕垒生著．-- 北京：新星出版社,2022.12（2023.5重印）
ISBN 978-7-5133-5070-9

Ⅰ．①天… Ⅱ．①燕… Ⅲ．①幻想小说-中国-当代 Ⅳ．①I247.5

中国版本图书馆CIP数据核字（2022）第205741号

光分科幻文库

天启

燕垒生 著

责任编辑：施　然
监　　制：黄　艳
责任印制：李珊珊

出版发行：新星出版社
出 版 人：马汝军
社　　址：北京市西城区车公庄大街丙3号楼 100044
网　　址：www.newstarpress.com
电　　话：010-88310888
传　　真：010-65270449
法律顾问：北京市岳成律师事务所

读者服务：010-88310811　service@newstarpress.com
邮购地址：北京市西城区车公庄大街丙3号楼 100044

印　　刷：北京美图印务有限公司
开　　本：910mm×1230mm　1/32
印　　张：11
字　　数：254千字
版　　次：2022年12月第一版　2023年5月第二次印刷
书　　号：ISBN 978-7-5133-5070-9
定　　价：56.00元

版权专有，侵权必究。如有质量问题，请与印刷厂联系更换。